Bibliografische Information der Deutschen Nationalbibliothek
Die Deutsche Nationalbibliothek verzeichnet diese Publikation in der
Deutschen Nationalbibliografie: detaillierte bibliografische Daten sind im
Internet über http://dnb.dnb.de abrufbar

Umschlaggestaltung, Illustration: Aline Friedrich

Lektorat: Angela Hoffmann

Herstellung und Verlag

BoD – Books on Demand, Norderstedt

ISBN 978-3-7448-9863-8

Anke Obermeier

Nicht perfekt, aber verdammt nah dran

Roman

Idealbild – Mann

Jede Frau hat so ihre eigene Vorstellung von ihrem Traumtyp.

Ich denke, ein bestimmtes Bild von Mann trägt man in seiner Phantasie, denn sonst würde es durch die große Auswahl an unterschiedlichsten Männern zu einer kompletten Reizüberflutung kommen. Die Vorstellung von einem idealen Mann ist ja irgendwie auch dafür verantwortlich, dass nicht jede Frau auf ein und denselben Mann abfährt. Das wäre auf Dauer eine ziemlich einseitige Geschichte, und ist wie wir wissen, von Natur aus so angelegt, dass das gesunde Gleichgewicht gewahrt bleibt. Man stelle sich vor, alle Frauen würden nur auf einen Typ Mann stehen und umgekehrt. Das wäre ein Chaos ! Natürlich kann bei der Suche nach dem richtigen Mann von den ursprünglichen Kriterien etwas abgewichen werden, was die Aussicht auf Erfolg gleich noch einmal um einen gehörigen Prozentsatz erhöht. Das glaube ich ist gemeint mit der Aussage, ich habe gar keine feste Vorstellung von einem idealen Mann. In erster Linie verbergen sich hinter dem Bild des Traumtyps optische Merkmale wie Größe, Figur, Haarfarbe, Ausstrahlung und in zweiter Linie interpretiert man die inneren Eigenschaften wie Ehrlichkeit, Aufrichtigkeit, Charme, Bildung und Romantik hinein. Diese kann man bei einem Discobesuch freilich nicht auf den ersten Blick erkennen. Meine Vorstellung bezüglich eines Traummannes würde ich so beschreiben:

Er sollte nach Möglichkeit groß, dunkelhaarig, sportlich, männlich markant, was die optischen Reize betrifft und charmant, aufrichtig, gebildet, humorvoll, aber auch ernsthaft, ein bisschen Macho, aber gleichzeitig fürsorglich, verantwortungsbewusst, geradlinig und selbstbewusst sein. Das ist eine Vielzahl von Eigenschaften und wer sich mit Männern schon ein bisschen beschäftigt hat, weiß, die wenigsten Männer vereinen in sich die Fülle der Eigenschaften, die wir als Frauen von ihnen erwarten. Möglicherweise ist meine Liste von den Dingen, die ich von einem Mann erwarte, viel zu lang. Diese Frage habe ich mir oft gestellt, natürlich immer dann, wenn eine Beziehung wieder zu scheitern drohte. Dann fragte ich mich, ob womöglich meine Anforderungen einfach zu hoch waren? Aber bitte, wo hätte ich Abstriche machen sollen? Eigenschaften wie Verantwortungsbewusstsein, Ernsthaftigkeit, Aufrichtigkeit waren für mich in einer Beziehung unabdingbar. Ein Mann mit gutem Aussehen, aber ohne Humor, wäre schrecklich. Wäre er ungebildet, über was sollte ich mit ihm reden? Ohne Charme wäre er ein Langweiler! Hätte er kein Selbstbewusstsein, wäre er die meiste Zeit wohl unselbstständig. Wenn das der Preis meiner Beziehung sein sollte, entschied ich mich, lieber alleine zu bleiben.

In meinem beruflichen und privaten Umfeld trennten sich viele Paare, das war ein immer öfter zu beobachtender Trend, aber ebenso schnell fanden die Getrennten auch wieder einen neuen Partner. Ich fragte mich, was mache ich falsch? Wieso lernte ich niemanden kennen, bei dem ich wirklich das Gefühl hatte, er wäre es wert, noch mal einen Neuanfang zu wagen. Schaute ich mir diese neuen Partnerschaften in meiner Umgebung aufgrund meiner bisherigen Beziehungs-Erfahrungen etwas genauer an, wusste ich, mit diesen Abstrichen würde und könnte ich niemals leben. Wo also sollte ich ansetzen, um meinem Ziel etwas näher zu kommen? Bei den inneren Werten machte ich nach wie vor keine Abstriche, daher entschloss ich mich, bei den optischen Reizen etwas großzügiger zu sein, offen gesagt hatte ich mit rassigen, dunkelhaarigen, sportlichen Typen ja auch nicht den durchschlagenden Erfolg.

Diese Geschichte ist frei erfunden, sie könnte sich aber auch genau so zugetragen haben. Beschriebene Eindrücke sind subjektiv. Sie lieber Leser haben möglicherweise eine ganz andere Sicht der Dinge. Das ist auch gut so, denn das ist es doch, was uns Menschen letztendlich ausmacht.

Wie alles begann

Ich sitze mit meinem vierjährigen Sohn Niklas beim Frühstück, wobei ich den vorherigen Abend gedanklich noch einmal Revue passieren lasse. Wir waren alle gemeinsam im Waldbad zu einer spontanen Grillparty der Volleyballer. Das hätte auch ein schöner Abend werden können, wenn Carsten, mein Lebensgefährte, nicht die ganze Zeit versucht hätte, sich vor der Damenwelt zu profilieren. Dass er nicht die schlechteste Figur hatte, war den Mädels sicher eh nicht entgangen, aber sich so dermaßen zur Schau zu stellen, hatte er meines Erachtens nicht nötig. Auch passte das eigentlich nicht zu ihm, aber irgendetwas hatte ihn in der letzten Zeit verändert.

Carsten war Bauleiter und oft die ganze Woche in Deutschland unterwegs. Oft kam er erst am Freitag Nachmittag zu uns nach Hause. Diese ständigen Auswärtstermine waren oft ein Thema, schon lange bevor Niklas überhaupt auf der Welt war.
Doch hätten wir mit unserem Kinderwunsch gewartet, bis er einen gut bezahlten Job hier in der Gegend bekommen hätte, ich glaube dann würde ich noch heute kinderlos herumlaufen. Lange Zeit hatte ich die Hoffnung, die Situation würde sich irgendwann einmal ändern, doch zum jetzigen Zeitpunkt hatte ich mich bereits damit arrangiert. Im Grunde führte ich von Niklas seiner Geburt an das Leben einer Alleinerziehenden.
Wir meisterten unseren Wochenalltag mit allen

9

anstehenden Problemen und bis zum Wochenende waren diese meist schon gelöst, so dass gar kein Klärungsbedarf mehr bestand.

Bis heute weiß ich nicht genau, warum und weshalb unsere Beziehung immer schwieriger wurde, wobei der Ausdruck schwierig nicht ganz zutreffend ist. Ich glaube, weniger oder blasser trifft die Sache eher. Wir sahen uns die ganze Woche über nicht, und abgesehen von einem kurzen Telefonat, das wir führten, hatten wir uns selbst am Wochenende nichts mehr zu erzählen. Er strahlte mir gegenüber nur allgemeine Gereiztheit und schlechte Laune aus. Dabei fand ich, dass er doch kein so schlechtes Leben hatte. Die Woche über konnte er seine Abende frei gestalten, ohne auch nur die geringste Rücksicht auf uns nehmen zu müssen und am Wochenende hätte er der liebenswürdige und pflichtbewusste Papa sein können. Ich ging zu diesem Zeitpunkt zwar nur halbtags arbeiten, war aber dennoch die ganze Zeit nur auf mich allein gestellt, da beide Großeltern gute 400 Kilometer entfernt wohnten und auch von dieser Seite her keine Entlastung zu erwarten war.

Mit Entlastung meine ich eigentlich nur die Möglichkeit, mal in Ruhe mit einer Freundin in der Stadt einen Kaffee zu trinken, ohne immer schauen zu müssen, was der Filius gerade anstellte oder ob er quengelte, weil ihm langweilig war und er wieder nach Hause wollte.

Soweit zu meiner Interpretation der Situation. Im Nachhinein konnte ich mir zusammenreimen, dass er vielleicht Stress in der Arbeit hatte, möglicherweise selbst genervt davon war, nie zu Hause zu sein. Natürlich sind das schwerwiegende Gründe, weshalb ein Mensch schlecht gelaunt und ungehalten sein konnte, aber mit mir sprach er darüber nie. Weil er keine Lust dazu hatte? Ihm die Sache unangenehm war? Männer von Haus aus nicht reden können? Ich weiß es nicht.

Mittlerweile spitzte sich die Situation soweit zu, dass ich mich am Wochenende nicht erholte, wofür ja das Wochenende allgemein da war, sondern voll den Psychostress hatte. Stellte ich Carsten eine Frage oder erzählte ihm etwas, bekam ich nur ein abfälliges, arrogantes Grinsen, wofür ich ihn heute noch ohrfeigen könnte. Ein vernünftiges Gespräch war einfach nicht mehr möglich. Obendrauf kam noch seine Midlife-Crisis, die mir zusätzlich zu schaffen machte. Ich empfand seine Auftritte bei Festen mit Freunden und auf Partys als unendlich peinlich. Er musste sich fast zwanghaft immer vor der gesamten Damenwelt profilieren, und das während ich und unser Kind dabei waren.

Während er mit den Frauen flirtete störte ihn es keineswegs, dass ich und Niklas die ganze Sache mitbekam, geschweige denn, dass er einen Gedanken daran verschwendete, wie ich mich in dieser Situation fuhlen musste.

Für mich der absolute Auslöser. Am nächsten Morgen beim Frühstück wollt ich die Angelegenheit klären. Ich sagte: „So will und werde ich auf keinen Fall weiterleben! Die momentane Situation ist für mich unerträglich und ich sehe für uns beide nur einen einzigen Ausweg. Die Tatsache, dass wir uns, wenn du dann mal da bist, nur auf die Nerven gehen, du momentan nicht weißt, was du frauentechnisch willst, suchst oder was auch immer bringt mich zu nur einem vernünftigen Entschluss, wir müssen uns trennen. Dazu muss einer von uns beiden ausziehen!"

Selbstverständlich hatte ich mich vorher über die Situation am Wohnungsmarkt informiert und Carsten erklärt, dass es für mich kein Problem sei, mir mit Niklas eine neue Wohnung zu suchen.

Mir schien, dieses Angebot kam für ihn nicht sonderlich überraschend, zumindest stimmte er meinem Wunsch nach Trennung gleich zu. Im Gegenteil, ich konnte die Erleichterung seinerseits richtig spüren. Ein bisschen war es so, als hätte er das schon lange geplant, aber für die Durchsetzung hat ihm schließlich der Mut gefehlt. Vielleicht dreist, aber so gesehen, sah es fast so aus, als hätte er die letzten Wochen und Monate darauf hingearbeitet, dass ich schließlich die Entscheidung für eine Trennung treffe. Das kann man jetzt sehen wie man will, der eine nennt es feige, der andere vielleicht raffiniert. Wie auch immer, sein Plan ist aufgegangen und da wir nicht verheiratet waren, somit auch keinen teuren Anwalt

12

benötigten, war die ganze Trennungsprozedur, wer zieht aus und wer bekommt was, in sage und schreibe einer halben Stunde abgehandelt. Das finde ich sensationell, denn immerhin sind wir beide Menschen, die wissen, was sie wollen. Oder zumindest ziemlich genau wissen, was sie nicht wollen.

Zunächst befürchtete ich den üblichen Kleinkrieg, wer hat was bezahlt oder mit in unsere 15-jährige Beziehung eingebracht. Es gibt die verschiedensten Möglichkeiten in einer nichtehelichen Beziehung festzuhalten, wer und vor allem was mit in die Gemeinschaft gebracht hat. Natürlich haben wir keinen dieser Ratschläge befolgt, denn schließlich sind wir davon ausgegangen, dass unsere Beziehung ewig hält oder wir diesen Zirkus nicht brauchen würden und wir es zu einer solchen Schlammschlacht nie kommen lassen würden. Ich habe es bereits erwähnt, unsere Beziehung endete innerhalb einer halben Stunde. Von unseren gemeinsam angeschafften Sachen wollte er nichts, nur schnell raus und weg aus dieser nervigen Beziehung. Da wir getrennte Konten besaßen, gab es auch hier keinen weiteren Klärungsbedarf. Es stellte sich nur die Frage, was sollte mit der Eigentumswohnung geschehen, aber auch dafür fanden wir eine schnelle und faire Lösung.

Und so war ich von diesem Tag an allein erziehende Mutter mit allen Vor - und Nachteilen, die sich für mich und meinen Sohn die nächsten Jahre ergeben würden.

Was diesem Begriff alles an Negativem anhängt, wie

überforderte, genervte Mutter, nicht beziehungsfähig, da sich immer und alles um das Kind dreht, dauernd frustriert, weil man sich plötzlich nichts mehr leisten kann und der Ex mit seiner Neuen, viele Jahre jüngeren Frau, ein erfülltes kinderloses Leben führt, das habe ich so nicht erlebt. Ich kann von mir nicht behaupten, mein Leben während dieser Zeit nicht auch gelebt zu haben. Im Gegenteil, oft stelle ich mir die Frage, wie wäre mein Leben verlaufen, hätte ich diese Entscheidung nicht getroffen. Wäre ich noch mit Carsten zusammen und würden wir immer noch so nebeneinander her leben?

Es gibt Leute, die behaupten, alles was im Leben passiert, geschieht aus einem bestimmten Grund. Nun, dieser hat sich mir nicht immer erschlossen. Wer weiß, vielleicht bin ich nur einfach noch nicht an diesem Punkt im Leben angekommen. Wir werden sehen, was die Zeit so mit sich bringt.

Auch verblassen über die Jahre die Erinnerungen, oft erinnert man sich nur an die angenehmen Erlebnisse, aber das ist auch gut so, sonst würde wahrscheinlich mehr als die Hälfte der Bevölkerung verbittert umherlaufen.

Alles muss raus

Nachdem meine Beziehung jetzt offiziell beendet war, ich meine engsten Freunde eingeweiht und selber so lange geheult hatte bis keine Träne mehr raus kam, beschloss ich, mein Leben ganz neu zu orientieren. Schließlich hatte ich zwei Möglichkeiten:

Entweder meinen Ex für all das, was er mir angetan hatte, zu hassen und im ewigen Selbstmitleid zu zerfließen, wie schwer ich es doch jetzt haben würde, ganz allein mit Kind und Arbeit und den vielen Kleinigkeiten, die er doch gelegentlich für mich erledigte. Gemeint sind Dinge wie in die Autowerkstatt fahren, Räder wechseln, die Steuer machen oder kleine Reparaturen in der Wohnung, halt einfach so Sachen, die Männer normalerweise erledigen. Oder zu sagen, den alten Gewohnheiten hinterher zu trauern bringt nichts, das zieht mich nur runter und ändert gar nichts! Schau lieber nach vorn und mach das Beste draus!

Ich entschied mich für Variante zwei, denn warum sollte ich das, was ich ohnehin schon die Woche über alleine erledigte, nicht auch noch Samstag und Sonntag schaffen? Für eventuell auftretende Probleme würde sich sicher auch noch eine Lösung finden lassen, wenn sie dann irgendwann mal auf der Tagesordnung stehen würden.

Somit plante ich einen kompletten Neustart und wie praktiziert man so etwas am besten? Ich beschloss, alles was mich an die alte Beziehung erinnerte, musste zunächst einmal raus. Die alte Schrankwand, der Tisch, die Couch, das Badezimmer und natürlich am aller wichtigsten unser gemeinsames Bett!

Die Sachen einfach auf den Müll zu werfen, fand ich übertrieben und so rief ich eine gemeinnützige soziale Einrichtung an, die sogleich bereit war, meine alten Möbel abzuholen. Daher vereinbarten wir einen Termin am kommenden Mittwochnachmittag. Gerade hatte ich meinen Sohn vom Kindergarten abgeholt und wir gingen die Treppe hinauf, da sah ich durch das Flurfenster drei Typen auf unser Haus zu laufen. " Oh je, Niklas, sieh mal nach draußen, die drei Männer da, ich bin mir nicht sicher, ob wir denen die Tür öffnen sollten?"

Besonders Vertrauen erweckend sahen die nicht aus. Na schön, dachte ich mir, das wird schon alles seine Richtigkeit haben. Also öffnete ich, und zeigte ihnen die Gegenstände, die sie mitnehmen sollten. Die Schrankwand hatte ich schon in einzelne Teile zerlegt, damit hatten sie keine Probleme. Bei dem Bett wurde die Sache dann schon etwas schwieriger. Die Aufgaben waren klar verteilt, einer gab die Anweisungen und die anderen führten sie aus. Zusätzlich zu meiner Schrankwand hatte ich noch einen Eckschreibtisch, den ich auch gleich mit entsorgt haben wollte. Jetzt waren die Burschen voll gefordert. Sie versuchten, den Ecktisch gerade durch die Tür zu tragen, dabei sah ein Blinder, dass die Tür dafür viel zu schmal war. Sie drehten ihn hin und her und gaben plötzlich auf. Einer meinte, sie müssten die Tischplatte abschrauben. Ich entgegnete, das wäre eine Möglichkeit, aber der Tisch wäre gedübelt. Sie versuchten es erneut und mein vierjähriger Sohn, der die ganze Zeit skeptisch zugeschaut hatte, meinte auf einmal, also, er würde das ganz anders machen. Er gab ihnen den Tipp, den Tisch hochkant zu nehmen und ihn dann schräg drehend durch die Tür zu heben. Ich konnte mir nur mit Mühe ein Grinsen verkneifen und die verdutzten Gesichter der Männer werde ich mein Lebtag nicht vergessen. Aber da sie offensichtlich auch nur gelernt hatten, nach Anleitung zu arbeiten und das eigene Hirn dabei komplett ausschalteten, machten sie es so, wie Niklas vorgeschlagen hatte, und siehe da, der Tisch passte durch die Tür. Nachdem der Schreibtisch mit den drei Helden endlich draußen war, schlossen wir die Tür. Die spöttische Bemerkung, wer von den Dreien denn wohl das Auto fahren würde, konnte ich mir dabei nicht verkneifen.

Jetzt war die Wohnung fast wieder leer. Da Niklas seinem kleinen Kinderbett inzwischen auch entwachsen war, sollte auch er bei dieser Gelegenheit ein neues Bett bekommen. Da kam uns Mister Zufall entgegen, denn wir bekamen ein Hochbett mit allen Schikanen, die sich ein kleiner Junge nur wünschen kann, angeboten. Auch das Schicksal meinte es wohl in diesem Moment sehr gut mit uns und steckte uns einen Umschlag der Sparkasse in den Briefkasten. Solche Briefe bedeuten oft nichts Gutes, denn entweder wollen sie dir eine neue Versicherung andrehen oder es ändern sich irgendwelche Konditionen. Nichts aber, was dem Verbraucher wirklich nutzen könnte. Zunächst ignorierte ich den Brief, sah aber später doch nach, nicht, dass es irgendeine Rechnung war, die aus irgendeinem Grund nicht richtig überwiesen wurde. Zunächst traute ich meinen Augen nicht und hielt den Brief für einen billigen Fake, aber da lag tatsächlich ein Scheck über 500 Euro drin. Ein kurzer Brief lag auch dabei, in dem stand, ich hätte bei ihrem Gewinnspiel gewonnen. Das nenn ich doch mal eine wirklich nette Finanzspritze. Da Niklas sein neues Bett so groß war, tauschten wir bei dieser Gelegenheit unsere Zimmer, denn mein riesengroßes Schlafzimmer empfand ich für mich allein als überflüssig und als Kinderzimmer war es eine richtige Spielwiese. Allerdings bereute ich den Zimmertausch schon bald, denn ich hatte nicht bedacht, dass sich ein kleines Kinderzimmer viel schneller aufräumen lässt. Außerdem kann man in einem großen Zimmer viel mehr Zeugs am Boden verteilen. Dieses Problem sollte mich die nächsten Jahre stets begleiten.

Die kommenden Tage verbrachte ich nachmittags damit, ein paar Einrichtungsmagazine durch zu blättern und überlegte mir, wie ich Wohn- und Schlafzimmer mit einfachen Mitteln neu gestalten könnte. Ein Vermögen wollte ich dabei nicht ausgeben und so entschied ich mich für die Variante Versandhaus. Somit war die Sache mit dem Transport der Möbel schon mal gelöst. Die Lieferung war frei Haus, nur aufbauen musste man alles selber. Kein Problem, das bekomm ich schon hin, schließlich liegt da ja immer eine Aufbauanleitung bei und sollte es gar nicht gehen, kann ich immer noch bei meinen männlichen Freunden nach Hilfe schreien. Da ich in einer Mixmannschaft Volleyball spiele, wird sich sicher ein starker Mann finden, der mir beim Aufbau ein bisschen behilflich sein würde. Die Wände waren noch in einem relativ guten Zustand, ein paar Bahnen Tapeten mussten geklebt werden, neue Farbe gehörte an die Wand, und mein neues Leben konnte beginnen. Meine beste Freundin Lisa, die eine sehr kreative Ader hat, stand mir uneingeschränkt mit Rat und Tat zur Seite. Sie war mir viele, viele Jahre die beste Freundin, die man sich je hätte wünschen können.

Also ging ich in den Baumarkt und ließ mir die Farben für das Wohnzimmer mischen. Wir fingen an zu streichen, bis mein Ex auftauchte, um Niklas fürs Wochenende abzuholen. Er setzte wieder sein süffisantes Grinsen auf und mit einem abschätzenden Blick auf die Farbe meinte er, "das langt euch nie!" "Ja logisch langt uns das," erwiderte Lisa, und ich dachte mir auch, warum sollte uns die Farbe denn nicht reichen? Schließlich hatte ich das zweimal durchkalkuliert und war mir sicher, dass alles so passen würde wie ich es ausgerechnet hatte.

Und wie die Farbe gereicht hat, das Problem war nur, die Wände waren aus Rauputz und mit der Farbrolle ließ sich die Farbe nicht besonders gut auftragen. Die Rolle kam nicht in jede Ritze und so mussten wir alles mit einem breiten Pinsel streichen. Das Ergebnis konnte sich sehen lassen und wir waren gerade noch rechtzeitig fertig geworden, um uns eine Pizza zu bestellen, bevor deren Küche dichtmachte. Mit einer Flasche Lambrusco würdigten wir im Anschluss unser Werk,

Mein neues kleines Schlafzimmer hatte gerade Platz für ein Doppelbett und ein Sideboard. Damit es etwas peppiger wurde, haben wir uns für ein Wand-Tattoo entschieden, welches an einem breiten Regal quer über die ganze Wand endete. Natürlich kann man so etwas auch günstig im Baumarkt kaufen, aber es hält meistens nicht lange. Unser Motiv haben wir mit Hilfe einer Nachttischlampe an die Wand projiziert und den Schatten einfach nachgezeichnet. Zum Glück klingelte zu diesem Zeitpunkt niemand und keiner von uns ist aus Versehen an die Lampe gekommen, dann wäre alles umsonst gewesen. Die Arbeit war sehr aufwändig, aber auch dieses Ergebnis konnte sich sehen lassen.

Das Aufstellen der neuen Möbel funktionierte allein ganz gut, beim Einbau der Türen muss ich immer etwas aufpassen, denn die baue ich gern mal verkehrt herum ein. Auch bei den Badmöbeln, das bleibt nicht aus, passierte mir ein Missgeschick. Ich verwechselte Bodenplatte und Abdeckung. Das wäre gar nicht aufgefallen, nur dummer Weise ließen sich die Türen nicht mehr schließen. Wer kommt aber auch auf so eine blöde Idee, einen Schrank a-symmetrisch zu bauen. Naja, jetzt zierten meinen Schrank oben jeweils drei Löcher, denn da hatte ich nach Bauanleitung bereits die Füße montiert. Ich habe das als Anfängerfehler abgehakt, und für spätere Montagen daraus gelernt. Viel später habe ich noch eine Menge solcher Teile aufgebaut und es ist nichts mehr schief gegangen, da ich ja nun wusste, worauf zu achten war. Bei meinem neuen Bett war es dann schon etwas schwieriger. Zum einen war es ziemlich schwer und zum anderen auf einer Breite von 1,80 auf 2,00 Meter konnte man die Sache schlecht alleine fixieren. Also holte ich mir Hilfe. Spontan fiel mir mein Freund Toni ein, über ihn wird es später noch eine Menge zu erzählen geben. Im Moment bauten wir aber nur gemeinsam das Bett auf. Ich glaube, das Grundprinzip ist immer das Gleiche. Man kann beim Aufbau von Möbeln Glück oder Pech haben. Einzige Ausnahme vielleicht, man kauft Designermöbel und lässt sich diese direkt fertig in die Wohnung stellen, da ist das Risiko, dass irgendetwas schief geht, höchst wahrscheinlich sehr gering. Auf jeden Fall war dieses Bett, welches ich kaufte, ziemlich schwer, die dafür vorgesehene Montageeinrichtung aber nur sehr billig konstruiert. Selbst ein völlig untalentierter Handwerker sah auf Anhieb, dass das nicht lange gut gehen konnte. Toni war ein absolutes Genie, wenn es sich um Mathematik oder Physik handelte, ob er auch eine gute Lösung für mein Bett hatte? Schließlich will man sich ja beruhigt hineinlegen können. Ohne gleich Angst zu haben, dass das Bett zusammenbricht. Zumindest theoretisch war er für diese Aufgabe der richtige Mann. Wir fuhren in den Baumarkt, besorgten ein paar Winkel und unser, beziehungsweise mein Problem war gelöst. Trotzdem ist meines Erachtens da vom Hersteller etwas versäumt worden. So einen Mist sollte man eigentlich nicht verkaufen. Im Katalog war nur ein schönes Bild, das zu meiner Kaufentscheidung beigetragen hat. Das billige Innenleben konnte man der Artikelbeschreibung nicht entnehmen. Na ja, am Ende kommt es immer auf dasselbe raus. Ich werde jedenfalls kein Bett mehr über einen Katalog oder Versender bestellen. Andererseits hat es dann doch, dank Winkeln, gute zehn Jahre gehalten. Eine neue, extra breite Bettdecke habe ich mir zusätzlich noch gegönnt, nur für mich versteht sich. Diese Investition war nicht so der Bringer, aber zu diesem Zeitpunkt war ich der festen Überzeugung, eine zweite würde sich nicht lohnen. In diesem Punkt sollte ich mich irren.

Nun hatte meine Wohnung in nur kürzester Zeit einen ganz neuen Stil bekommen, und ich muss sagen, ich habe mich all die Jahre wohl darin gefühlt.

Die Hochzeit eines guten Freundes

In meinem Leben hatte ich nicht so oft Gelegenheit, an einer Hochzeit teilzunehmen. Das lag vielleicht daran, dass die meisten meiner Bekannten die Möglichkeit des Scheiterns fürchteten und stattdessen lieber jahrelang in einer eheähnlichen Gemeinschaft lebten. Mein Kumpel Henry traute sich aber und schickte mir eine Einladung zu seiner Hochzeit. Jetzt hatte ich ein kleines Problem denn, was zum Teufel ziehe ich zu diesem großen Ereignis bloß an? Ein Kleid käme für mich auf keinen Fall in Frage. Ich war schon immer der eher sportliche Typ und fand, Kleider stehen mir einfach nicht, und außerdem wusste ich nicht, wie man sich damit überhaupt richtig bewegte, ohne dass es plump aussah. Zudem waren Kleider meist mit hohen Schuhen verbunden und das war unbequem, wenn man bedachte, diese High-Heels den ganzen Tag und Abend tragen zu müssen.

Es war schon spät am Abend, da erhielt ich plötzlich eine SMS. Ich war ziemlich verwundert und neugierig zugleich, wer mir so spät noch eine Nachricht schickte.

"Hallo Anna,
bist Du auch zur Hochzeit von Henry eingeladen? Hast Du Dir für diesen Anlass schon ein Kleid gekauft? Wenn nicht, ich würde das gerne mit Dir gemeinsam aussuchen gehen.

Lieben Gruß
Alex"

Was bitte war das denn? Alex, der Weiberheld, von ihm hatte ich schon lange nichts mehr gehört und wusste, dass er frisch mit einer Bekannten von mir zusammen war. So ein Mistkerl. Ich wusste, er war kein Kind von Traurigkeit, aber einfach so frech eine SMS zu schreiben? Seine Flamme schlief wahrscheinlich schon nebenan und ihm war es langweilig. Zugegeben, eine gewisse Anziehungskraft konnte man ihm nicht absprechen. Er sah verdammt gut aus, hatte etwas Verwegenes und das Beste, seine Stimme, war Erotik pur. Ich glaube, es gibt nicht viele Männer, die mit so viel Erotik im Stimmbereich ausgestattet sind, oder zumindest ist mir sonst keiner mehr über den Weg gelaufen. Doch das heißt, einige Jahre später hat mich mal im Supermarkt ein Mann angesprochen. Da ich ihn im ersten Moment nicht sehen konnte, weil mein Blick auf die Regale gerichtet war, verspürte ich ein Kribbeln auf meiner Haut und dachte, Alex steht direkt hinter mir. Dieser Herr suchte aber nur einen bestimmten Artikel und bat mich um Hilfe. Was allein so eine Stimme nach den vielen Jahren auslösen kann, ist ja unglaublich. Ich drehte mich schließlich um und da kam leider die Ernüchterung, es war nicht Alex und auch sonst hatte dieser Mann so gar nichts von ihm. Ganz im Gegenteil, vor mir stand ein ganz unscheinbarer Mann, Ende 30, aber mit einer geilen Stimme. Aus der ließe sich sicher etwas machen. Ich zeigte in die Richtung, in der er seine Sachen finden konnte und widmete mich wieder meinem Einkauf, denn dieser Mann war für mich völlig uninteressant.

Alex lernte ich auch über das Volleyballtraining kennen. Es muss gleich das erste Jahr nach unserem Umzug von Leipzig nach Bayern gewesen sein, damals war ich gerade erst ein Jahr mit Carsten zusammen und habe nicht einmal im Traum daran gedacht, dass da vielleicht was gehen könnte. Außerdem war der Typ in allem, was er tat, ziemlich extrem. Eine Beziehung mit ihm wäre auf Dauer wohl ziemlich anstrengend gewesen, ständig auf Vollgas in irgendein Abenteuer, keine Ahnung, wer so etwas länger durchhält. Ein Beispiel. Er hatte irgendwie erfahren, dass ich einen Motorradführerschein besaß und wollte mit mir eine Crosstour machen. Das einzige Problem war, dass ich bereits im fünften Monat schwanger war. Für ihn stellte das kein Problem dar, er meinte nur gelassen, dann wird der oder die Kleine bestimmt ne coole Sau.

Aber zurück zu meiner Hochzeitsgarderobe. Ich dachte, die mit ihm auszusuchen, war keine gute Option und so fragte ich meine Kollegin, ob sie mir beim Kauf behilflich sein wollte. Unsere Firma hatte ihren Sitz unmittelbar neben der Fußgängerzone und so konnten wir während der Mittagspause einen Abstecher in die anliegenden Geschäfte machen. Es dauerte nicht lange und wir fanden einen passenden Hosenanzug, nicht zu teuer, aber doch für den Anlass angemessen.

Am Tag der Hochzeit holte mich eine Freundin ab, und wir fuhren gemeinsam zur Kirche. Ich suchte mir einen Platz in den hintersten Reihen. Zum einen war ich nicht katholisch, das heißt die ganzen Gebete, Gebote und Fürbitten waren mir fremd und in der letzten Reihe fiel es dann auch nicht so auf, wenn ich mich nicht bekreuzigte oder nicht auf dem Kirchenboden kniete. Zum anderen hatte ich immer noch Probleme mit meinem Asthma und wenn die Ministranten mit ihrem Weihrauchkessel zu arg schwenkten, könnte das wieder zu einem Problem für mich werden. Als die kirchliche Trauung beendet war, fuhren wir in ein nettes kleines Lokal. Die Hochzeitstafel war draußen auf der Terrasse dekoriert mit direktem Blick auf den idyllischen Auensee. Eine schönere Kulisse könnte ich mir für meine eigene Hochzeit auch nicht vorstellen, sollte es jemals dazu kommen. Die Feier begann mit Kaffee und Kuchen, sowie einer opulenten Hochzeitstorte. Anschließend gab es die Spielrunde. Ob es die braucht, ist wahrscheinlich Ansichtssache, auf meiner Hochzeit, sollte ich denn jemals heiraten, würde es sicher keine geben, aber irgendwie gehörten die Spiele wohl auch dazu. Irgendwann zwischen dem Abendessen und dem Mitternachtsbuffet kam der Bräutigam zu mir und was er mir erzählte, verschlug mir echt die Sprache. Er sagte, er trage das schon ewig mit sich herum, und der Tag seiner Hochzeit sei sicherlich auch nicht der beste Zeitpunkt, das loszuwerden, aber er müsste es mir wenigstens einmal gesagt haben und das würde er jetzt tun.

"Wir kennen uns jetzt schon so viele Jahre und ich weiß noch genau, wie ich Dich das erste mal im Treppenhaus der Firma gesehen habe. Ich habe Dich gesehen und mich damals sofort verliebt. Meine Enttäuschung war riesig, als dann ein paar Wochen später Carsten auftauchte und Du ihn als Deinen Freund vorgestellt hast." Ich war wirklich sprachlos. Wir kannten uns jetzt bestimmt schon gute zehn Jahre und ich hatte nie etwas bemerkt, und was bewog ihn, mir am Tag seiner Hochzeit dieses Geständnis zu machen? In diesem Moment wurde mir heiß und kalt gleichzeitig. Ich hoffte nur, dass uns niemand beobachtete. Ich war mir nicht sicher, ob ich nicht krebsrot im Gesicht war, obwohl ich normalerweise überhaupt nicht dazu neigte, in unangenehmen Situationen die Farbe zu wechseln. Aber hier befand ich mich schon in einer Ausnahmesituation, ein Liebesgeständnis des Bräutigams, nur, dass es nicht meine eigene Hochzeit war.

In diesem Moment hatte ich ein Déjà- vu- Erlebnis. Ich erinnerte mich an meine Sandkastenliebe, die mir genau zu dem Zeitpunkt, als ich Carsten kennen lernte, erzählte, im Grunde genommen auf meine Frage hin, wieso er denn eigentlich keine Freundin hatte, so gut wie er aussah, dass er eine Frau suche, die genau so sein sollte wie ich.

Damals habe ich gelacht und ihn gefragt, wo denn bitte das Problem sei, denn an mir sei nichts Besonderes und ich war mir absolut sicher, dass ich mich nicht sonderlich von hunderten, von tausenden Frauen unterscheiden würde, weder hinsichtlich der optischen Reize, noch hinsichtlich meiner inneren Werte.

Als ich mit meinen Gedanken wieder bei der Hochzeit und auch meiner Worte wieder mächtig war, sagte ich zu

27

Henry, dass mich sein Geständnis schon ziemlich irritierte. Es mich irgendwie auch tief berührte, aber die Tatsache, dass er sich für die Hochzeit mit seiner Tanja entschieden habe ja zeigen würde, wie groß seine Liebe zu ihr sei, und dass es die absolut richtige Entscheidung sei und ich ihm alles Glück der Welt wünschen würde.

Laufen befreit

Die Frage wie fit bin ich, wie schau ich aus, wie wirke ich auf meine Mitmenschen, stellt sich bestimmt jede Frau, die sich frisch getrennt hat und wieder auf dem freien Markt zur Verfügung steht. Ich spiele ein bis zweimal die Woche Volleyball, im Sommer öfter auch an den Wochenenden im Sand, das war schon mehr als manch andere vorweisen konnte. Nach der Trennung hatte ich jedoch das Gefühl, das sei immer noch zu wenig. Vielleicht wollte ich auch noch ein, zwei Kilo abnehmen, man hat ja als Frau ständig das Gefühl, zu dick zu sein. Da erinnerte ich mich an die Worte meines Lungenarztes.

Bei ihm war ich in Behandlung wegen eines beginnenden Asthmas und musste mich eines Lungentestes unterziehen. Das war so ein Typ, zunächst kam ich mir fast ein bisschen verarscht vor, denn er schickte mich aus dem vierten Stock wieder nach unten und anschließend sollte ich zügig die Treppe wieder rauf laufen um dann in jenes Gerät zu pusten, das mein Lungenvolumen testen sollte. Gesagt getan, ich lief hinunter, rannte wieder rauf in den vierten Stock, pustete in diesen Kasten und wartete anschließend, bis ich wieder aufgerufen wurde. Nach ein paar Minuten hörte ich meinen Namen und betrat das Behandlungszimmer. Nach einem kurzen Blick in meine Akte schaute mich der Arzt an und meinte: "Na, bekommen wir wohl nicht viel Luft?" Keine Ahnung, wie viel Luft er bekam, ich dachte mir nur, ich kenn keinen, der in den vierten Stock hoch rennt und dann noch ganz gleichmäßig atmen kann! Er lachte, blickte nochmals in die Unterlagen und meinte " Frau Wellner, das ist ja interessant, im Grunde haben sie so viel Luft in ihren Lungen, dass sie diese alleine gar nicht veratmen können. Haben sie schon einmal daran gedacht, einen Marathon zu laufen?"

Normalerweise hasste ich Laufen. Früher im Schulsport taten mir danach immer die Zähne weh und ich fühlte mich schlecht. Kaum zu glauben, dass sich so etwas jemand freiwillig antat. Allerdings war ich neugierig, was es mit der Aussage des Arztes auf sich hatte, ich hätte genug Luft in den Lungen, um einen Marathon zu laufen. In einem Selbstversuch wollte ich das herausfinden und zog mir kurzerhand Shirt und Jogginghose an, holte meine Turnschuhe aus der Sporttasche und lief los, aber noch nicht sonderlich überzeugt davon, dass ich wirklich weit kommen würde. Langsam lief ich die Straße hinunter, durch den Park Richtung Waldbad, eine Runde um das Bad herum und war überrascht, dass ich doch so lange durchhielt, ohne komplett außer Puste zu geraten. Interessant, dachte ich und lief meine Runde wieder nach Hause zurück. Ich schätzte die Tour auf ca. drei Kilometer, das war mehr, als ich je zu Schulzeiten geschafft habe. Jeder Jogger wird jetzt wahrscheinlich an der Stelle müde lächeln und sich denken, das ist ja gar nichts, aber für mich war es ein Anfang und ich war stolz auf mich. Die nächsten Tage lief ich die Runde noch ein paar Mal, immer mit demselben Erfolg. Die Befürchtung, ich würde aus dem letzten Loch pfeifen, traf nicht ein. Dafür aber eine innere Zufriedenheit. Das klingt vielleicht blöd, aber, wenn ich Laufen war und vorher Stress hatte, dann war die Welt anschließend nur noch halb so grau oder mein Problem nur noch halb so groß. Coole Sache, dachte ich mir. Ich mache Sport, um mich zu bewegen und um abzunehmen, gleichzeitig kann ich dabei Stress abbauen und fühle mich noch dazu im Anschluss sauwohl. Vier Komponenten, die es völlig umsonst gab. Da konnte man nicht anders als weitermachen.

Ganz umsonst war die Lauferei allerdings dann doch nicht, denn schließlich will man bei den Dingen, bei denen man beobachtet wird, gut aussehen und man, oder besser gesagt Frau, fühlt sich einfach besser, wenn sie etwas Neues, Schickes trägt. Also fuhr ich zum Sportgeschäft, um mir eine Laufhose, ein Shirt, eine Jacke und natürlich ein paar gescheite Laufschuhe zu kaufen. Meine Güte, was man da alles beachten muss, damit so ein Schuh auch richtig sitzt. Die Krönung war noch, dass ich den Laufschuh gleich dort im Geschäft auf einem Laufband ausprobieren sollte. Als ich alles bezahlt hatte, setzte ich mich wieder ins Auto und fuhr zurück nach Hause. Ehrgeizig wie ich war, wollte ich natürlich die neuen Sachen gleich ausprobieren und da ich jetzt ganz tolle Laufschuhe besaß, mit Geleinlagen oder was die noch alles so hatten, wagte ich mich gleich an eine etwas größere Runde. Das einzige Problem war, dass ich diese Runde nicht mehr schaffen konnte, bevor ich Niklas aus dem Kindergarten abholen musste. Aber ich hatte eine

Idee. Als wir zu Hause ankamen, fragte ich ihn, ob er nicht Lust hätte, mit mir eine kleine Radtour zu unternehmen. Niklas fand die Idee super und radelte, was das Zeug hielt. Natürlich mussten wir ein paar Mal anhalten, da er gerade ganz was Tolles gesehen hatte, aber insgesamt gesehen schafften wir unsere Runde recht zügig. Ein kleines Problem war, dass Niklas nur ein kleines Fahrrad mit ausgesprochen kleinen Rädern besaß. Er musste sich einen Ast treten, um mit mir das Tempo zu halten. Na gut, dachte ich mir, wenn das so ist, und er auch Spaß dabei hat, dann braucht er halt ein etwas größeres Fahrrad. Am Samstag war Papas-Day und sein Vater übernahm netter Weise diese Anschaffung. Die beiden suchten das neue Radl aus und am Sonntagabend führte Niklas mir sein neues Fahrrad auf dem Parkplatz vor unserem Haus stolz wie Bolle vor. Na dann, dachte ich mir, können wir unseren Trainingsplan weiterverfolgen. Mittlerweile lief ich fünf bis sechs Mal in der Woche, immer so zwischen einer halben und einer ganzen Stunde. Mal direkt nach der Arbeit bevor ich mein Kind vom Kindergarten abholte, mal am Nachmittag, zusammen mit meinem Sohn und seinem neuen Rad.

Irgendwann traf ich bei meiner Runde auf einen Freund von mir, wir liefen ein Stück gemeinsam und er fragte mich, ob wir uns nicht hin und wieder zum Laufen verabreden wollten. Ich war mir nicht sicher, ob ich für ihn ein ebenbürtiger Trainingspartner war, denn ich befand mich ja so zu sagen noch in der Anfangsphase. Wir probierten es schließlich aus, und ich war überrascht, es lief sich im wahrsten Sinne des Wortes gut. Also trafen wir uns jetzt regelmäßig mal am frühen Abend, mal direkt vor dem Volleyballtraining. Bald waren wir so fit, dass wir öfter am Wochenende eine längere Runde drehten. Dabei kamen wir auf gute 20 Kilometer.

Was ich lange nicht bemerkte, da ich in solchen Sachen immer ein bisschen auf der Leitung stehe, dieser Typ wollte mehr als nur mit mir Laufen. Das machte die Sache irgendwie unangenehm, er war ja kein schlechter Kerl, so als Freund, aber ständig wollte ich ihn nicht um mich haben. Auch entsprach er so überhaupt nicht meinem Typ, wobei ich mir da ja gerade noch nicht so sicher war, wie der denn eigentlich aussehen sollte. Nein, er war es definitiv nicht. Mit der Zeit wurde er immer aufdringlicher und glaubte offensichtlich, nach einer gewissen Zeit ein Hausrecht bei mir zu haben. Als wir einmal vom Laufen zurückkamen, und ein paar Freunde später auf ein Glas Wein vorbeikommen wollten, wollte er doch gleich bei mir duschen, nur um sich den Zwischenstopp bei sich zu Hause sparen zu können. Mal ehrlich, vielleicht bin ich da ein bisschen empfindlich, aber ein Kerl in meiner Dusche, mit dem ich nicht zusammen bin? Zugegeben, wenn er wie George Clooney oder ein Unterwäschemodel ausgesehen hätte, da hätte ich wahrscheinlich ein Auge zudrücken können, aber so schickte ich ihn doch nach Hause. Am Abend kamen ein paar meiner Freunde vorbei und wir tranken einige Flaschen Wein. Ich fand das super genial und war meinen Freunden sehr dankbar, dass sie sich oft am Abend nach dem Training nicht in die Stadt ins

Straßencafè setzten, sondern zu mir auf den Balkon kamen, damit ich auch ein bisschen Unterhaltung hatte. Die Abende waren meist amüsant und ich brauchte keinen extra Babysitter.

Wie jeden Montag und Mittwoch ging ich auch heute wieder zum Training. Im Sommer spielten wir an der neuen Beachanlage am See, während der kühlen Monate hatten wir eine Turnhalle gemietet. Es hatte sich wohl herumgesprochen, dass ich mit Andreas öfter zum Laufen ging und so sprach mich Toni darauf an. Er meinte, er liefe auch öfter mal alleine und ob er sich unserer Runde mal anschließen dürfte. Ich hatte zunächst Bedenken, denn er war super durchtrainiert und ich befürchtete, dass er sich sicher bei unserem Tempo eher langweilen würde. Doch er blieb beharrlich. Ich hatte überhaupt nichts dagegen, denn ich mochte ihn. Er ist ein netter Typ, immer gut drauf, vielleicht ein bisschen hibbelig, aber auf jeden Fall kein Langweiler. Zu dem Zeitpunkt ahnte ich noch nicht, dass sich die Sache bald zu einem richtigen Zickenkrieg entwickeln würde. Ich erzählte Andreas, dass uns Toni bei der nächsten Joggingrunde begleiten wollte. Uh, da bin ich wohl in ein richtig fettes Fettnäpfchen getreten, denn der lief gleich rot an und meinte: " Wieso das denn, das passt doch überhaupt nicht, was will der denn mit uns, der ist doch viel zu schnell!" Ich antwortete: "Den Einwand hatte ich auch schon, aber er ließ sich nicht davon abbringen." Andreas war völlig entnervt, merkte aber, dass meine Entscheidung bereits gefallen war und nickte widerwillig. Da musste er jetzt durch, ob er wollte oder nicht. Am darauf folgenden Montag waren wir schließlich verabredet. Toni wollte mich zu Hause abholen und mit Andreas trafen wir uns am Park. Ich fand es toll und die nächsten Male verabredeten wir uns immer zu dritt. Bald stellte sich heraus, dass es schwierig war, immer einen Termin zu finden, an dem wir alle drei Zeit hatten. Mal hatte einer am Nachmittag noch eine Besprechung oder ich fand auf die Schnelle keinen Babysitter.

Es kam der Tag, an dem wir wieder zu dritt verabredet waren, und ich bereits fix und fertig angezogen war. Auch Toni wartete schon unten vor der Tür auf Andreas, der jeden Moment mit dem Auto um die Ecke kommen musste. Ausgemacht war, dass er direkt von der Arbeit zum Laufen kommen würde, denn auf seinem Heimweg musste er unmittelbar bei mir am Haus vorbei. Ich ging nach unten und wir warteten. Plötzlich bekam ich einen Anruf von Andreas: "Sorry, bei mir wird es eine halbe Stunde später, fahr jetzt grad aus der Arbeit los." Das ist voll blöd, antwortete ich, wir stehen hier schon in kompletter Montur vor der Tür, außerdem passt Carsten heute auf Niklas auf, aber der will in einer Stunde selber ins Fitness. Das bedeutete, wir müssen entweder gleich los oder unser Date für heute absagen. Daher schlug ich vor, dass wir es wie sonst auch machten, und uns am Park treffen würden. Dann könnte Andreas nach Hause fahren, sich umziehen und anschließend zum Park kommen. Diese Zeit würden wir sicher brauchen, wenn Toni und ich jetzt hier bei mir loslaufen würden. Die Idee war anscheinend nicht akzeptabel, er motzte ins Telefon, wir sollten uns nicht so anstellen, die halbe Stunde könnten wir schon auf ihn warten usw. Ich entgegnete, er hätte ja auch schon etwas früher Bescheid geben können, dann hätte ich das mit Carsten anders organisiert, der ja nun selber zum Fitness verabredet war. Aber so war alles schon ausgemacht und mein Vorschlag, uns am Park zu treffen, war auch nicht der Schlechteste. Ich lernte an diesem Nachmittag, dass nicht nur Frauen zickig sein können, Männer können das auch super gut. Wir liefen schließlich los, ich in der Hoffnung, dass Andreas sich noch besinnen würde und zum Park laufen würde. Mein Timing war super, am Parkanfang sah ich Andreas aus der anderen Richtung auf uns zulaufen, an der Gabelung allerdings lief er wortlos an uns vorbei und machte auf Tempo. "Geh" sagte Toni, "da halten wir doch locker mit oder?" "Schon", sagte ich "aber ehrlich gesagt ist mir das zu blöd, ich laufe zur Entspannung, und wenn er meint, er muss jetzt rumzicken, dann soll er das tun, aber nicht auf meine Kosten!" Für ca. fünf Minuten liefen wir in seinem Tempo mit, dann ließen wir uns zurückfallen. Erwachsene Leute, man sollte doch nicht glauben, was so eine Lappalie für Stress auslösen kann.

Ein paar Tage später fand in der Firma CGA das jährliche Sommerfest statt, wo natürlich alle Mitarbeiter eingeladen waren. Da ich dort einige Jungs kannte, war es kein Zufall, dass mir zugetragen wurde, wie unmöglich ich mich doch verhalten hatte, unser Lauf-Date einfach platzen zu lassen. Wegen einer halben Stunde. Das fand er sehr undankbar von mir. Ich musste überlegen, also zum

Laufen richtete ich mich die meiste Zeit nach ihm, denn ich hatte die Gelegenheit, direkt nach der Arbeit zu laufen, wenn Niklas noch im Kindergarten oder nachmittags bei einem Kindergartenfreund war. Das hätte mich dann keinen Cent gekostet. Stimmt, ab und zu hat er uns mit in den Skiurlaub genommen, aber auch da habe ich immer die Hälfte der Spritkosten bezahlt. Wobei ich noch froh sein konnte, denn in unseren Kreisen war er als ein äußerst sparsamer Mensch bekannt, und hätte die Spritkosten durchaus auch durch drei teilen können, denn schließlich saß mein Kind ja auch noch mit im Auto. Im Skiurlaub selbst schonte Andreas gerne seinen Geldbeutel, denn beim Mittagessen blieb von unseren Kindern immer reichlich über. Das konnte man unmöglich verkommen lassen, sagte er und machte sich über die Reste her. Außerdem weiß jeder, der Kinder hat, und Ski fährt, dass man immer eine Menge Motivation in Form von Schokoriegeln und Fanta im Rucksack haben musste. Andreas hatte zu keiner Zeit Hemmungen, sich reichlich davon zu bedienen. Ich fand, es war eine absolute Unsitte, dass er immer schon seine Finger im Essen der Kinder hatte, bevor diese überhaupt die Chance hatten, mit dem Essen zu beginnen. Mal war es der Eisbecher unserer Jungs, bei dem er sich einfach die Eiswaffel herausgezogen hatte oder das Schnitzel mit Pommes. Der Teller stand noch gar nicht richtig auf dem Tisch, da fehlten schon ein paar Pommes mit der Bemerkung, "lass mal probieren, ob die auch gut sind." In meinen Augen ging das gar nicht, und so langsam hatte ich von der

Schnorrerei die Nase voll.

Als wir wieder mal alle gemeinsam im Skiurlaub waren, habe ich mir geschworen, dass, sollten wir zum Essen gehen, bei mir und Niklas nichts auf dem Teller bleiben sollte. Eine Gelegenheit dafür bot sich bald. Das Wetter war an diesem Tag nicht zum Skifahren geeignet und wir beschlossen, stattdessen schön Essen zu gehen. Im Restaurant bestellte jeder sein Essen, nur Andreas nicht. Er meinte, er hätte heute noch gar nichts für seinen Körper getan und sich dann einfach voll zu schlagen wäre vermessen. Na klar, dachte ich, da langen auch die Reste von unseren Kindern, um satt zu werden und ein paar Euro sind dann auch wieder gespart. Nee, heute nicht, heute würde ich alles aufessen und wenn ich dabei platzen sollte. Gesagt getan, unser Essen kam. Meine Portion war schon nicht klein. Niklas hatte sich wie immer Schnitzel mit Pommes bestellt. Ich aß alles, was auf meinem Teller war und im Anschluss Niklas seine Portion bis auf die letzten Pommes, wobei ich eigentlich gar keine Pommes mag. Meine Freunde waren schon besorgt wegen meines übermäßigem Appetits, aber ich sagte nur, im Gegensatz zu Andreas hätte ich heute schon eine Menge getan und deshalb auch richtig Hunger. Der eine oder andere musste schmunzeln und wusste jetzt, wo mein Appetit wirklich herkam. Später im Auto musste ich die Rücklehne ziemlich weit zurück schieben, um meinen Bauch zu entlasten. Auch ein Verdauungsschnaps half da nicht viel. Aber wenn ich zum Abendessen immer noch so voll war, könnte ich es einfach ausfallen lassen und somit hätte ich ein paar

Euro gespart.

Nachdem Andreas auch dem letzten Bekannten erzählt hatte, wie undankbar ich war, lief er wieder alleine. Toni aber nutzte die Gelegenheit und wurde mein fester Trainingspartner und ein richtig, richtig guter Freund, bis er anfing, Freundschaft mit etwas Anderem zu verwechseln.

Schule oder Kindergarten

Fast jedes Kind freut sich auf die Schule, ich glaube, dass es bei mir damals nicht anders war. So auch Niklas, sein Problem war nur, er hatte eigentlich noch ein Jahr Zeit, da der Stichtag in diesem Jahr auf den Juni fiel und er erst im September Geburtstag hatte. Doch er wollte auf keinen Fall mehr in den Kindergarten. Alle seine Freunde kamen in die Schule und er wäre mit lauter Dreijährigen zurückgeblieben. Da war guter Rat teuer. Auf der einen Seite sein Kind einschulen, obwohl er noch ein Jahr Zeit hatte. Da stellt sich die Frage, wird er den Anforderungen gerecht oder würde er sich ein Jahr später nicht viel leichter tun. Auf der anderen Seite ihn mit lauter Dreijährigen zurück zu lassen, würde seinen Entwicklungsstand höchstwahrscheinlich auch nicht sonderlich vorantreiben. Mein Sohn war eigentlich immer ein recht unkompliziertes Kind. Ich sprach viel mit ihm und wenn ich ihn von der Wichtigkeit einer Sache oder dem Grund, warum wir etwas taten, überzeugen konnte, gab es eigentlich auch nie Probleme. Aber welche Gründe sprachen dafür, dass er im Kindergarten bliebe, mit lauter Dreikäsehoch, die er noch nicht einmal kannte. Er war dann zwar der Große, aber auch der, der den Kleinen immer alles zeigen und helfen musste. Dagegen war das Argument mit den alten Freunden in die Schule zu gehen, lesen und schreiben zu lernen, doch viel interessanter. Nach reichlicher Überlegung und der Einschätzung der Erzieherinnen im Kindergarten sollte er doch ab

September in die Schule gehen. Er freute sich auf die Schule und einzig für diesen Zweck ließ ich mich auch auf ein gemeinsames Schultütenbasteln im Kindergarten ein. Es gibt ja drei Arten von Müttern. Jeder kennt sie, und kann sich sicher mit einer der Drei identifizieren.

Nummer eins,

die im Normalfall, nachdem sie ihr Kind bekommen hat, auch ihren Job an den Nagel gehängt hat, um ab sofort nur noch für das Kind und dessen beste Entwicklung da zu sein.

Nummer zwei,

die schon in erster Linie alles zum Wohle ihres Kindes tat, aber immer in einem gewissen Maß zur Realität und die eigenen Bedürfnisse dabei nicht aus den Augen verliert.

Nummer drei,

denen ihre Kinder gleichgültig sind.

Ich ordne mich in die Spezis Nummer zwei ein. Was in diesem Falle hieß, Zuckertüte selbst gebaut und nach den Wünschen von meinem Kind ja, aber nein, in einer "Eltern-Kind-Runde", die am Donnerstagabend im Anschluss an den Kindergarten stattfindet. Die meisten Kinder sind zu diesem Zeitpunkt schon total müde oder haben ihre Müdigkeit übergangen und sind total aufgedreht.

Ich habe meinen guten Willen gezeigt, aber nachdem ständig irgendwelche Kinder von Mutter Kategorie drei über Tische und Bänke sprangen und Mütter aus

Kategorie eins mir die ganze Zeit erzählten, was sie unter welchen Anstrengungen beim Aldi erworben haben und dass sie ihr Kind jetzt vor Schulbeginn noch schnell zum Englischkurs angemeldet haben, da dies ja ein großer Vorteil bei Schulstart für die Kleinen wäre, packte ich meine Sachen zusammen und erklärte den anderen, dass ich noch einen wichtigen Termin hätte. Und Niklas sagte ich, dass, wenn wir die Schultüte in aller Ruhe zu Hause fertig basteln würden, sie noch viel schöner würde. So haben wir es gemacht und die Tüte sah anschließend super aus.

Der Wahnsinn ist auch, was so ein Schulanfang kostet. Mit einem Schulranzen und der Schultüte ist es nicht getan, es kommen unzählige Hefte, Umschläge, Stifte in tausendfacher Ausführung, Turnbeutel, Sportsachen und, und, und dazu. Das da noch keiner auf die Idee gekommen ist, sein Kind nicht einzuschulen, weil er sich das einfach nicht leisten kann?

Mein Kind fieberte bereits dem ersten Schultag entgegen. Als es dann endlich soweit war, wurden in der Schule die Neuankömmlinge von den Zweit- bis Viertklässlern begrüßt und anschließend wurden die ersten beiden Unterrichtsstunden abgehalten. Anschließend ging es wieder nach Hause. Da war die Welt noch in Ordnung. Am zweiten Tag wollte ich mein Kind wie abgesprochen vom Schulbus abholen. Ich wartete und wartete, aber es kam weder ein Bus noch mein Kind. Ich setzte mich ins Auto und fuhr zur Schule. Mittlerweile war ich ziemlich aufgeregt, denn mein Kind musste jetzt eigentlich schon seit einer guten Stunde zu Hause sein. Ich ging in das Zimmer, in dem die Mittagsbetreuung stattfand und dort saß er dann auch. Zum Glück saß er da. Der Betreuerin erzählte ich, dass ich am Bus gewartet habe, aber kein Bus kam. Sie meinte, dass in der ersten Schulwoche nur ein Bus nach der vierten Stunde fährt und erst ab der nächsten Woche der reguläre Bus auch für die Kinder der Mittagsbetreuung. Ob mich niemand informiert hätte? Offensichtlich nicht, gab ich ihr zur Antwort. Aber das sei sicher nicht ihre Schuld und es wäre ja auch alles noch einmal gut gegangen. Seine Hausaufgabe, die er an diesem Tag aufbekam, hatte es dann schon in sich. Er sollte 27 Kinder mit ihrer Schultüte inklusive der Lehrerin ausmalen. Das dauerte! Meine Freundin, die gegen Abend zu Besuch kam, half ihm beim Ausmalen. Sie hatte Spaß und Niklas wurde geholfen. Nur leider konnte Lisa nicht jeden Abend vorbei kommen, um die ganzen Bildchen für uns auszumalen.

Schon nach kurzer Zeit bemerkte ich, dass das Interesse von meinem Sohn an der Schule, in die er so hohe Erwartungen gesetzt hatte, ziemlich schnell nachließ.

Nach ca. 14 Tagen lud uns die Lehrerin zu einem Elternstammtisch ein. Dieser sollte in bestimmten Abständen immer in einem anderen Lokal stattfinden. Nette Idee dachte ich, obwohl ich nicht so der Freund vom gegenseitigen Austauschen der besonderen Fähigkeiten der jeweiligen Kinder war. Die Lehrerin erzählte zunächst etwas über ihre bisherige Laufbahn und dann kam der springende Punkt, sie sagte doch ernsthaft, sie würde viel lieber an einer Mädchenschule unterrichten, weil sie Jungs eigentlich gar nicht so mag. Ich schaute in die Runde und 3/4 der Mütter, die an diesem Abend anwesend waren und die ich kannte, hatten Jungs. Das war jetzt nicht ihr Ernst? Sie schien ihre Aussage gar nicht zu bemerken, denn sie plapperte munter weiter. Ich weiß nicht, ob nach diesem Abend noch weitere Stammtische stattgefunden haben, ich für meinen Teil habe keinen mehr besucht.

Es vergingen ein paar Wochen, mein Kind wurde sehr still, was das Thema Schule betraf, und irgendwie so abgestumpft, wie man es von einem Siebt- oder Achtklässler erwartet. Auf die Frage, wie war dein Tag?, bekam ich zur Antwort "gut", was so viel bedeuten sollte, wie frag nicht weiter!

Nach weiteren sechs Wochen ging ich doch zu einem Elterngespräch in die Schule. Sorgen wegen schlechter Noten brauchte ich mir nicht zu machen, es gab ja noch keine. Ich wollte einfach nur ein Gespräch mit der Lehrerin und eine Einschätzung ihrerseits von der Leistung meines Sohnes. Diese Person, welche Jungs nicht leiden konnte, meinte auf meine Frage, wie es denn so in der Schule laufe:

"Mmh, bei dem Niklas weiß ich nicht so genau, will er nicht oder kann er nicht?" Darauf gab ich ihr zur Antwort: "Ob er nicht will oder nicht kann, könne ich ihr jetzt auch nicht beantworten. Schließlich lerne sie vier Stunden mit ihm und hätte zudem den Vergleich mit anderen Kindern. Ich wisse nur für meinen Teil, dass mein Kind mit Sicherheit nicht dumm sei!"

Auch die Versprechungen ihrerseits am ersten Schultag, dass unsere Kinder bald überall versuchen werden, zum Beispiel im Supermarkt, die Etiketten auf den Lebensmitteln zu entziffern, konnte ich überhaupt nicht bestätigen. Mein Kind wollte davon nichts, aber auch gar nichts wissen. Diese neue Lernmethode, mit Hilfe einer Anlauttabelle lesen zu lernen und die Rechtschreibung dabei völlig außen vor zu lassen, fand ich damals schon bescheuert und hielt es für einen großen Fehler. Heute, zehn Jahre später, mein Sohn macht dieses Jahr seinen Abschluss, stellen die Pädagogen plötzlich fest, dass durch diese Art des Lesens und Schreibens wertvolle Grundkenntnisse der Orthographie verloren gegangen sind. Meine Damen und Herren Pädagogen, das ist doch logisch! Wenn den Kindern zwei Jahre lang vermittelt wird, das macht nichts, wie du das schreibst, Mami und Papi können das lesen. Warum, denkt sich doch das Kind, kann und will Mama und Papa das jetzt plötzlich nicht mehr lesen und in der Schule ist es plötzlich falsch, was vor einem halben Jahr noch richtig war?

Speziell bei meinem Sohn hatte ich das Gefühl, dem war das völlig wurscht, wie er was geschrieben hat. Er war sich sicher, wer wollte, konnte das lesen, was auf seinem Blatt stand. Die ganze Sache ging sogar so weit, dass man ihm eine Lese-Rechtschreibschwäche nachsagte und er später in der dritten Klasse den von der Schule angebotenen Förderunterricht besuchte. Als Mutter machte man sich da natürlich immer Sorgen, deshalb hätte ich mir schon manchmal einen Partner gewünscht, mit dem man sich über anstehende Probleme austauschen oder die anfallenden Probleme des Alltags besprechen konnte. Alle Zuwendung und Motivation musste man alleine aufbringen. Das war nicht immer leicht. Es kamen noch die Dinge dazu, die einen als Erwachsenen zusätzlich belasten, die man so mit sich herumträgt und schließlich auch alleine damit fertig werden muss. Die Krönung war immer, wenn mir meine Kolleginnen einen schönen Nachmittag wünschten und meinten, ich solle doch einen Cappuccino für sie mittrinken. Na wartet mal, dachte ich mir, ihr bekommt auch noch alle Kinder, und dann lache ich, wenn ihr den ganzen Nachmittag Hausaufgaben macht. Lisa hat oft die Szenen mitbekommen und meinte, da geht sie lieber in die Arbeit und ihr graue jetzt schon davor, wenn sie das alles mit ihrem Kind durchmachen muss. Ich machte ihr Mut, denn ich war der festen Überzeugung, dass die Leistungen eines Kindes viel von der Qualität oder den pädagogischen Fähigkeiten des Lehrers abhängen, nicht jedoch von seiner Qualifikation. Zu den Fähigkeiten von Niklas seiner Lehrerin möchte ich mich nicht äußern, lange Zeit dachte ich auch, dass nur mein Kind Schwierigkeiten mit dem Lehrstoff hatte, bis ich mich schließlich länger mit einer Mutter unterhielt, deren Kind bereits mit Niklas in den Kindergarten gegangen war. Früher hat man sich oft beim Abholen im Kindergarten gesehen, aber jetzt, da die Kinder selbstständig vom Bus nach Hause gingen, hatte man einfach nicht mehr den Kontakt. Durch das Gespräch wurde ich gelassener, was die Probleme in der Schule betraf. Sie erzählte mir, dass der Klassendurchschnitt in Mathematik bei 4,5 liegen würde, und sie ihr zweites Kind jetzt an der neu gegründeten Montessori-Schule angemeldet hätte, da sie das nervlich nicht aushalten würde, noch vier Jahre ein Kind an dieser Schule unterrichten zu lassen. Aus lauter Verzweiflung hätte sie sogar mit Yoga begonnen, um für ein paar Stunden von dem Stress runter zu kommen. Nun Yoga war keine Option für mich, ich musste es irgendwie anders schaffen.

Beste Freunde

Mein bester Freund Toni war mit seiner Freundin Elke zusammen, die er schon seit mindestens zehn Jahren kannte. Sie wohnten bereits seit längerer Zeit zusammen. Ich kannte sie nicht gut, aber immer, wenn sie auf einer Feier auftauchte, war Toni total verkrampft, kam er dagegen allein, war er wie ausgewechselt. Immer ein Lächeln im Gesicht riss er Witze, die auch wirklich witzig waren und war meist der letzte, der die Party verließ. Ich mochte ihn wirklich gern. Wir waren alle zu Toms Geburtstag eingeladen. Toni kam allein und ich fragte ihn, wo er denn seine Spaßbremse gelassen hätte. Er lächelte und meinte: " Eben aus diesem Grund habe ich sie zu Hause gelassen." An dem Abend erzählte er mir, dass die Beziehung gerade nicht so gut laufen würde. Sie würden oft streiten und er wisse so überhaupt nicht, was er an dieser Situation noch ändern könnte beziehungsweise was genau sie eigentlich von ihm wollen würde. Im Nachhinein betrachtet glaube ich, dass er generell ein Problem damit hatte, Frauen zu verstehen. Er erzählte mir von ihr, ihren Eltern, deren Erwartungen und dass er glaubte, diese nie gut genug erfüllen zu können. Ich war mir nicht sicher, was ich ihm raten sollte. Ich hatte mich schließlich selbst gerade erst getrennt und war mit vielen Fragen die sich stellten, selber noch beschäftigt. Wochenlang spielte ich durch, was tue ich meinem Kind an, kann ich das verantworten, wird sich das auf seine Entwicklung auswirken, komme ich überhaupt finanziell allein zurecht? Die Großeltern beiderseits konnten mich im täglichen Leben nicht unterstützen, dafür wohnten sie zu weit weg. Wie wird der Vater von Niklas reagieren? Wird er kooperieren oder wird er sich quer stellen? Tausend Fragen und keine Antworten. Sicher beschäftigten Toni andere Fragen, aber das Grundproblem war doch dasselbe. Was er mir dann erzählte, verschlug mir mal wieder die Sprache und das ist in meinem Leben echt nicht so oft vorgekommen. Mir war schon klar, dass wir in einer streng katholischen Gegend wohnten, aber dass sich da echt Leute daran hielten, die schon seit Jahren zusammenlebten? Kein Sex vor der Ehe. "Du verarschst mich doch", sagte ich zu ihm, aber er lachte nicht und da war mir klar, das war sein bitterer Ernst. Du meine Güte, jetzt war wirklich guter Rat teuer. Ich wusste wirklich nicht, was ich sagen sollte und darum habe ich wohl laut gedacht. "Wenn Du eh nur Stress hast und lieber allein unterwegs bist, als mit ihr zusammen und noch nicht einmal Sex hattest mit der Frau, die Dich nervt, also auch nicht weißt, ob das gut funktioniert oder überhaupt jemals passiert, ja, dann würde ich mich an Deiner Stelle vielleicht doch neu orientieren. Aber ich will Dich um Himmels Willen auch zu nichts überreden, hinterher bereust Du es. Aber eins, da bin ich mir sicher, wenn Du über einen längeren Zeitraum unglücklich bist, macht Dich das irgendwann krank oder unzufrieden und Du bist Dir selber nicht mehr gut." Ich riet ihm, gut darüber nachzudenken. Sich wirklich Zeit dafür zu lassen, auf keinen Fall etwas zu überstürzen. Für diesen Tag ließen wir das Thema ruhen und wollten uns stattdessen etwas amüsieren.

Am nächsten Tag musste ich wieder an unser Gespräch denken und hoffte, da nicht was Blödes losgetreten zu haben. Wir trafen uns wie gewohnt zum Laufen, aber über seine Beziehung sprachen wir zunächst nicht.

Einige Wochen später erzählte er mir, er hätte sich nach reichlicher Überlegung von seiner Freundin getrennt. Er behalte die Eigentumswohnung, würde sie auszahlen und der Vater von ihr hätte ihm auch schon eine nette Rechnung gestellt für die Gefälligkeiten, die er bei ihm in der Wohnung geleistet hatte. "Wow," sagte ich, "was hat er denn für Tapeten an die Wand Kleben verlangt?" "Schlappe 7.000 DM", meinte er, eine Wand hat er allerdings auch noch versetzt. Nettes Taschengeld dafür, dass man die Leistung ursprünglich aus Freundschaft erbracht hat. Toni war das egal, Hauptsache, er hatte seine Ruhe. "Dann zahle ich halt ein bisschen länger an der Wohnung ab als ursprünglich geplant. Eine neue Küche brauch ich auch noch. Hättest Du vielleicht Lust, mit mir eine aussuchen zu gehen, ich habe von solchen Dingen eh keine Ahnung und eine Frau weiß doch gleich, auf was man bei einem Küchenkauf so alles achten muss." "Gerne", antwortete ich, "sag mir wann Du fahren willst, ich nehme mir Zeit." Das darauf folgende Wochenende bot sich dafür an, Niklas wurde am Samstagmorgen von seinem Dad abgeholt und ich hatte den ganzen Tag Zeit. Wir fuhren zum Hiendl, das Angebot dort war riesig, aber wenn das Budget eingeschränkt ist, wird automatisch die Auswahl kleiner. Trotzdem wurden wir fündig und Toni lud mich als Dankeschön für meine beratende Tätigkeit im Anschluss zum Essen ein. Ich fand, das war eine nette Idee.

Auch unternahmen wir die nächste Zeit mehr miteinander. Gelegentlich holte er mich mit der Begründung zum Volleyballtraining ab, er müsse sowieso bei mir am Haus vorbei. Er rief öfter an und erkundigte sich nach meinem Befinden. Ich bekam mehrere SMS auch spät in der Nacht. Am Anfang dachte ich mir nichts dabei. An einem Samstagabend, ich war zu einem Geburtstag eingeladen und traf dort einen netten Typen wieder, den ich Wochen zuvor auf einer Feier kennen gelernt hatte. Der Zufall wollte es, dass wir nebeneinander saßen. Wir unterhielten uns sehr angeregt. Toni kam etwas später und registrierte sofort, dass ich in männlicher Begleitung war. Dass wir uns auf der Feier erst wieder getroffen hatten, konnte er nicht wissen. Er war ungehalten und trank ziemlich schnell einen Wein nach dem anderen und ließ nichts aus, um unsere Unterhaltung zu stören. Er mischte sich in unsere Gespräche ein und benahm sich wie ein eifersüchtiger Gockel. Erst jetzt wurde mir klar, er war verknallt. Da waren wir wieder so weit, ich verbrachte Unmengen Zeit mit ihm und bemerkte nichts. Ich riet ihm, etwas langsamer und weniger zu trinken, aber er lachte nur. Er kam um den Tisch herum und beugte sich zu mir herunter. Ich ging davon aus, er wollte mir was ins Ohr sagen, da biss er plötzlich zu, "au", voll in mein Ohrläppchen. Ich schrie auf und gab ihm im Reflex eine Ohrfeige und den Rat, es wäre wohl besser, wenn er jetzt nach Hause ginge, denn er habe eindeutig zu viel getrunken. Tatsächlich trat er den Heimweg an. Am anderen Morgen hatte ich schon drei Entschuldigungs SMS auf meinem Handy. Ich musste die Sache klarstellen, schließlich war er ein richtig guter Freund. Ich lud ihn am Nachmittag zum Kaffee bei mir zu Hause ein. Als er kam wirkte er ziemlich geknickt, offensichtlich hatte er ein schlechtes Gewissen. Ich brühte uns einen Kaffee auf und überlegte die ganze Zeit, wie sag ich's meinem Kinde?

Er entschuldigte sich für sein Verhalten. Er wisse, dass er über die Stränge geschlagen habe, aber er könne nun mal nichts für seine Gefühle. Oh Gott, dachte ich mir, wie sage ich's ihm nur, ohne ihn zu verletzen?

Vielleicht so: "Toni, Du weißt, Du bist ein guter, ein sehr guter Freund von mir. Wir haben in letzter Zeit viel miteinander unternommen. Das habe ich auch sehr genossen und würde mir auch wünschen, dass das so bleibt. Ich weiß so viel von Dir und Du natürlich umgekehrt auch von mir. Aber was ich für Dich empfinde, ist eher familiärer Art, ich würde eher sagen, Du bist wie ein Bruder für mich. Ich kann Dir alles erzählen, wir können rumblödeln, aber eine Beziehung kann ich mir beim besten Willen nicht vorstellen."

Autsch, das musste weh tun. Ich glaub, hätte mir das einer gesagt, ich hätte auf dem Absatz kehrtgemacht, aber Toni nicht, er blieb sitzen und meinte, woher ich das so genau wissen wollte. Gefühle könnten ja auch wachsen. "Schon möglich", antwortete ich," aber mal angenommen, ich ließe mich darauf ein und würde nach kurzer Zeit merken, da entwickelt sich nichts, dann ist unsere Freundschaft vorbei." Das wollte ich auf gar keinen Fall riskieren, denn seine Freundschaft war mir sehr wichtig. Fürs erste gab er sich mit der Antwort zufrieden und war wohl glücklich darüber, dass ich ihm seine schräge Aktion vom Vorabend nicht länger nachtrug.

Dennoch folgten unzählige SMS bis spät in die Nacht hinein.

Am Abend kamen ein paar Freunde vorbei. Wir öffneten eine Flasche Wein und ratschten mal wieder über Gott und die Welt. Ein gemütlicher Abend und als dann alle in Aufbruchstimmung waren, meinte Toni, er bekäme doch sicher noch einen Schnaps von mir und würde anschließend auch brav nach Hause gehen. Meine Freundin schaute schon ein wenig skeptisch, sie wusste, wenn er jetzt bei mir bliebe, hockte er wahrscheinlich noch ewig. Ich gestikulierte ihr, das passt schon, ich komm schon klar. Sie ging, hatte aber kein so gutes Gefühl und ich rief ihr hinterher, ich ruf dich an. Nachdem ich ihm einen Schnaps hingestellt hatte, erklärte mir Toni, er hätte im Internet einen Test gemacht.

Wie attraktiv wirke ich auf andere Frauen und dabei hätte er 10 von 10 möglichen Punkten erreicht, also könne er doch gar nicht so unrecht sein. Ich wollte wissen, an was das Internet denn festmachte, wer attraktiv ist und wer nicht.

Ich erklärte ihm, auf einer Skala von eins bis zehn würde er von mir für Optik, Charme, Ausstrahlung, Figur und Intelligenz auch zehn Punkte bekommen. Nur bei der

Frisur würde ich einen Punkt abziehen. Hätte ich ihn möglicherweise in einer Disco oder wo anders kennen gelernt, stünde es außer Frage, dass ich an ihm Interesse gehabt hätte. Ich denke aber, wenn wir uns dann näher kennen gelernt hätten, wäre ich zu dem selben Ergebnis gekommen, ein toller Freund, aber meine Gefühle für ihn sind und bleiben doch eher freundschaftlich. Toni war für mich eher wie ein Bruder. Eine Beziehung mit ihm konnte ich mir so überhaupt nicht vorstellen.

Ich, ein ruhiger, nachdenklicher Typ und er immer hibbelig und auf Vollgas, mit Sicherheit hätte er mich in kürzester Zeit in den Wahnsinn getrieben. Außerdem kam noch hinzu, dass er ja keinerlei sexuelle Erfahrung hatte und ich wollte nicht diejenige sein, die ihm da Nachhilfe gab. Ich hoffte eher darauf, jemanden kennen zu lernen, der meine Wünsche in irgendeiner Weise erfüllen konnte, aber das konnte ich ihm schlecht sagen. Mag schon sein, dass das vielleicht ein bisschen egoistisch von mir war, aber ich hatte mir für die Zukunft vorgenommen, nicht immer nur an andere, sondern nach meinem Kind in zweiter Instanz erst einmal an mich zu denken.

Dieses Ziel habe ich die ganzen Jahre nicht aus den Augen gelassen, allerdings musste ich Wünsche und Ziele stellenweise stark zurücksetzen, da ich phasenweise weit, weit weg davon war und mir ein Leben mit neuem Partner und Kind schon ziemlich unrealisierbar erschien.

Zumindest nicht so, dass alle Beteiligten gut damit hätten leben können.

Ich verabschiedete Toni nun und versprach ihm, dass die

Richtige für ihn schon noch kommen würde. Alles brauche eben seine Zeit.

Die Situation spitzte sich indessen zu. Unsere Mannschaft hatte sich für das Beachturnier am Wochenende angemeldet. Üblicherweise zelteten wir dabei immer vor Ort. Nach Spielende grillten wir meistens gemeinsam, tranken den einen oder anderen Schluck Wein und gingen anschließend zur Spielerparty. Nachdem ich Niklas zu Bett gebracht hatte, gesellte ich mich zu den anderen, die schon feierten. Dabei unterhielt ich mich länger mit Jonas, er spielte in einer anderen Mannschaft, und die missbilligenden Blicke von meinem Verehrer entgingen mir nicht. Das gibt es doch nicht, ich ärgerte mich und begann bewusst, mit meinem Jonas zu flirten. Toni beobachtete alles genau und versuchte auch immer wieder unsere Unterhaltung zu unterbrechen. Den Höhepunkt erreichten wir aber, als mir ein Mitspieler, der zugegeben ziemlich attraktiv war, mitteilte, sein Spezi, der ihm Zelt, Schlafsack und die Isomatte vorbeibringen wollte. komme jetzt nicht mehr, da er schon zu viel getrunken hatte. Blöde Situation, ich bot ihm daher an, bei mir und Niklas im Zelt zu übernachten. Mit einem Schlafsack konnte ich nicht dienen, aber wenigstens hatte er ein Zeltdach über dem Kopf. Im Zelt lagen drei Isomatten, da mein Kind immer die Angewohnheit hatte, durch das ganze Zimmer zu rollen. So hatte er zu seinem Duschtuch, mit dem er sich zudecken wollte, wenigstens noch eine Matte unterm Hintern. Später im Zelt unterhielten wir uns über lauter belanglose Dinge, bis jemand von außen immer dazwischen quatschte. Ich glaubte das nicht, Toni hatte sich mit seinem Schlafsack direkt neben unserem Zelt postiert und laberte die ganze Zeit unqualifiziert dazwischen. Ich fand das total lächerlich und frage mich bis heute, was für Prozesse sich in einem Hirn abspielen, wenn man unglücklich verliebt ist. Die Unterhaltung seinerseits endete schließlich mit den Worten, er könne sich unseren Schmarrn nicht länger mit anhören und würde jetzt weit weg von unserem Zelt mitten auf der Beachanlage übernachten. Tatsächlich lag er am Sonntagmorgen ganz allein in seinem Schlafsack mitten auf dem Beachfeld. Beim nächsten Turnier am Treffpunkt achtete ich genau darauf, dass er nicht heimlich seinen Schlafsack und sein Zelt aus dem Auto entfernte, um dann am Abend bei mir im Zelt übernachten zu können. Im Grunde sollte es mir schmeicheln, wenn jemand so hartnäckig an meiner Person interessiert war, aber so langsam wurde das zu einer richtigen Belastung. Er wusste genau, wann wer bei mir war und kontrollierte die Autos, die vor meiner Tür standen. Er durchsuchte sämtliche Fotos, die er hatte, um heraus zu finden, wo ich beispielsweise den Typ kennen gelernt haben könnte, mit dem ich damals am Geburtstag gesprochen hatte. Als Bildschirmschoner auf seinem Handy hatte er einen Augenausschnitt von mir, mit der Begründung, er hätte noch nie so schöne Augen gesehen. Normalerweise war so etwas schmeichelhaft, aber ich hielt das langsam nicht mehr für normal. Meiner Meinung nach erfüllte das schon den Tatbestand von Stalking und ich begann, gemeinsame Treffpunkte zu meiden.

Wenn ich schon wieder von einem Turnier erzähle, erweckt das sicher den Eindruck, ich hätte in meinem Leben nichts Anderes gemacht, als am Wochenende Volleyball zu spielen. Aber in den Sommermonaten war es tatsächlich so, fast jedes zweite Wochenende nahmen wir an irgendeinem Turnier teil. Mittlerweile hatten wir so viele Spieler und Spielerinnen, dass wir stellenweise drei Mannschaften melden konnten, und zusammen waren wir eine echt tolle Gemeinschaft. Die Abende waren immer lustig und gerade wenn man allein war, konnte man etwas Abwechslung sehr gut gebrauchen. Mit Sicherheit war es besser als alleine auf der Couch zu sitzen und einen langweiligen Film im Fernsehen anzuschauen.

Die meisten Turniere fanden in oder in der Nähe eines Freibades statt, so konnten auch unsere Kinder den ganzen Tag gemeinsam spielen und ins Wasser springen, wann immer ihnen danach war. Damit im Wasser nichts passierte, hatte immer eine der Mütter, die gerade spielfrei hatte, ein aufmerksames Auge auf die Kinder. Alle waren rundum zufrieden.

Da wir in unserem Team mehr männliche als weibliche Spieler hatten und für dieses Turnier ein Drei-Drei-Mix vorgeschrieben war, mussten wir unseren Damenpart mit auswärtigen Mädels auffüllen. In diesem Fall war es eine Bekannte von Carsten. Nicht, dass ich damit nicht klar kam, in diesem speziellen Fall hatte eigentlich er das

Problem, nur konnte ich das zu diesem Zeitpunkt noch nicht wissen. Wir beide hatten mittlerweile wieder ein recht gutes Verhältnis und er fragte mich, wann besagte Aushilfe denn anreisen würde. Er hoffte, dass sie erst am Samstag zu Spielbeginn erscheinen würde, so dass er am Freitag noch einen entspannten Abend haben konnte. Wegen dieser Antwort fragte ich etwas genauer nach und erinnerte mich an das letzte Telefongespräch mit besagter Person. Jetzt wurden mir auch ein paar Dinge klar. Als wir telefonierten erkundigte sie sich mehrmals über Carsten, beschwerte sich, dass er auf ihre SMS nicht antwortete usw. Dann betonte sie, dass ich da ja nichts falsch verstehen solle, sie seien nur gute Freunde! Ehrlich gesagt, bis zu diesem Zeitpunkt hatte ich mir noch gar nichts gedacht. Nee, das glaubte ich ja im Leben nicht. Carsten, der bereits von einem Kleinkind genervt war, würde sich doch nicht auf eine Frau einlassen, die gleich drei Kinder hatte und außerdem noch mindestens zehn Jahre älter war als er.

Ich fragte sie, ob sie denn in ihrer SMS an Carsten eine Frage formuliert hätte, denn wenn nicht, brauchte sie sich nicht zu wundern, wenn er ihr nicht antworten würde. Keine Frage, also auch kein Grund, die SMS zu beantworten. Ich beruhigte sie und meinte, es gäbe keinen Grund, sich darüber Gedanken zu machen, Männer sind halt so.

Wie konnte es überhaupt zu dieser Situation kommen? Carsten machte damals eine Umschulung in München. Dafür hatte er ein kleines Zimmer gemietet. Nach

Beendigung der Schulung kündigte er das Zimmer, musste aber später für ein paar Prüfungen nochmals für ca. sechs Wochen zurück. Damit er für den kurzen Zeitraum nicht noch einmal ein Zimmer anmieten musste, bot ihm diese Bekannte welche am Stadtrand von München wohnte, und er vom Volleyball her kannte, ein Zimmer in ihrem Haus an. Er nahm das Angebot an und half ihr gleichzeitig beim Umzug in ihr neues Haus. Das allein hat ihr gereicht, um zu glauben, dass er womöglich mehr Interesse an ihr hätte, als nur die sechs Wochen bei ihr zu wohnen. Jeder, der Carsten ein bisschen kannte, wusste, dass er in solchen Dingen immer sehr hilfsbereit war und dafür keinerlei Gegenleistung erwartete.

Die Hoffnung auf einen entspannten Freitagabend musste ich ihm daher leider nehmen, denn ich erzählte ihr am Telefon, dass wir uns bereits schon am Freitag alle treffen würden. Ich konnte ja nicht ahnen, dass diese Frau so penetrant werden würde.

„Jetzt kannst Du aber vielleicht ein bisschen nachvollziehen wie es mir geht," sagte ich zu ihm. „Ich denke, wir können sie sicher ein bisschen von Dir ablenken. So etwas Aufdringliches hatte er jetzt wirklich nicht verdient." Das wäre im Grunde ein guter Job für Toni und er erklärte sich auch wirklich bereit, Carsten diesbezüglich etwas zu entlasten. Er tanzte mit ihr, lud sie in die Bar ein, machte seinen Job wirklich gut. Babsy war richtig ausgelassen und genoss sichtlich den Abend. Naja, ich konnte sie in einem Punkt verstehen, wer fühlt sich nicht geschmeichelt, wenn ein hübscher Typ einem den ganzen Abend die Stange hält. Höchstwahrscheinlich hat Toni seinen Job zu gut gemacht, denn plötzlich war er derjenige, der Hilfe brauchte. Lisa übernahm Toni und ich opferte mich, um Babsys neugierige Fragen zu beantworten. Wer denn die Tussi wäre, mit der Carsten an der Bar stehen würde, wie alt die sei und woher er die überhaupt kennen würde? Kurze Zeit später tanzte sie alleine und flirtete alle Männer an, die auch nur annähernd allein herumstanden. "Gott ist das peinlich," sagte ich zu Lisa und den anderen, die bei mir standen. "Sollte ich mich irgendwann nur annähernd so aufführen wie diese Frau, dann haltet mich bitte auf."

Die Party ging weiter und ich machte mich mit Lisa zu einem Kontrollgang in mein Zelt auf, wo Niklas schlief. Es war nicht weit weg vom Partygeschehen und er wusste, wo er mich für den Fall, dass er munter werden würde, fände. Natürlich war das nicht die optimale Lösung, aber außer uns konnte niemand auf das Gelände. Ich zog den Reißverschluss des Zeltes hoch, Niklas schlief tief und fest, aber irgendetwas stimmte nicht. Ich drehte mich zu meiner Freundin um und sagte: "Niklas schläft, aber irgendetwas ist komisch." Seine Hände wirkten irgendwie viel zu groß! Wir schauten noch einmal zusammen hinein und nachdem wir ein bisschen mehr sehen konnten, bemerkten wir Toni, der ebenfalls mit im Zelt lag! Ich war fassungslos. Der legte sich einfach still und leise in mein Zelt und wartete seelenruhig auf mich. Machte sich nicht mal bemerkbar, als ich den Reißverschluss öffnete. "Raus" schrie ich, "sofort raus da!" Selbst Lisa traute ihren Augen nicht und forderte ihn auf, sofort zu verschwinden. Er versuchte noch eine Entschuldigung zu stammeln, aber schlich dann wie ein begossener Pudel davon.

Nach diesem Abend habe ich den Kontakt mit ihm mindestens für 14 Tage gemieden, was nicht einfach war, schließlich hatten wir denselben Freundeskreis.

Der Abstand tat uns beiden gut und er hat schließlich eingesehen, dass er den Bogen überspannt hatte. Seit diesem Zeitpunkt riss er sich wirklich zusammen. Natürlich war er immer noch verliebt, aber er hatte sich und seine Gefühle unter Kontrolle.

Ein knappes halbes Jahr später sollte mein oder besser gesagt unser Problem endlich aus der Welt sein.

Daniela hatte wie schon die Jahre zuvor im Januar für alle Interessierten ein Ferienhaus in Söll gemietet. Für eine Woche zum Ski fahren. Coole Sache, jeden Abend war jemand anderes zum Kochen dran. Das Frühstück wurde gemeinsam hergerichtet. Am Abend wurde natürlich das eine oder andere Glas Wein getrunken und wie im Skiurlaub üblich auch der eine oder andere Schnaps. Dieses Jahr brachte unser Kumpel Hauke eine Arbeitskollegin mit. Sandra hieß sie und Toni war augenscheinlich von Anfang an ziemlich angetan von ihr. Dies schien auch auf Gegenseitigkeit zu beruhen, denn schon zwei Tage später gingen sie gemeinsam Brötchen holen und auch so sah man sie oft in trauter Zweisamkeit. Nun war die Geschichte gänzlich vom Tisch, denn auch später daheim besuchte er sie öfter am Wochenende oder sie kam zu ihm. Sie wurden ein Paar und ich konnte wieder ganz entspannt mit ihm umgehen und nahm nun mehr wieder nur die beratende Position der großen Schwester oder guten Freundin ein. Alles war wie früher.

Kindergartenfest

Bevor ich beschloss, dieses Buch zu schreiben, war mir schon klar, dass ich in meiner Zeit als "allein erziehende Mutter" wahrscheinlich mehr erlebt hatte als in einer gut funktionierenden Beziehung. Zwangsläufig habe ich viel mehr Menschen kennen gelernt und war an Orten, in die ich mit Partner höchstwahrscheinlich nie gekommen wäre. Oft habe ich mir die Frage gestellt, was wäre wenn? Wäre unsere Beziehung nicht auseinander gegangen, wie wäre mein Leben verlaufen? Was hätte sich besser angefühlt, eine harmonische Beziehung über viele Jahre oder mein Leben so, wie es sich entwickelt hatte. Ich weiß es nicht und werde womöglich auch keine endgültige Antwort darauf finden. Fakt ist, ich hatte damals keine andere Wahl. Hätte ich nichts geändert, hätte mich das im Laufe der Zeit kaputt gemacht und mein Kind hätte das sicher auch früher oder später gespürt. Worauf ich eigentlich hinaus wollte, im Moment liest sich die Geschichte so, als hätte ich die ganze Zeit nur Party gemacht. So ist es natürlich nicht, aber wie jeder weiß, bleiben oft nur die schönsten Momente langfristig in Erinnerung. Kein Mensch kann sich an jeden einzelnen Tag in seinem Leben erinnern, aber eine schöne Geschichte, an die ich mich erinnere, ist das Kindergartenfest im Jahr vor Niklas seiner Einschulung. Diese Geschichte hat tatsächlich mal nichts mit Volleyball zu tun, oder nur ganz weitläufig, weil wir ein Turnier vorzeitig verlassen mussten, um zu besagtem Fest an einem Sonntagnachmittag zu fahren.

Jedes Jahr hatten wir beide gemeinsam das Kindergartenfest besucht, um genau ein Stück Kuchen zu essen, einen Kaffee zu trinken und als Abschluss eine Bratwurstsemmel zu essen. Die ganzen Angebote, welche sie für die Kinder vorbereitet hatten, wie Eierlauf, Sackhüpfen, Ringe werfen oder Kinderschminken interessierten meinen Sohn nicht die Bohne. Er fand das alles nur doof. Deshalb stand für mich auch fest, das letzte Fest bevor er in die Schule kam, konnten wir uns schenken und ich könnte unser Turnier bis zu Ende spielen. Kuchen, Limo und Bratwurstsemmel gab es da schließlich auch. Ich unterrichtete mein Kind von der Idee und der meinte: "Nee, das geht nicht, ich muss unbedingt zu dem Kindergartenfest. Ich habe da einen Auftritt!" "Einen Auftritt?" fragte ich ungläubig. "Du, wo Du doch jegliche Art von Aktivität bei so einem Fest ablehnst? Was für eine Art Auftritt soll das denn sein?" Er antwortete: "Ich singe!" "Du singst? Ja, was denn?" Er meinte, ohne mit der Wimper zu zucken, den "Anton von Tirol", und noch zwei weitere Lieder. Ich war sprachlos. Mein Kind, das sich im Morgenkreis vor 15 Kindern weigerte, eine Aufgabe zu erfüllen, wollte vor ca. 80 Kindern und ungefähr noch mal so vielen Eltern plus den Erzieherinnen singen? Er war der festen Überzeugung, ich jedoch fragte lieber am anderen Tag im Kindergarten noch einmal nach. Sie bestätigten mir das prompt, wenngleich sie auch zweifelnd bei Niklas nachfragten, ob das denn sein voller Ernst sei. Sie erklärten ihm gleichzeitig, dass an diesem Tag viele Leute da wären und die alle nur auf ihn schauen würden. Er bestätigte wieder, er würde singen. Ja gut meinte ich, wenn die Sache so ist, dann wird er es auch durchziehen, denn eins musste man sagen, wenn er zu etwas ja gesagt hatte, dann hat er auch immer zu seinem Wort gestanden. Damit er nicht ganz allein auf der Bühne stand, haben die Erzieherinnen ihm noch zwei Kinder an die Seite gestellt, die mitsingen sollten.

So ein Auftritt ist eine wichtige Sache und damit alles richtig authentisch rüberkommt, benötigte mein Kind natürlich auch das richtige Outfit. So fragte ich ihn nach seinen Vorstellungen und genau so fertigte ich ihm sein Künstleroutfit an. Frau Bremer, die Erzieherin, probte mit ihm die Texte, wobei die bereits gut saßen. Darin sah ich das geringste Problem. An dem Nachmittag spielte eine Live-Band, und diese sollte ihn auch bei seinem Auftritt begleiten, nur konnte das vorher nicht geprobt werden. Schlimmstenfalls müsste die Band sich dann seinem Gesangstempo anpassen.

Der große Tag kam, wir verließen um 14.00 Uhr das Turnier. Toni begleitete uns. Er besaß auch eine Videokamera, um das Ganze aufzuzeichnen. Das Künstleroutfit hatte ich schon im Kofferraum. Gegen 15.00 Uhr waren wir im Kindergarten und begannen das Fest wie immer mit Kaffee und Kuchen. Ich hätte mir ja vor Lampenfieber in die Hosen gemacht, aber mein Kind wirkte erstaunlich ruhig. Die Jungs kamen auf die Bühne und dem Kleinsten hatte jemand das Mikrofon in die Hand gedrückt. Die Band begann zu spielen, aber die zwei anderen Jungs brachten keinen Ton raus, nur der Kleine hielt das Mikro fest in der Hand.

So energisch kannte ich mein Kind gar nicht, er nahm kurzerhand das Mikro an sich und schmetterte seine drei Lieder in die Menge. Vom begeisterten Publikum ermutigt gab er in Mimik, Gestik und Gesang alles. Ich war so stolz auf ihn und musste mir ein paar Tränchen der Rührung wegwischen.

Etwas Ablenkung braucht`s auch

Irgendwann im Leben sucht jeder ein wenig Zuwendung und nach der stressigen Zeit mit Toni lernte ich Daniel kennen. Auch er spielte Volleyball und drei oder vier Mal im Jahr begegneten wir uns, gekannt habe ich ihn also schon länger. Mit der Zeit hat es sich halt so entwickelt. Abends bei den Spielerpartys haben wir uns unterhalten und irgendwann wurde mehr daraus. Wenn ich heute darüber nachdenke, was mich damals dazu bewogen hat, ich weiß es nicht. Ich nehme mal an, ich war sehr einsam zu diesem Zeitpunkt. Müsste ich die Geschichte so wie Toni es damals im Internet versucht hat, auf einer Punkteskala bewerten, würden wir uns im untersten Bereich befinden. Was soll`s, einen schwarzen Punkt hat jeder Mensch im Leben. Anfangs war die Sache ganz niedlich, mit der Zeit aber entwickelte sie sich zu einem richtigen Problem. Wir trafen uns gelegentlich am Wochenende und hatten ein paar nette Stunden miteinander. Dabei glaubte er wohl an die große Liebe und wollte schon nach kurzer Zeit bei mir einziehen. Daniel war einige Jahre jünger als ich und noch dazu sehr naiv. Die Sache mit der Wohnung musste ich ihm ganz schnell wieder ausreden, denn er war so ein Typ, wenn er einmal saß, dann saß er, und so nahe wollte ich ihn auf gar keinen Fall bei mir haben.

Seine Ex-Freundin hatte die gemeinsame Wohnung bereits gekündigt und nun brauchte er dringend eine neue Bleibe und die war definitiv nicht bei mir. Wenn ich wüsste, dass ich in drei Wochen kein Dach mehr über den Kopf hätte, würde ich alle Hebel in Bewegung setzen, schnellstmöglich eine neue Bleibe zu finden, aber er unternahm rein gar nichts. Ich hatte das Gefühl, er wartete einfach nur darauf, dass irgendjemand das Problem für ihn schon lösen würde. Er war nicht in der Lage, sich selber darum zu kümmern. Irgendwie vergleichbar mit einem Maikäfer, der auf dem Rücken liegt und mit den Beinen strampelt, damit er wieder auf die Füße kommt, aber nicht mal das tat Daniel. Allein war er komplett unfähig, zu überleben. Tief in seinem Innersten hatte er sicherlich noch die Hoffnung, in letzter Instanz würde ich sicher nicht die Tür vor ihm zu schlagen, wenn er plötzlich auf der Straße stand. Da war ich mir aber nicht so sicher. Ein schlechtes Gewissen überkam mich trotzdem, denn irgendwie hatte ich ihn ja auch in diese Lage gebracht. Vielleicht hätte ich es gar nicht so weit kommen lassen sollen. Sicher wäre es besser gewesen, er wäre bei seiner Freundin wohnen geblieben und diese hätte sein Leben für ihn weiter organisiert. So musste es in der Vergangenheit auch gewesen sein, denn allein bekam Daniel gar nichts auf die Reihe. Ich besorgte ihm schließlich eine kleine Einzimmerwohnung. Jetzt klopfte mein schlechtes Gewissen nicht mehr ganz so stark bei mir an. Der ganze Stress mit dieser Unselbstständigkeit hatte natürlich Auswirkungen auf mein Gefühlsleben, aber das konnte ich dem armen Kerl nicht auch noch zu muten, zumindest nicht zu diesem Zeitpunkt. Allerdings bahnte sich schon das nächste Problem an. Mit Lisa und ihrem

Freund hatte ich einen gemeinsamen Skiurlaub geplant. Ein alter Schulfreund von mir wollte ebenfalls mit uns fahren. Daniel wusste davon und wollte natürlich auch mit. Was ich mir zum damaligen Zeitpunkt überhaupt nicht vorstellen konnte, war, dass jemand so knapp bei Kasse war, und so gar keine Reserve hatte, um einmal etwas Spontanes zu unternehmen. Aber da musste man doch so vernünftig sein und sagen, ich kann mir diesen Skiurlaub nicht leisten. Was auch wirklich keine Schande ist, wenn man sich mal die Preise anschaut. Fakt ist, er wollte unbedingt mit und im Nachhinein erfuhr ich, dass er für diese eine Woche Urlaub seinen Bausparvertrag aufgelöst hat. Hätte er mal das Geld in sich investiert, das wäre gescheiter gewesen. Es war auch das erste Jahr, in dem wir nicht mehr außerhalb der Skisaison fahren konnten, da Niklas nun bereits zur Schule ging. Wir wollten schon ganz früh starten, um dem Anreisestau in München auf der Autobahn zu entgehen, aber offensichtlich hätten wir noch früher starten sollen. Mit meinem Kumpel wollten wir uns auf dem Rastplatz treffen. Er hatte bei seiner Fahrt mehr Glück, was den Stau betraf, musste aber stundenlang auf der Raststätte auf uns warten, was auch wieder eine Kostenfrage ist, wenn man weiß, was da so ein Haferl Kaffee oder eine belegte Semmel kostete. Ich glaube, in der Apotheke kann man günstiger einkaufen. Irgendwann hatten wir es geschafft und konnten unsere Fahrt gemeinsam fortsetzen. Unsere Unterkunft war ganz nett und lag direkt neben der Piste. Auf die Ski und los. Es war nur ein ziemlich kleines Skigebiet, aber Lisa war noch recht unsicher auf Skiern und Daniel konnte es gar nicht, so dass wir uns sagten, das kleine Skigebiet ist für uns völlig ausreichend, was sich auch beim Preis der Liftkarten bemerkbar machte. Sie waren somit noch relativ erschwinglich. Nachdem wir unsere Zimmer bezogen hatten, war es schon Mittag, wir fuhren ein paar mal die Piste herunter, wobei wir uns immer abwechseln mussten. Einer bemühte sich immer um unsere zwei Anfänger. Im Anschluss suchten wir uns eine Hütte zum Mittagessen.

Am Abend gab es wieder Stress zwischen Daniel und Niklas. Diese Erfahrung musste ich leider öfter machen, dass Männer irgendwie immer zu deinem kleinen Sohn in unmittelbarer Konkurrenz stehen. Ich habe das bis heute nicht verstanden, was da in dem Hirn von so einem erwachsenen Kerl vor sich geht. Ich weiß auch nicht, wie es sich verhalten hätte, wenn Niklas ein Mädchen gewesen wäre? Gut im Fall Daniel habe ich nichts anderes erwartet. Was mich allerdings ziemlich ärgerte war, dass sich mein Schulfreund ebenfalls auf dieses billige Niveau herab ließ. Es gab fast keine Situation, in der sie nicht versuchten, Niklas irgendwie blöd anzureden. Ob das beim Karten spielen war oder beim Frühstück. Mir ging das auf die Nerven. Ich hatte zu diesem Zeitpunkt keine Lust mehr, zu vermitteln und es war nur noch eine Frage der Zeit, bis mir die Gäule durchgingen. Ich musste gar nicht lange warten, bis ich Daniel sagen hörte: " Der geht mir auf die Nerven!" Mit diesem Satz kickte er sich endgültig aus unserem Leben. Der vorletzte Tag stand bevor. Ich war wieder dran mit Lisa und Daniel zu fahren. Lisa hatte schon gute Fortschritte gemacht. Es strengte sie zwar an, aber sie hatte wenigstens Spaß. Daniel dagegen motzte die ganze Zeit nur herum, ihm würde schon alles weh tun und ich würde mich gar nicht richtig um ihn bemühen, wo er doch einzig und allein meinetwegen mitgekommen war. Da hatte er Recht und das war auch das Problem. Ich hatte ein Kind und konnte mich nicht ausschließlich um ihn kümmern. Stellenweise konnte man überhaupt nicht auseinander halten, wer von den beiden mehr Kind war. Er motzte weiter und ich tat etwas, das ich normalerweise aus Verantwortungsbewusstsein nie machen würde, ich ließ ihn einfach allein auf der Piste stehen. Ich rief ihm noch zu, ich würde schauen, wo Steffen und Mirko fahren würden und ihm dann einen der beiden schicken, damit er wenigstens heil den Berg herunterkäme. Mit Lisa fuhr ich auf die andere Seite des Hanges, da gab es eine Piste, die für sie super zu fahren war. Niklas und Mirko schlossen sich uns an, und wir hatten einen schönen Nachmittag. Steffen hat sich geopfert und Daniel den Berg nach unten begleitet. Da unten konnte er sich bei einem Weißbier weiter selbst bemitleiden.

Zuhause angekommen, erklärte ich ihm, dass sich unsere Wege trennen würden, dass mir ein Kind langte und ich noch ein großes obendrauf nicht brauchen konnte. Das dies nicht die Art Beziehung sei, die ich mir für mich und meinen Sohn vorstellte.

Es war klar, dass ich ihn in diesem Moment total überforderte. Womöglich hatte er noch nicht einmal mitbekommen, dass er mir tierisch auf die Nerven ging, aber ich war doch nicht seine Mutti, die ihn täglich an die Hand nahm.

Später erfuhr ich, dass ihm gekündigt wurde und er die ganze Zeit seine Miete nicht bezahlt hatte, doch Mutti und Vati hatten ihm schon längst wieder einen Job besorgt, weit weg von uns, und somit nahm auch diese Liaison ein gutes Ende.

Charmant und ein umwerfendes Lächeln

Nach der Pleite mit Daniel hatte ich erstmal kein Bedürfnis mehr nach männlicher Bekanntschaft. Ich verbrachte viel Zeit mit meinem Sohn. Er war jetzt schon in der zweiten Klasse und die Schule bzw. die Lehrerin von ihm beanspruchte sehr viel von unserer Freizeit. Außerdem brachte ich Niklas einmal die Woche zum Fußballtraining und zusätzlich zum Gitarrenunterricht. Er wollte unbedingt Gitarre spielen, auch wenn das zusätzliche Übungszeit bedeutete. Einmal pro Woche war außerdem ein Punktspiel und mit meinem Training am Montag und Mittwochabend waren wir unter der Woche freizeittechnisch mehr als ausgelastet. Auch an den Wochenenden herrschte bei mir Testosteron freie Zone. Wenn Papa-Wochenende war, fuhr ich oft zu einer Freundin oder wir schauten gelegentlich mal bei der Ü30 Party hinein.

Solche Partys sind ab und zu ganz nett, wenn man ein paar Leute treffen will oder man einfach bissel schauen will. Da ich ja eh nicht so der Tanz-Typ bin, kann ich solchen Veranstaltungen nicht so wirklich viel abgewinnen.

Es vergingen etliche Monate und langsam hatte ich die chaotische Beziehung mit Daniel verarbeitet. Ein bisschen Abwechslung könnte nun doch wieder mein Dasein beleben. Eines Abends, als ich allein auf der Couch saß, erinnerte ich mich an eine frühere Freundin. Ich kannte sie noch aus Schulzeiten, und sie hatte mir damals im

Vertrauen erzählt, sie hätte ihren damaligen Mann über eine Kontaktanzeige kennen gelernt. Ihr war das damals sehr unangenehm, denn die Kontaktanzeige hatte früher den Ruf, dass nur schwer Vermittelbare dort inserierten. Ich fand das damals gar nicht schlimm, denn schließlich sah ihr Mann ganz und gar nicht wie ein schwer Vermittelbarer aus. Möglicherweise war er etwas schüchtern, um eine Frau direkt in der Disco anzusprechen oder er war schon von Haus aus kein Freund von solchen Veranstaltungen. Das machte die Sache etwas schwieriger, jemanden kennen zu lernen. Sich in ein Café zu setzen und zu warten, bis eine Frau allein hineinkam, könnte sehr zeitaufwändig werden. Außerdem müsste auch diese dann angesprochen werden und die Chance, dass sie dann auch noch solo wäre, wäre verschwindend gering. Geh ich jetzt mal von mir aus, würde ich mich höchstens allein in ein Cafè begeben um irgendeine Wartezeit zu überbrücken, aber doch nie, um mich als Objekt der Begierde in ein Straßencafé zu setzen.

Nach gut einem Jahr Singledasein, entschloss ich mich daher, auch eine Kontaktanzeige zu schalten. Auch ich musste ja niemanden davon erzählen. Das anschließende Aussortieren der Post konnte ganz amüsant werden.

Romantische Löwe-Frau mit dunkler Mähne, sportlicher Figur und einer Menge Eigensinn, welcher Katzen ja oft nachgesagt wird, sucht auf diesem Wege einen ebenbürtigen Partner, der den Mut hat, sich einer

74

Raubkatze auch mal entgegen zu stellen.

Ungefähr mit diesem Wortlaut habe ich die Anzeige damals geschaltet. Genau weiß ich es nicht mehr, denn wenn ich zum damaligen Zeitpunkt schon gewusst hätte, dass ich einmal dieses Buch schreiben würde, hätte ich mir mit Sicherheit viel mehr Notizen gemacht.

Richtig ernst habe ich die Sache mit der Kontaktanzeige eh nicht genommen, vielmehr war ich neugierig, wer sich auf diese Anzeige melden würde. Es dauerte ein paar Tage und dann bekam ich in einem großen Din A4 Umschlag die ersten Zuschriften. Also selbst wenn da nichts Gescheites dabei wäre, hätte ich ein paar nette Abende beim Lesen der Briefe verbunden mit einem guten Glas Wein gehabt. Als Niklas im Bett war, begann ich, die ersten Briefe zu öffnen. Ich schätze 2/3 der Zuschriften waren Standardtexte von Männern, die auf jede geschaltete Anzeige antworteten. Ein paar Zuschriften waren nett formuliert, aber alle ohne Foto und so war keiner der Kandidaten dabei, mit dem ich mich auch nur annähernd hätte verabreden wollen. Also das war schon mal nix. Auf diese Art und Weise, da war ich mir jetzt sicher, würde ich niemanden kennen lernen.

Am nächsten Tag fiel mir der zusätzliche Service der Tageszeitung ein. Es war eine Mailbox, wo man unter der Chiffre auch Nachrichten hinterlassen konnte. Aber wer hatte schon den Mut, da etwas drauf zu sprechen? Die meisten waren schon mit dem Formulieren ihrer Sätze überfordert. Ich glaubte nicht, dass da auch nur annähernd eine brauchbare Nachricht drauf war. Dennoch rief ich am Abend die Mailbox ab, und tatsächlich hatte ich einen Rückruf.

Eine nette sympathische Stimme wollte sich von der gewissen Eigenheit der Löwin persönlich überzeugen. Jetzt war es an mir, Mut zu beweisen, wenn ich die Person mit dieser sympathischen Stimme kennen lernen wollte, musste ich jetzt wohl oder übel zurückrufen. Er hatte netter Weise seine Handynummer hinterlassen. Ich nahm meinen ganzen Mut zusammen und wählte seine Nummer. Viel konnte mir bei einem Anruf nicht passieren. Es klingelte ein paar mal und schon meldete sich die nette sympathische Stimme am anderen Ende. Ich stellte mich als die Löwin vor, die den Gedanken schon aufgegeben hatte, auch nur einen brauchbaren Kandidaten aus den zahlreichen Zuschriften zu treffen. In letzter Minute sei mir die Mailbox eingefallen und siehe da, zumindest verbal war da schon mal ein Treffer. Das Gespräch am Telefon verlief gut, zumindest war er schon mal kein Typ, der auf den Mund gefallen war. Wir verabredeten uns für das kommende Wochenende zum Essen. Ich suchte das Lokal aus und hoffte nur inständig, dass er nicht aussehen würde wie Quasimodo. An der Stelle denken sich sicher Manche, oh, wie oberflächlich. Aber seien wir doch mal ehrlich, wer würde sich das zumuten, wenn er Gefahr liefe, von einem Bekannten gesehen zu werden? Eine Möglichkeit wäre noch gewesen, sich in einer vollkommen anderen Stadt zu treffen, aber auch da weiß man, das Schicksal, wenn man gar nicht gesehen werden will, schlägt erbarmungslos zu, einer läuft einem sicher über den Weg und sei es im Urlaub tausende Kilometer entfernt.

Am Mittwoch war wieder super Wetter und wir trafen uns gegen Abend zum Beach-Volleyball. Ein bisschen beachen, baden im See und mit Freunden plaudern, bis die Sonne untergeht. Für zwei, drei Stunden Urlaubsfeeling. Eigentlich besteht gar kein Grund für einen Urlaub diesen wunderschönen Ort zu verlassen. Leider hat man bei uns keine Schönwetter Garantie und da ich eine Sonnenanbeterin bin, zieht es mich doch immer wieder im Sommer in den Süden. Trotzdem, den einen oder anderen schönen Sommertag mit Freundinnen und ihren Kindern, während meiner Elternzeit am Auensee, werde ich nicht vergessen. Schade nur, dass die Zeit so schnell vergangen ist. Im Anschluss an unser Training lud uns Peter für Samstagabend in seinen Garten zum Grillen ein. Einer nach dem anderen nahm die Einladung an oder sagte ab, da er schon verplant war. Ich zögerte und sagte dann ab. Peter und vor allem Steffen sahen mich ganz verwundert an. "Wieso kannst Du denn nicht am Samstag?" fragte Steffen neugierig. Ich versuchte, gelangweilt zu antworten, "Ja sorry, ich habe eben schon was vor!" "Wie Du hast was vor, und wieso weiß ich überhaupt nichts davon? Da ist doch was im Busch?" Na und jetzt wollte er es genau wissen. "Also gut", antwortete ich ihm, "ich habe ein Date!" Jetzt war seine Neugierde endgültig geweckt. " Ein Date, ja mit wem? Woher kennst

Du ihn? Wann genau ist Dein Date? Ich hole dich danach ab und Du kannst noch zum Grillabend kommen!" " Du bist zu neugierig", sagte ich zu ihm," wir gehen Essen und mehr habe ich vorerst nicht geplant." " Gut", meinte er, „dann hol ich Dich nach Deinem Essen ab, keine Widerrede!"

Das war gar keine blöde Idee, denn für den Fall, dass das Date nicht gut laufen würde, hätte ich gleich einen Grund, warum ich zügig wieder wegmüsste, und so sagte ich Steffen, ich würde ihn anrufen. An diesem Wochenende wurde Niklas am Freitagabend von seinem Vater abgeholt. Ich machte mir einen gemütlichen Abend vor dem Fernseher und gönnte mir dazu ein Glas Wein. Meine Nervosität hielt sich zu diesem Zeitpunkt noch in Grenzen, höchstwahrscheinlich würde diese gegen morgen Abend sichtlich zunehmen. Schließlich war das mein erstes Blind Date. Was, wenn er jetzt total unattraktiv wäre? Da sind wir wieder bei der Oberflächlichkeit der Menschen. Zugegeben, dieser Punkt machte mir ziemlich zu schaffen. Ich beschloss, nicht länger daran zu denken, sondern den Abend zu genießen. Am anderen Morgen holte ich mir frische Brötchen und frühstückte erst einmal ganz in Ruhe. Im Anschluss ging ich Laufen, diesmal aber allein, ich versuchte mir vorzustellen, wie das Date am Abend ablaufen würde. Wieder daheim duschte ich und faulenzte auf der Couch. Am Nachmittag nahm ich ein Entspannungsbad und überlegte, was ich anziehen sollte. Es war warm und ich entschied mich für Jeans, Shirt und meine Lieblingsjacke. Damit konnte ich nichts verkehrt machen, außerdem wollte ich im Anschluss ja noch zu Peter in den Garten. Mit Marc, meinem Date, hatte ich ausgemacht, dass wir uns vor dem Lokal treffen wollten. Verabredet waren wir bei "Roberto", einem Italiener. Anscheinend war er öfter in der Gegend unterwegs. Zumindest kannte er das Lokal bereits.

War es jetzt eher von Vorteil, als erster da zu sein, dann wurde man begrüßt, oder kam man lieber etwas später und konnte von weitem schon ein bisschen schauen und zur Not doch noch schnell abhauen? Möglicherweise hatten wir an dem Abend denselben Gedanken, zumindest kamen wir gleichzeitig auf dem Parkplatz an. Er sah nett aus, und ich atmete erst einmal tief durch. Woher ich wusste, dass er es war? Er hatte am Telefon seinen Wagen erwähnt. Ich ging auf ihn zu und begrüßte ihn. Marc war, so mein Eindruck, auch angenehm überrascht und wir gingen gemeinsam hinein. Ich hatte vorsichtshalber einen Tisch reserviert. Das Wetter war sehr schön und wir entschieden uns für einen Tisch auf der Terrasse. Wir bestellten Wasser und Wein. Zum Essen empfahl ich ihm die Pizza Bianca, aber bemerkte noch, dass dies immer auch eine Geschmacksache sei.

Die ersten Eindrücke sind sehr wichtig und ich versuchte, mir auf die Schnelle ein Bild von ihm zu machen. Er war älter als ich, einige Jahre sogar, sah aber gut aus, hatte einen sehr modischen Geschmack und sein Lächeln war umwerfend. Er war nicht sehr groß, das hieß, ich würde auf alle Fälle größer sein als er. Wir unterhielten uns gut, denn er war kein Langweiler und die Zeit verging wie im

Fluge. Er erzählte mir, dass er getrennt lebte und einen 12-jährigen Sohn hätte, welcher aber bei der Mutter leben würde. Er selbst wohnte ca. 60 km entfernt in einem kleinen ländlichen Ort. Unser Essen neigte sich dem Ende zu und ich informierte ihn, dass ich heute Abend noch eine Einladung hätte, die ich leider nicht absagen konnte. Er lächelte und fragte mich, wie denn seine Chancen wären, mich wieder zu sehen. "Ich melde mich" antwortete ich ihm. Wir bezahlten und verließen gemeinsam das Lokal. "Ich ruf dich an" rief ich ihm noch einmal zu und stieg in meinen Wagen.

Zu Hause telefonierte ich wie abgemacht mit Steffen, der auch gleich losfuhr, um mich abzuholen. Er grinste übers ganze Gesicht, dass er neugierig sein würde, war mir schon klar, aber auf diesen Fragenkatalog war ich nicht vorbereitet. Ich stieg in sein Auto und schon prasselten die Fragen auf mich herab. „Jetzt erzähl mal, wie heißt er? Woher kommt er? Wie alt ist er? Hat er Kinder? Verheiratet oder geschieden? Was macht der beruflich? Hobbys?" "Du meine Güte", antwortete ich, "wir waren gerade mal Essen, aber wenn Du das alles so genau wissen musst, schreib mir doch alle Deine Fragen auf einen Zettel und ich arbeite die Liste bei unserem nächsten Treffen ab, vielleicht sehen wir uns ja noch einmal wieder." "Aber woher Du ihn kennst, kannst Du mir schon sagen", entgegnete er, " denn das musst Du ja schließlich wissen." Ja, über diese Frage hatte ich mir schon den Kopf zerbrochen, denn dass ich eine Kontaktanzeige geschaltet hatte, konnte ich unmöglich sagen. Daher entschloss ich mich für die Variante Supermarkt. Ich erzählte Steffen, Marc hätte mich im Supermarkt angesprochen, er suchte diese Schokomilchbrötchen, da sein Sohn am Wochenende zu Besuch kam. Er fand sich in dem Supermarkt nicht zurecht, da er nur zufällig da war, um ein paar Dinge zu kaufen. Er fand also diese Brötchen nicht und sprach mich deshalb an. "Das klingt wie aus einem Kitschroman", meinte er und gab sich schließlich mit der Antwort zufrieden. Im Garten begrüßte ich die anderen, die es sich schon um ein Lagerfeuer gemütlich gemacht hatten. Ich holte mir ein Glas Wein, denn ich musste heute nicht mehr fahren und setzte mich neben Lisa. Sie fragte mich nur kurz, "und wie ist er?" "Nett", antwortete ich und musste grinsen.

Der Abend war schön, wir saßen alle gemütlich um das Feuer und erzählten uns alte Geschichten. Später fuhr ich mit Lisa und Steffen nach Hause.

Ich genoss mein freies Wochenende und schlief am anderen Morgen solange ich wollte. Danach erledigte ich ein paar Sachen im Haushalt, denn am Samstag konnte ich mich dazu nicht aufraffen.

Niklas kam gegen Abend wieder und wir aßen gemeinsam zu Abend. Er erzählte mir, was er am Wochenende alles erlebt hatte. Nachdem er zu Bett gegangen war, rief ich bei Marc an.

Er hatte schon auf meinen Anruf gewartet. Wir plauderten noch eine Weile und verabredeten uns für übernächsten Samstag. Meinem Sohn wollte ich vorerst nichts von ihm erzählen, dafür war es noch viel zu früh. Für die nächsten

Tage konnten wir immer nur am Abend telefonieren, aber für den Anfang war das auch nicht so schlecht, immerhin konnte man sich austauschen, was man tagsüber erlebt hatte. Dann rückte mein freies Wochenende näher. Wir waren für Samstagabend in der Innenstadt verabredet. Das Wetter war wieder herrlich und man konnte bis spät in die Nacht in der Fußgängerzone draußen sitzen. Das taten wir auch. Zuerst waren wir beim Griechen essen und anschließend gönnten wir uns einen Drink im "Stegers". Die haben die gemütlichsten Stühle dort. Wir unterhielten uns und beobachteten die vorbeigehenden Leute so wie das alle machen, die in der Fußgängerzone ein freies Plätzchen gefunden haben. Die Zeit verging wieder wie im Fluge. Genau so oder so ähnlich verliefen auch unsere nächsten Treffen. Es lag etwas Knisterndes in der Luft, aber keiner traute sich, irgendwie dem anderen näher zu kommen. Ich denke, er wollte mir Zeit lassen, da er wohl irgendwie Bedenken wegen des Alters hatte, beziehungsweise dachte, ich hätte ein Problem damit. Inzwischen wusste ich, dass zehn Jahre zwischen uns lagen. Für mich war das kein Problem, ab einem bestimmten Alter ist das Thema eh nicht mehr so wichtig. Das eigentliche Problem, das ich mit ihm hatte, war seine Größe. Er sah sehr gut aus, war sehr charmant, witzig und unterhaltsam, doch wenn ich direkt neben ihm stand, fühlte ich mich im Gegensatz zu ihm immer wie eine Wuchtbrumme. Ich war ja keinesfalls dick, zu diesem Zeitpunkt hatte ich meines Erachtens sogar Idealgewicht aber mit fast 177 cm und einem kleinen Absatz am Schuh überragte ich ihn. Ich denke eine kleine zierliche Frau hätte optisch wahrscheinlich besser zu ihm gepasst. Ich ließ mir noch etwas Zeit, man muss auch nichts überstürzen.

Inzwischen waren Sommerferien und Niklas verbrachte zwei Wochen bei meinen Eltern. Dafür, dass sie mich unter der Woche oder an den Wochenenden auf Grund der Entfernung nicht unterstützen konnten, haben sie mir immer gerne in den Ferienzeiten geholfen.

Jeder, der Kinder hat, die eine Kita besuchen, weiß, dass die Zeiten, in denen diese wegen Ferien geschlossen sind, nie mit dem Urlaub, den man selber bekommt, übereinstimmen. So verbrachte er in den Oster- und Pfingstferien je eine Woche bei meinen und eine Woche bei Carstens Eltern. Die Sommerferien teilten sie sich. Das war mir eine große Hilfe und Niklas hat es auch immer sehr gefallen. Die Großeltern waren stets sehr bemüht, ihm ein abwechslungsreiches Programm zu bieten. Carstens Eltern sind oft mit zum Wandern gegangen, haben viel Brett- und Kartenspiele mit ihm gespielt und mit einer Menge Eigenkreationen aus Omas Töpferkurs kam er schließlich auch immer wieder nach Hause. Meine Eltern sind mit ihm in den Zoo gefahren, haben verschiedene Museen besucht, oder ließen selbst gebastelte Schiffe im Bach schwimmen. Also Langeweile gab es bei Oma und Opa nie.

Am Abend erhielt ich einen Anruf von Lisa und Steffen. Die beiden fragten mich, ob ich nicht Lust hätte übers Wochenende mit nach Berlin zu fahren. Ich könnte ja meinen Bekannten fragen, ob er nicht Lust hätte, mich zu begleiten. Die Idee fand ich gut, seit ich Single war, bin ich nicht sonderlich oft fort gekommen. Ich könnte Marc fragen, aber dann müssten wir auch ein Hotelzimmer zusammennehmen! Steffen muss meine Gedanken förmlich gerochen haben, denn er tönte ins Telefon: "Seid ihr jetzt eigentlich zusammen oder nicht? Ich gab ihm zur Antwort, dass ich das selber nicht so genau wisse. Wenn er meinte, ob wir Sex hatten, dann wären wir nicht zusammen! Ich musste noch heute mit Marc telefonieren, denn Steffen wollte anschließend die Hotelzimmer reservieren. Ich wählte die Nummer und er hob auch gleich ab. Die Idee mit dem Wochenendausflug fand er super und wenn ich dazu Lust hätte, würde er mich auch sehr gerne begleiten. Also rief ich Steffen wieder an und gab das ok für die Reservierung.

Samstagvormittag fuhren wir gemeinsam nach Berlin, wollten dort am Abend schön Essen gehen und danach die Partyzone etwas erkunden.

Das mit dem Abendessen ging zunächst erst mal in die Hose. Wir kehrten bei einem Spanier ein. Lisa und ich bestellten uns gleich einen halben Liter Sangria und die Männer sich je ein Bier, bevor wir überhaupt einen Blick in die Speisekarte warfen. Als ich sie aufschlug, hielt sich mein Appetit in Grenzen, denn auf der Karte standen hauptsächlich Fischgerichte. Ab und zu esse ich den auch ganz gerne, aber an diesem Abend hatte ich keinen Appetit darauf. Die Alternative wäre Schnitzel mit Pommes gewesen. Das typische Männeressen, ich würde mir so etwas nie im Restaurant bestellen. Lisa schaute genauso angestrengt in die Karte und ich wusste, warum. Da wir uns in vielen Dingen ähnlich waren, war sie auch kein Fischfreund. Den Männern war es egal, sie meinten, sie würden schon was auf der Karte finden. Ich wollte jetzt nicht die Zicke sein, aber ich wusste mit richtig Appetit würde ich da nichts essen können. Wir einigten uns darauf, eine Vorspeise zu nehmen, denn den bestellten, und bereits servierten Sangria mussten wir noch irgendwie austrinken. Danach marschierten wir weiter und fanden einen ganz gemütlichen Italiener. Das war mein Essen, italienisch könnte es bei mir sieben Mal die Woche geben. Bei Lisa war es eh klar und auch die Männer waren mit der Wahl des Lokals und dem servierten Essen zufrieden. Wir Mädels gönnten uns noch einen Rotwein zu unserer Pizza und waren dann schon ziemlich angeheitert. Wir zogen weiter in die eine oder andere Bar, und der Abend neigte sich langsam dem Ende zu. Daher machten wir uns auf den Weg zum Hotel. Zum Glück mussten wir ein paar Meter laufen und so konnte ich wieder etwas Alkohol abbauen. Im Hotelzimmer angekommen, ließen wir bei einem Gläschen Wein den Abend ausklingen.

Nach einem ausgedehnten Frühstück besuchten wir noch eine Fotoausstellung. Fotografieren war ein Hobby von Lisa und diese Ausstellung war wohl auch der Grund für die Auswahl unseres Wochenendausfluges. Über den Eindruck, den diese hinterlassen hat, lässt sich streiten. Wir hatten noch Zeit für einen kleinen Imbiss, dann mussten wir uns schon wieder auf den Heimweg machen.

Ein sehr schönes Wochenende, nachdem ich die letzten Monate mehr oder weniger immer allein verbracht hatte. Wie es mit mir und Marc weiterginge, würde sich in der nächsten Zeit zeigen. Für das darauf folgende Wochenende hatten wir ausgemacht, dass ich ihn besuchte. Am Freitagmittag nach der Arbeit ging ich zunächst erst einmal laufen, nahm dann ein gemütliches Bad, noch ein bisschen Relaxen auf der Couch und dann musste ich schon meine Sachen für das Wochenende zusammenpacken. Marc hatte mir eine Wegbeschreibung gegeben, mit der habe ich es auch direkt vor seine Tür geschafft. Er wohnte am Waldrand in einer kleinen Siedlung. Ich klingelte und wurde schon erwartet. Er zeigte mir seine Wohnung. Sie war klein, ging aber über zwei Etagen, und ich fand für einen Mann war sie sehr geschmackvoll eingerichtet. Marc bemerkte noch, dass die Wohnung nur eine Übergangslösung sei, aber er hätte zum Zeitpunkt seines Auszuges nichts Besseres auf die Schnelle gefunden. Ich fand die Wohnung nicht schlecht und für einen allein war sie völlig ausreichend.

Er hatte für mich gekocht, und das muss ich sagen, nicht schlecht. Ein Mann mit Geschmack und Liebe zum Detail und kochen konnte er auch. Den Abend verbrachten wir bei ihm daheim. Nach dem Essen haben wir es uns auf der Couch gemütlich gemacht.

Die Wochen gingen so dahin, meinem Sohn hatte ich Marc inzwischen auch vorgestellt und er fand ihn ganz nett, mehr erwartete ich von ihm auch nicht. Schließlich sahen sie sich allenfalls alle 14 Tage am Wochenende. Ab und zu kam Marc zwar unter der Woche mal vorbei, aber das war eher die Ausnahme.

In seiner Freizeit bastelte er gerne an kleineren Holzarbeiten herum. Ich bin vorher nie auf die Idee gekommen, dass ich auch ein Geschick dafür haben könnte, aber er meinte, das wäre eigentlich gar nicht so schwierig. Also probierte ich in seiner kleinen Werkstatt ein bisschen herum und kaufte mir nicht viel später für mich daheim eine Dekupiersäge. Man konnte sie im Baumarkt kaufen und sie war gar nicht mal so teuer. Mein Vater, der selber leidenschaftlicher Hobbybastler ist, erweiterte meine Kellerwerkstatt mit einer Standbohrmaschine. Er meinte, so eine bräuchte ich unbedingt, wenn ich ein bisschen professioneller arbeiten wollte. Er hatte Recht, denn die nächsten Jahre arbeitete ich in meiner Freizeit ziemlich intensiv mit diesem Werkzeug. Lisa ließ sich auch vom Hobbywerkeln anstecken, und bald arbeiteten wir zusammen. Zwei Jahre hintereinander verkauften wir unsere Sachen auf einem Weihnachtsmarkt. Aber wie das immer so mit Handarbeit ist, es rechnet sich nicht. Die meisten machen es aus Spaß an der Sache. Wobei ich glaube, dass wir auf dem Markt noch die meisten Teile verkauft haben, auf jeden Fall war unser Stand optisch der Schönste. Den meisten Umsatz auf einem Weihnachtsmarkt machen die Betreiber der "Fressbuden" und Glühweinstände. Man könnte ja mal versuchen, einen Stand, der Weihnachtsartikel vertreibt mit einem Glühweinstand zu kombinieren. So eine Variante habe ich auf noch keinem Weihnachtsmarkt gesehen. Das hätte zumindest den Vorteil, dass man die heißen Getränke gleich vor Ort hat und nicht ständig Nachschub holen muss, damit man in der eigenen Bude nicht erfriert. Auch jetzt, wenn ich über Märkte schlendere, halte ich Ausschau nach einem Stand, der irgendetwas Besonderes anbietet, aber ich sehe nichts, immer nur "Fress" -und Glühweinbuden, und die machen nach wie vor die besten Umsätze.

Eines Tages beim Frühstück las Marc in der Zeitung, dass gleich bei mir in der Nähe jemand ein Gartengrundstück zu sehr günstigen Konditionen anbot. Er meinte, ach, wäre das schön, so ein kleiner Garten, man könnte grillen, mal eine Party machen und ein paar mehr Leute einladen als jetzt bei ihm oder bei mir. Die Idee fand ich gut und wir beschlossen, uns das Grundstück einmal anzusehen. Marc telefonierte mit dem Vermieter und eine halbe Stunde später saßen wir bereits im Auto. Von ihm aus war es schon ein Stück zu fahren, dagegen von mir zu Hause nur ein Katzensprung. Das Grundstück war riesig, lag ideal und was das Beste war, es gab schon ein Gartenhäuschen. Auch war der Garten nicht wie üblich an eine Gartenanlage angegliedert, sondern ursprünglich ein Bauplatz, der als Garten genutzt wurde. Die Miete sollte im Jahr 400 Euro betragen und das war für uns beide erschwinglich. So überlegten wir nicht lange und sagten zu.

Am Sonntagabend wartete ich schon darauf, dass Niklas aus seinem Papa-Wochenende zurückkommen würde.

Ich wollte ihm unbedingt von unserer neuen Errungenschaft erzählen. Ich kochte in der Zwischenzeit etwas für das Abendessen und kurze Zeit später war er auch schon da. Ich musste ihm natürlich gleich davon erzählen und er war danach ganz aus dem Häuschen. Auch er machte schon Pläne und am wichtigsten war für ihn ein Freigehege für seine zwei Meerschweinchen.

Die Wochen vergingen und mittlerweile konnten wir im Garten richtig Hand anlegen. Meine Freundin Lisa und Steffen halfen auch wo sie konnten. Auch hier war wieder das Motto, alles soll schön werden, aber zum kleinen Preis. Wir benötigten auf alle Fälle einen großen Gartentisch für außen und beschlossen, ihn aus Kostengründen selber zu bauen. Wir zeichneten einen Entwurf und anschließend fuhren Lisa und ich, nicht die Männer, in den Baumarkt, um das Material zu besorgen. Wir suchten Latten aus, die unsere Tischoberfläche ergeben sollten, und so eine dicke runde Stelze ließen wir uns viermal durchsägen auf ein Maß, welches wir vorher dem Typen im Baumarkt genannt hatten. Jetzt kam er auch mit den vier Teilen zurück. Lisa und ich sahen uns an und waren uns plötzlich nicht mehr sicher, ob wir uns bei der Höhe des Tisches nicht verrechnet hatten. Ich schlug vor, wir suchen uns ein paar Ausstellungsstühle, sitzen Probe und halten die Fußteile vor uns hin, dann könnten wir in etwa abschätzen, ob wir uns verrechnet hätten und uns notfalls noch mal so ein Teil sägen lassen, denn den Spott der Männer, wenn wir mit einem Kindertisch zurückkämen, wollten wir nicht erleben. Also saßen wir

Probe, und ich hoffte in diesem Moment nur, dass uns dort keiner kannte, denn komisch sah das bestimmt aus. Schließlich befanden wir beide, dass die Tischhöhe passte und fuhren mit unserer Ladung wieder in den Garten. Wir werkelten eine Weile und dann war unser Tisch fertig. Jetzt musste er nur noch angestrichen werden, das übernahm Niklas. Einen kleinen Gartenteich hatte Marc noch in seinen Restbeständen und diesen legten wir direkt vor der Terrasse an. Die Woche darauf kaufte ich ein paar Goldfische. Niklas war glücklich mit dem Garten, endlich konnte er draußen herumtollen wie er wollte. Oft nahm er einen Freund mit, denn ein Bolzplatz war auch gleich nebenan, wo die Jungs Fußball spielen konnten.

Allerdings ließ Marcs Interesse am Garten schon bald nach. Ich wollte immer noch das eine oder andere besorgen, aber er meinte, das hätte noch Zeit. Meine Schwester war mit ihrem Mann aus Niedersachsen zu Besuch. Mit ihm zusammen baute ich eine Fassade aus Steinkübeln, die man bepflanzen konnte. Die hatte ich die Woche zuvor im Baumarkt besorgt, aber Marc interessierte das nicht sonderlich. Gegen Abend wollten wir bei dem herrlichen Wetter grillen, aber auch da musste er plötzlich weg. Die Sache spitzte sich zu, nachdem er einen Anruf von seiner Exfrau erhielt, die plötzlich mit ihrem gemeinsamen Sohn allein nicht mehr klar kam und ihm diesen kurzer Hand vor die Tür stellte. Ab diesem Zeitpunkt ging unsere Beziehung ziemlich bergab. Scheidungskind hin oder her, aber der Sohn benahm sich so unmöglich und ließ keine Gelegenheit aus, uns gegeneinander aus zu spielen. Selbst vor Niklas, der nur halb so alt war wie er, machte er mit seinen Gemeinheiten nicht halt und behauptete, er sei geschlagen worden. Ich fragte ihn darauf, wie Niklas das denn bitte angestellt haben sollte, er langte mit seinem Arm ja nicht mal hinauf. Egal, als sein damals 13-jähriger Sohn dann am Abend auch noch bei ihm im Bett schlafen wollte und ich aus Kulanzgründen die Couch nehmen sollte, war mir die Sache dann doch zu blöd. Ich packte noch am selben Abend meine Sachen und fuhr nach Hause.

Das war`s mal wieder. Aus mit der Beziehung, kein Glück, soll halt nicht sein, wer weiß, für was es gut ist! Ich hakte die Geschichte so für mich ab.

Ein paar Monate später war ich noch einmal auf einen Kaffee zu Besuch. Der Sohn hatte inzwischen das Regiment komplett übernommen. Armer Marc, dachte ich mir, das hast du eigentlich nicht verdient, aber Schuld warst du schon selbst. So gesehen, war meine überstürzte Reaktion offensichtlich doch die richtige Entscheidung. Es ist ja allgemein bekannt, dass Jungs wie auch Mädchen in der Pubertät sehr schwierig sein könnten.

Ich wünschte mir an dieser Stelle nur, dass mein Kind mal nie so pubertär, dominant und besitzergreifend werden würde. Wenngleich ich der Meinung bin, dass dies hauptsächlich eine Frage der Erziehung ist. ich wüsste nicht, was ich in so einem Fall tun würde.

Nun war ich wieder solo mit meinem Resümee, das ich aus der ganzen Geschichte zog. Ein junger Kerl bringt's nicht, denn der ist allenfalls gut für das eigene Ego, aber viel zu grün hinter den Ohren für eine Beziehung. Noch dazu sagt man der männlichen Schöpfung nach, dass sie, was die innere Reife betrifft, fünf Jahre gegenüber der Frau hinten dran sind und da mein Daniel damals acht Jahre jünger war, würde das bedeuten, dass er zum damaligen Zeitpunkt eigentlich noch ein Teenager war und höchstwahrscheinlich gar nichts dafür konnte, dass er so war, wie er war!

Aber das allein konnte nicht der Grund sein, sonst hätte Marc nicht versagt, der fast zehn Jahre älter als ich war. Was soll`s, die nächste Zeit hatte ich sicher genügend Gelegenheit, um darüber nachzudenken.

Ein Problem, das sich nun stellte, war, was sollte ich mit unserem Garten machen? Finanziell waren die 400 Euro im Jahr kein Problem, aber für einen allein war das verdammt viel Arbeit. Sicher wäre auch Niklas bitter enttäuscht, wenn wir das Grundstück wieder aufgeben würden.

Am darauf folgendem Samstag war wieder einmal Mädelsabend. Dieser fand bei mir statt, weil in dieser Woche kein Papa-Wochenende war. Lisa und Britta kamen, wir kochten gemeinsam etwas Leckeres, sahen uns einen Film an und nachdem mein Kind im Bett verschwunden war, tauschten wir uns aus, was in letzter Zeit bei jedem passiert war.

Wir kamen auch auf das Thema Garten zu sprechen und Lisa meinte gleich, "nein, aufgeben darfst Du den auf keinen Fall!" Wir wohnten alle mehr oder weniger in Neubauwohnungen und hatten höchstens einen Balkon. Dieser Garten war für uns alle eine Wohlfühloase, abgesehen von den ungezwungenen Feiern, die dort stattfinden konnten. Lisa beschloss, wenn ich nichts dagegen hätte, mit in den Garten einzusteigen. Ich fand die Idee großartig, denn sie war wirklich eine gute Freundin und ich wusste, sie würde mir nie auf die Nerven gehen. Britta bot uns auch ihre Hilfe an, wenn wir einen Arbeitseinsatz hätten, wäre sie immer dabei. Gesagt getan, in Zukunft lag der Garten in der Hand der Mädels-KG. Wir veränderten ein paar Sachen. Der Goldfischteich war uns zu klein und wir besorgten uns Teichfolie und bauten uns einen größeren Teich ganz nach unseren Vorstellungen.

Darf ich bitten

Das war mal wieder eine so verrückte Idee meiner Arbeitskollegin. Im Grunde ist sie eigentlich schon mehr eine Freundin. Wie kommt man auf so eine verrückte Idee? Drahtzieher ist mal wieder jemand vom Volleyball. Ich bekam auf meine Emailadresse in der Arbeit folgende Rundmail:

" Habe einen super coolen Tanzlehrer aufgetrieben, der bereit ist, für ein paar meiner Freunde einen Salsa-Kurs abzuhalten. Also wer hat Interesse? Meldet Euch bei mir. Wird bestimmt ganz lustig.
Lieben Gruß
Silvia"

Irgendwie muss ich die Mail laut vorgelesen haben denn meine Kollegin sagte: "Cool, da machen wir mit."

"Wir", sagte ich, "ich kann nicht mal einen vernünftigen Dreher tanzen, da werde ich mich bei einem Salsa-Kurs anmelden!" Sie, das Tanzmariechen, von mir aus, wenn es ihr Spaß machte, aber ich wäre da sicher total fehl am Platz. Susanne, klar, die hat in der Faschingsgarde mitgetanzt, ich glaub schon, dass ihr das Spaß machte, aber ich, nein das ging gar nicht. Sie ließ nicht locker, und damit das Thema endlich vom Tisch war, gab ich nach und meinte, wir könnten uns vorab einmal anmelden, dass hieße ja noch lange nicht, dass wir dann auch hingehen müssten. Schließlich kann einem immer mal was dazwischenkommen. Bis zu dem Termin waren es schließlich noch etliche Wochen und ich verdrängte die ganze Geschichte erst mal. Bis irgendwann diese Mail in meinem Posteingang war.

"Liebe Freunde des Salsa, es ist soweit. Der Kurs startet am Dienstag und Donnerstag in der darauf folgenden Woche jeweils von 20 - 23 Uhr. Alle, die sich nicht als Paar angemeldet haben, kein Problem, für einen passenden Tanzpartner ist gesorgt.
Ich freu mich. Bis nächste Woche.
Eure Silvia"

Ja, supi, schreit Susanne, das wird bestimmt klasse. Also ich kann das gar nicht verstehen, wie jemand so viel Begeisterung fürs Tanzen entwickeln kann. Vielleicht liegt es daran, dass ich mich in punkto Tanzen schon immer für einen Grobmotoriker gehalten habe. Ich vertrete nun mal die Ansicht, man kann alles ausprobieren. Dinge, die einem liegen, sollte man vertiefen, und Sachen die nicht von Beginn an gut funktionieren, von denen sollte man einfach die Finger lassen, denn da fehlt offensichtlich das Talent. Außerdem bin ich der Meinung, Talent kann sich immer nur in eine bestimmte Richtung entwickeln. Bei mir zum Beispiel ist es so, ich bin in allen Ballsportarten, egal, ob es sich dabei um Handball, Volleyball oder Fußball handelt, recht gut. Auch Tischtennis und Squash, das beherrsche ich alles überdurchschnittlich, dagegen am

Balken turnen oder eine gute Bodenübung beim Schulsport ablegen das ging gar nicht. Im Umkehrschluss ist das auch der Grund, warum Mädchen, die ganz grazil über einen Balken laufen können, sich beim Kugelstoßen die Kugel direkt vor die Füße werfen. Also, was ich sagen will, graziles Bewegen und leichten Fußes übers Parkett Schweben, das gehört sicher nicht zu meinen Talenten und deshalb lasse ich auch besser die Finger davon.

Ja und nun, der besagte Dienstag rückte immer näher und mir fiel keine glaubwürdige Ausrede ein. Ich saß an meinem Schreibtisch und mein Posteingang leuchtete wieder auf. Ein Mail von Silvia! Was will die denn jetzt noch? Uns mitteilen, dass wir schon mal bisschen unsere Muskeln lockern sollen und man Salsa ohne hohe Schuhe nicht tanzen kann? Ich öffnete die Mail und las.

"Hallo Anna,
leider habe ich schlechte Nachrichten für Dich. Von Deinem Tanzpartner hat sich heute die
Freundin getrennt und er ist offensichtlich so fertig, dass er sich nicht in der Lage sieht, am Tanzkurs teilzunehmen."

Armer Kerl, dachte ich, oder eine gute Ausrede von ihm. Das ist meine Chance, aus der ganzen Geschichte sauber raus zu kommen, aber leider ging die Mail noch weiter.

" Aber keine Sorge, der Tanzlehrer ist schon informiert, und hat mir zugesichert, auf alle Fälle für Ersatz zu sorgen und erfahrungsgemäß ist auf ihn Verlass."

Na toll, die Sache wurde ja immer verrückter. Welcher richtige Kerl macht denn schon freiwillig einen Tanzkurs, noch dazu einen, der weit über den normalen Standard hinausgeht?

Ich kenne nicht viele Männer, die gut tanzen können. So einen Dreher ok, aber Standard oder Salsa? Entweder sind das voll die Luschen oder sie sind schwul. Susanne konnte ich das Mail natürlich nicht verheimlichen und sie meinte, der Ersatz würde schon einigermaßen sein und ich solle mich da jetzt mal nicht so rein stressen. Sie war immer noch der Meinung, das würden zwei lustige Abende werden. Ich antwortete ihr," Ok, ich geh mit Dir da hin, aber wenn der Ersatz einen Pullunder mit Rautenmuster und V-Ausschnitt trägt und eine geleckte Frisur mit Seitenscheitel hat, dreh ich auf dem Absatz um und Du siehst mich nur noch von hinten!" Sie fand die Geschichte aufregend und meinte, ich solle nicht immer vom Schlimmsten ausgehen.

Dienstagabend 19.50 Uhr, ich traf mich mit Susanne vor der Tanzschule. Mir war total mulmig. Drei Sachen, die mir gleichzeitig zu schaffen machen. Erstens ich sollte tanzen und hatte nicht wirklich Lust darauf. Zweitens mit einem Typen, den ich nicht kannte und wahrscheinlich auch nicht kennen lernen wollte und drittens blamierte ich mich höchst wahrscheinlich noch dazu dermaßen, da Salsa bestimmt kompliziert war und ich schon beim Aerobic Probleme hatte, mir die Schrittfolge zu merken.

Wir gingen also hinein und alle standen an der Bar. Das war eine gute Idee, einen Drink zum Locker werden konnte ich auch gut gebrauchen. Silvia kam schon auf mich zugelaufen und sagte:

"Ochau mal, da vorne steht Dein Ersatz, ich habe keine Ahnung, welche Nationalität er hat, aber er schaut voll süß aus und tanzen kann der bestimmt auch super."

Ich fragte mich um alles in der Welt, wenn der schon tanzen kann, was macht der dann hier? Ich nippte an meinem Drink und dachte mir, ist jetzt eh schon egal, aus der Nummer komm ich nicht mehr raus. Außer Silvia und Susanne sah ich keine gemeinsamen Bekannten und die würden es sicher für sich behalten, sollte ich mich selten dämlich anstellen. Zum Aufwärmen sollten wir uns alle in eine Reihe stellen und der Tanzlehrer erklärte zunächst vereinfacht die Schrittfolge. Das ging noch, zumindest konnte ich mir alles merken und hopste nicht entgegengesetzt zu allen anderen umher. Als nächstes wurden Paare gebildet. Das stimmte eigentlich so nicht, denn die meisten kamen schon als Paar und brauchten sich nur mehr auf ihren Tanz konzentrieren. Ich aber, die eh schon kein Tanztalent hatte, sollte tanzen und gleichzeitig meinen Tanzpartner kennen lernen. Noch dazu fielen mir Silvias Worte ein, keine Ahnung welcher Nationalität der ist. Womöglich konnte der noch nicht mal deutsch und ich musste Englisch mit dem sprechen, was auch nicht gerade eine Stärke von mir war.

Wir sollten nun die vorher in der Reihe probierten Tanzschritte zur Musik zu zweit üben. Der Mann zuerst mit links einen Schritt nach vorn und so weiter. Auch das ging einigermaßen, solange ich auf meine Füße schaute und die Schritte mitzählte. Meinem Gegenüber war das zu langweilig, er wollte Smalltalk halten und meinte, er fände es schöner, wenn ich ihn dabei ansehen würde, anstatt auf meine Füße zu schauen, denn die brauchten meine Aufmerksamkeit nicht, die würden schon von alleine das Richtige tun. Da wäre ich mir nicht so sicher, sagte ich zu ihm und war zugleich erleichtert, dass mein Gegenüber der deutschen Sprache mächtig war. Er sprach mit französischem Akzent, aber ich hätte beim besten Willen nicht sagen können, wo er ursprünglich herstammte. Er wollte alles wissen, was ich arbeitete, was ich in meiner Freizeit machte, wie ich zu dem Tanzkurs gekommen war und, und, und.

Ich fühlte mich total überfordert und wollte eigentlich nur, dass die Zeit recht schnell verginge und ich wieder nach Hause konnte, raus aus dieser für mich total unangenehmen Situation. Das Lied war zu Ende und der Tanzlehrer erklärte die erweiterte Schrittfolge. Mein Tanzpartner hörte aufmerksam zu und hielt, was mich völlig irritierte, unentwegt meine Hand. Ich, die sowieso keinen so engen Körperkontakt mochte, fand das total unangenehm. Es gibt Leute, die kennen sich überhaupt nicht oder haben sich einmal gesehen und begrüßen sich mit Küsschen hier und Küsschen da. Bei mir zieht sich in so einer Situation alles zusammen. Ich muss jemand schon gut kennen, damit er mich mit Küsschen begrüßen darf. Wir tanzten weiter und er ließ mich nicht los! Allerdings, das muss ich sagen, beherrschte er seinen Part, was das Tanzen betraf, wirklich richtig gut. Also lernen konnte er in diesem Kurs definitiv nichts mehr.

Er beherrschte seine Rolle perfekt, was es mir etwas leichter machte, so dass ich nicht mehr ganz so verkrampft war. Außerdem dachte ich mir, wenn wenigstens einer die Schritte beherrscht, kann das Gesamtbild auch nicht so schlimm aussehen. Er erzählte, wo er immer zum Salsa tanzen hinginge und wenn ich Lust hätte, könnte ich da auch mal vorbeikommen. Er würde sich jedenfalls sehr freuen. Ich nickte nur kurz, ging aber nicht näher auf sein Angebot ein. Sicher würde ich nicht freiwillig ein Tanzlokal allein betreten. Was dort passiert, wenn man als Frau allein auftritt, davon konnte ich mich mit meiner Freundin schon vor längerer Zeit überzeugen. Das letzte Lied wurde eingespielt. Ich konzentrierte mich noch einmal richtig damit mein Partner auch ein bisschen Spaß hatte und nicht das Gefühl bekam, ganz umsonst ausgeholfen zu haben. Nachdem die Musik verklungen war, erinnerte der Tanzlehrer noch einmal an den Folgetermin. Danach bedankte ich mich und verabschiedete mich von meinem Tanzpartner. Ich fuhr nach Hause, wo meine Freundin bereits auf mich wartete. Sie übernahm die Aufsicht für meinen Sohn und wollte nun natürlich wissen, wie es war. "Ich muss zuerst unter die Dusche" sagte ich, und konnte mich nicht erinnern, wann ich das letzte Mal so geschwitzt hatte. Selbst wenn ich zwei Stunden joggte, musste ich nicht so transpirieren wie beim Salsatanz. Nachdem ich die hohen Schuhe ausgezogen hatte, fühlte sich mein Körper wie ein Ganzkörperkrampf an. Ich war völlig fertig. Nach der erleichternden Dusche schenkte ich uns noch ein Glas Wein ein und erzählte ihr von dem Abend. Gleichzeitig sagte ich ihr, sollte ich jemals wieder auf die Idee kommen, einen Tanzkurs zu besuchen, möge sie mich doch bitte aufhalten. Kurze Zeit später verabschiedete sie sich und ich fiel völlig erschöpft in mein Bett.

Am anderen Morgen auf der Arbeit wartete meine Kollegin schon und wollte über den gestrigen Abend reden, vor allem wollte sie aber wissen, wie der süße Typ, mein Tanzpartner, war. "Nett", antwortete ich ihr, aber damit gab sie sich nicht zufrieden. Schließlich hatte sie beobachtet, dass wir uns die meiste Zeit unterhalten hatten. Ich sagte ihr, dass ich nicht viel über ihn wisse, da ich die meiste Zeit damit beschäftigt war, seine Fragen zu beantworten und damit war ich voll und ganz gefordert. Selbst noch Fragen zu stellen, war mir einfach zu viel. Ich versprach ihr aber, beim nächsten Mal auch die eine oder andere Frage zu stellen, vorausgesetzt ich würde überhaupt nochmal hingehen. Sie grinste und meinte, „natürlich gehst Du wieder hin." Ich ließ sie in dem Glauben, aber ich war mir da noch nicht so sicher. Bis Donnerstag war auch nicht gerade viel Zeit. Genau genommen hatte ich nur den Mittwoch, um etwas zu entspannen, und wie das immer mit Dingen ist, die unangenehm sind und die man vor sich herschiebt, sie holen einen ganz schnell ein. Und so war auch schon wieder Donnerstagvormittag und unser Morgenkaffeegespräch ging, wie konnte es anders sein, um unseren Tanzkurs heute Abend. Susanne überraschte mich gleich mit einer Hiobsbotschaft. Ihr Freund und

Tanzpartner sei ziemlich erkältet und sie wisse nicht, ob sie am Abend sicher kommen könnten. Das konnte jetzt nicht wahr sein, und ich sagte zu ihr, dann gib mir aber rechtzeitig Bescheid, dann könnte ich meinem Babysitter heute Abend noch absagen, denn allein ging ich da auf gar keinen Fall hin. Bei dem Gedanken plagten mich aber schon fast wieder ein paar Gewissensbisse. Ich meine, wahrscheinlich kommt Mister Salsa nur wegen mir, damit ich beim Tanzkurs nicht blöd allein rumstehe und wenn ich jetzt nicht erscheine, ist er der Blöde, der allein rumsteht und völlig umsonst den Weg auf sich genommen hat. Sicher hätte er auch was Sinnvolleres mit dem Abend anstellen können. Half alles nichts, ich musste anstandshalber heute Abend dort erscheinen. Lisa übernahm wieder den Babysitterdienst. Na jedenfalls in diesem Punkt musste ich kein schlechtes Gewissen haben, denn Niklas verstand sich mit ihr super gut und Lisa übernahm den Job wirklich gern. Kurz nach halb acht zog ich wieder meine höchsten Schuhe an und dachte mir, einmal noch, dann kann ich die Dinger in die Ecke werfen und ich habe die ganze Schose durchgezogen und überlebt, ohne mich maßlos dabei zu blamieren. Das konnte man jetzt noch nicht mit Gewissheit sagen, denn dafür musste ich die nächsten drei Stunden erst noch sauber überstehen. 10 Minuten vor acht Uhr erschien meine Freundin zumindest schon mal zusammen mit ihrem Freund. "Auf geht's, bringen wir's hinter uns", sagte ich und wir marschierten die Stufen zum Tanzstudio hinauf. Mein Partner wartete schon mit einem Drink an der

Bar, als er mich sah, kam er sofort auf mich zu, um mich zu begrüßen. Er lächelte unentwegt, so dass ich mir dachte, vielleicht habe ich mich doch nicht so blöd angestellt. Denn wenn, hätte er den Kursleiter auch einen anderen Ersatz finden lassen können. Wir stellten uns wieder als Paare auf und sollten als Auflockerung unsere zuletzt geübten Schritte wiederholen.

Ok bis auf ein, zwei Fehltritte habe ich das auch hinbekommen. Ich riskierte auch mal einen Blick nach links und nach rechts und musste feststellen, bei den anderen sah es auch nicht viel graziler aus. Zur Entspannung zeigte uns der Tanzlehrer noch einen Merengue. Dieser Tanz zählt zwar zu den lateinamerikanischen Tänzen und ist der Volkstanz der dominikanischen Republik, aber er lässt sich ganz leicht tanzen. Man nimmt Tanzposition ein, wobei eine Hand jeweils auf der Hüfte des Partners ruht. Jetzt musste man nichts weiter tun als immer abwechselnd links und rechts den Fuß zu heben und mit den Hüften zu wackeln. Das konnte ich sehr gut, denn ich habe jahrelang mit meinem Ex Merengue getanzt, allerdings ohne es zu wissen. Denn auch er war kein begnadeter Tänzer und beim Fasching, oder wann auch immer wir in die Verlegenheit kamen zu tanzen, tanzten wir Merengue.

Nach dieser netten Einlage ging es nun ans Eingemachte und da Salsa ein sehr Körper bezogener Tanz ist, der in sehr engem Körperkontakt getanzt wird, zeigte uns der Tanzlehrer nun wie der Salsa durch bestimmte Handbewegungen mehr Erotik ausstrahlen sollte. Naja also damit hatte ich jetzt nicht gerechnet, das war sozusagen die offizielle Aufforderung, seinem Gegenüber an die Wäsche zu gehen. Mein Mister Salsa nahm seine Aufgabe sehr ernst. Ich glaube, ich habe ihn so entsetzt angeschaut, dass er gleich in die Verteidigung über ging und meinte, das wäre nicht anzüglich, das gehörte zum Tanz. An der Stelle war ich froh, dass ich mich nur für den Anfängerkurs angemeldet hatte und es würde auch gewiss keinen Aufbaukurs geben, zumindest nicht mit mir. Der Abend ging langsam zu Ende und Mister Salsa fragte mich erneut, ob ich nicht Lust hätte, am Samstag ins "Let´s dance" zu kommen. Er ginge auf alle Fälle hin und würde sich sehr freuen, mich dort zu treffen. Ich wusste genau, ich würde niemals allein in diesen Tanzschuppen gehen. Andererseits hatte er sich wirklich bemüht, mir den Tanzkurs so einfach wie möglich zu machen, daher schlug ich ihm vor, uns vorher auf einen Drink zu treffen. Später könnten wir dann gemeinsam in das Lokal gehen. Er war einverstanden. Nach erfolgreichem Ende des Tanzkurses fuhr ich erleichtert nach Hause. Meine Freundin wartete schon und wollte natürlich wieder wissen, wie es war. Ich sagte ihr, dass mir wieder die Füße wehtun würden und ich überall Krämpfe hätte. Ich beichtete ihr, dass ich für das kommende Wochenende verabredet war und selber nicht wisse, was mich da geritten habe. Dafür sprach, dass der Typ echt süß aussah und ich mich irgendwie für sein Engagement revanchieren wollte. Andererseits konnte die Aktion nur in einem Desaster enden. Sie erklärte sich gleich bereit, den Babysitterdienst zu übernehmen.

Offensichtlich war sie der Meinung, ich müsste mal wieder raus, was erleben und wenn dann schon ein netter Typ in den Startlöchern stehen würde, wäre es ungeschickt, sich die Gelegenheit entgehen zu lassen. Der Abend rückte näher und ich war mir schon wieder nicht sicher, ob das eine gute Idee war. Einen Rückzieher konnte ich nicht machen, denn ich hatte keine Handynummer, um abzusagen. Treffpunkt war 20. 30 Uhr vorm Meyers. Ich machte mich fertig und kurze Zeit später fuhr ich schon Richtung Stadt. Ich parkte mein Auto am Firmenparkplatz und ging die letzten Schritte zu Fuß. Als ich um die Ecke bog, sah ich ihn schon vorm Meyers warten. Er begrüßte mich mit Küsschen hier und Küsschen da und wir gingen hinein. In entspannter Atmosphäre hatte ich jetzt auch endlich die Gelegenheit, etwas über ihn zu erfahren. Wir plauderten nett, bis er schließlich meinte, jetzt wäre die richtige Zeit ins " Let´s dance" zu gehen, vorausgesetzt natürlich, ich hätte Lust. Die hielt sich bei mir natürlich in Grenzen, viel lieber hätte ich noch entspannt den einen oder anderen Schoppen Wein getrunken, aber ich wollte ihn nicht enttäuschen und so zogen wir los. Es war genau so wie ich es mir vorgestellt hatte. Die Location war nur Viertel voll und beim Eintreten gaffte alles zur Tür. Super, dachte ich mir, wahrscheinlich werden die, sollten wir tanzen, jeden Schritt verfolgen. Wie konnte man bei so was nur Spaß empfinden? Diese Leute waren mir so was von suspekt, aber daran konnte ich jetzt auch nichts mehr ändern. Und so traf ein, was ich immer befürchtet hatte. Nach einer kurzen Schonfrist begaben wir uns auf die

Tanzfläche und es passierte, was passieren musste. Ich hatte alle Schritte vergessen. Ich konnte nichts abrufen, was ich die zwei Tage im Kurs gelernt hatte. Mein Kopf war leer und ich dachte mir, so fühlt sich also ein Blackout an. Man hört das ja immer wieder, aber selber erlebt habe ich so etwas noch nie. Wir setzten uns wieder und auf den Schreck musste ich erst mal was trinken. Mir war das so unsagbar peinlich.

Es bestätigt aber wieder meine Theorie, von Dingen, die man nicht beherrscht, sollte man einfach die Finger lassen. Diesen Rat habe ich bis heute erfolgreich befolgt. Mister Salsa traf ich nicht wieder. Es war außer dem peinlichen Zwischenfall zwar ein sehr schöner Abend, aber er war doch noch recht jung und unsere Interessen waren offensichtlich sehr verschieden.

Pepper

Zu ihm sind wir mehr oder weniger zufällig gekommen. Oder es war ein Wink des Schicksals. Auf jeden Fall war seine Anschaffung zum damaligen Zeitpunkt nicht wirklich geplant. Schuld, oder besser Auslöser, ist wieder einmal meine Arbeitskollegin Susanne oder noch genauer gesagt, ihr Freund. Er war schon lange fasziniert von Whippet´s, einer Windhundrasse, die es in Deutschland nicht oft gab. Endlich hatte er einen Züchter ausfindig gemacht und am Wochenende wollten sie sich den neuen Wurf anschauen. Ich beneidete sie ein bisschen, denn auch ich wollte schon immer gerne einen Hund haben, aber verbringt man den ganzen Tag in der Arbeit, ist es für den Hund wahrscheinlich eher eine Tierquälerei. Er sitzt dann den ganzen Tag in der Wohnung, muss warten, bis Herrchen oder Frauchen nach Hause kommt. Daher hatte ich den Gedanken schon längere Zeit verdrängt.

Am Montagmorgen, als wir gerade unseren Morgenkaffee bei der Arbeit tranken, erzählte Susanne mir von dem Besuch und dass sie sich eine Hündin ausgesucht hatten und schon in 14 Tagen ihren Welpen abholen konnten. Wie süß, sagte ich, wenn euer Vierbeiner da ist, dann komm ich mit Niklas vorbei und wir schauen uns das Kerlchen an. Nach drei Wochen fuhren wir dann auch zu ihr, wenngleich ich von der Rasse noch nicht so überzeugt war. Windhunde hatte ich eigentlich immer als rappeldürr und fast ein bisschen hässlich in Erinnerung. Ein Hund sollte doch schon irgendwie knuffig, lieb, halt einfach zum

Knuddeln sein. Wir waren zum Kaffee verabredet. Unser erster Blick galt natürlich dem Körbchen und wow, was da drin saß, war so was von niedlich. Niklas war gleich begeistert und den ganzen Heimweg war ich damit beschäftigt, ihm zu erklären, dass ein Hund bei uns zu Hause nicht funktionieren würde. Ich gehe den halben Tag arbeiten, am Nachmittag ist bei uns auch immer etwas geboten, abgesehen von den Wochenenden, an denen wir viel mit dem Volleyball unterwegs waren. Vielleicht wäre es besser gewesen, ich hätte ihn erst gar nicht zu meiner Kollegin mitgenommen.

Jeden Morgen schilderte Susanne mir jetzt ihre Erlebnisse. So ein kleiner Hund stellt eine Menge an, wenn ihm mal langweilig wurde. Ihrer las mit Vorliebe Zeitung und elektrische Geräte wie Handys und Fotoapparate fand das kleine Tier auch recht interessant.

Nach drei Wochen erzählte sie mir, auf der Homepage der Züchterin würde ein kleiner Welpe zum Verkauf stehen, der nicht abgeholt wurde, da die vermeintlichen neuen Besitzer in den Urlaub fliegen wollten und nicht wussten, wo sie den Hund während dieser Zeit unterbringen sollten. Ich glaube, da hat der kleine Hund noch mal richtig Glück gehabt, dass sie ihre Fehlplanung noch rechtzeitig bemerkten. Das typische Sommerproblem, von dem man immer zu Beginn der Sommerferien in den Medien hört. Bei der Anschaffung eines Hundes muss einem doch klar sein, dass dies keine für die nächsten zehn Tage, sondern mindestens für die nächsten zehn Jahre sein würde. Dieses neue kleine Familienmitglied hatten sie offenbar bei ihrer Urlaubsplanung ganz und gar vergessen, oder zum Zeitpunkt der Buchung war das neue Haustier noch gar kein Thema für sie. Wie auch immer, jetzt stand dieser Welpe auf der Homepage und suchte ein neues Zuhause. Susanne meinte, ihr Freund hatte schon überlegt, zwei Hunde zu nehmen, aber das würde dann vielleicht doch zu viel werden. Einen kann man schon mal alleine lassen, aber zwei machen sicherlich eine Menge Blödsinn. Jetzt stachelte sie mich an und meinte, wenn du doch einen nehmen würdest, dann könnten wir gemeinsam spazieren gehen und die Hunde rennen lassen, das wäre doch klasse. Ich winkte ab mit der Begründung, ich gehe arbeiten, der Hund wäre fünf bis sechs Stunden alleine zu Hause. Ich fahr in den Urlaub, bin mit dem Volleyball unterwegs, wie stellst du dir das vor. Sie wischte sämtliche Argumente weg, wenn ich in den Urlaub fahren würde und am Wochenende ein Turnier hätte, dann würde sie den Hund übernehmen, das wäre überhaupt gar kein Problem. Wenn wir Beachturniere im Freien hätten, könnte ich ihn mitnehmen und im Winter in der Halle wären es eh nicht so viele und dann würde sie wieder aufpassen. "Ich weiß nicht" sagte ich, "das klingt immer so toll und wenn es soweit ist, steh ich alleine da, Du weißt, die Großeltern wohnen auch nicht mal

gleich um die Ecke."

Wie das dann halt so ist, wenn man jemanden lange genug bearbeitet, ich ließ mich breitschlagen. Ich rief die Züchterin an, dass wir Interesse an dem kleinen Kerl hätten und wir verabredeten uns für das darauf folgende

Wochenende. Niklas konnte es schon gar nicht mehr erwarten bis endlich Samstag war und wir zum Züchter fuhren. Wir nahmen ein kleines Hundespielzeug und eine Decke mit. Das hatte sie uns empfohlen, der Hund sollte das die nächste Zeit als sein Eigentum annehmen und wenn er dann später mit uns nach Hause kommen würde, hätte er für den Anfang zumindest die beiden Dinge, die ihm schon bekannt waren.

Pepper war wirklich so niedlich, in den musste man sich einfach verlieben. Sicher ist die Frage nach der Rasse immer Geschmackssache. Aber er sah wirklich toll aus. Noch dazu war er recht zutraulich und am liebsten hätten wir ihn auch gleich mitgenommen, doch da waren erst noch gute vier Wochen zu überbrücken, bis ich meinen dreiwöchigen Urlaub antrat. Diese Zeit würden wir brauchen, um ihn an sein neues Zuhause zu gewöhnen. Schließlich musste er lernen, sich fünf bis sechs Stunden allein zu beschäftigen. Das klärte ich allerdings vorher mit der Züchterin ab. Nicht, dass das eine zu lange Zeit war und ich den Hund unnötig quälen würde. Unter den Umständen hätten wir vom Kauf absehen müssen. Aber sie versicherte mir, dass speziell diese Rasse sehr auf ihre Umgebung angepasst ist. Wird beim Gassi gehen viel Action gemacht, ist der Hund ungebremst dabei. Liegt Herrchen daheim faul auf der Couch, ist es dem Hund auch Recht. Wenn ich in der Arbeit bin, wird der Hund die Zeit zum Schlafen nutzen, danach braucht er aber seinen Auslauf, meinte die Züchterin. Das wäre ja phantastisch, ich war mir nur nicht ganz sicher, ob das auch der Hund wusste. Also gut, eine 100%ige Absicherung gab es nie, ich ging das Risiko schließlich ein.

Vier Wochen können ganz schön lang werden, ein Kind empfindet so eine Wartezeit wahrscheinlich noch viel schlimmer. Daher versuchte ich, die Zeit etwas zu verkürzen, indem wir am Nachmittag immer mal schon ein paar Sachen besorgten. Hundespielzeug, Hundekörbchen, Leine, Halsband, Fressnapf, Autodecke usw. Das wichtigste war unser Buch, "Wie erziehe ich einen Hund". Ich hatte zwar schon viel Kontakt mit Hunden und mit den meisten kam ich auch super gut zurecht, aber Kommandos hatte ich bisher noch keinem beigebracht. Schließlich habe ich selber nie einen Hund besessen. Jetzt konnte ich meinen Kindheitstraum wahr werden lassen.

Endlich waren die vier Wochen um, mein Urlaub begann und wir holten Pepper zu uns nach Hause. Dafür trafen wir uns mit der Züchterin in der Nähe von Ulm damit wir nicht den langen Weg bis Tübingen und zurück fahren mussten. Wir klärten die Formalitäten und noch ein paar Dinge, die wir beachten sollten und dann ging unser Hündchen mit uns auf Heimreise. Ich ahnte bereits, was uns auf dem Heimweg passieren würde und hatte daher vorgesorgt. Ich setzte Niklas mit Pepper nach hinten, auf seinen Schoß gab ich ihm mindestens 6 Lagen Handtücher und zusätzlich eine Rolle Zewa plus und eine große Mülltüte. Das war eine gute Entscheidung, denn auf dem Heimweg kotzte unser Hündchen bestimmt fünfmal und vor Angst gepieselt hat er auch noch. Durch die vielen Schichten brauchte Niklas nur das Vollgemachte in den Müllbeutel entsorgen und auf seinem Schoß war alles wieder sauber.

Zu Hause angekommen wollten wir erst eine kleine Runde Gassi gehen, aber das machte nicht viel Sinn, Pepper hatte sich schon im Auto die ganze Zeit erleichtert. Wir gingen nach oben und der Kleine inspizierte die Wohnung. Ängstlich wirkte er nicht. Eher war er total neugierig. Er jammerte auch nicht oder saß apathisch in der Ecke, nein, er war die ganze Zeit interessiert. Gegen Nachmittag und am Abend gingen wir noch einmal spazieren, er machte seine Geschäftchen und war einfach nur zuckersüß.

Als wir zu Bett gehen wollten, zeigten wir Pepper noch einmal sein Körbchen und wir beide gingen in unsere Zimmer, es dauerte keine Minute und auf dem Laminat machte es tab, tab, tab. Ich schickte ihn zurück ins Körbchen und das Spiel wiederholte sich bestimmt zehn Mal. Auf das Kommando "nein", blieb er zwar in seinem Körbchen, aber fing herzzerreißend das

Jaulen an. Niklas erbarmte sich schließlich, nahm seine Isomatte und legte sich neben das Hundekörbchen. Damit waren wohl alle zufrieden, denn ab dieser Minute herrschte absolute Ruhe.

Nach vier Tagen versuchten wir, ihn mal für 10 Minuten alleine zu lassen, nur um vom Bäcker nebenan Brötchen zu holen. Das klappte nicht so gut, denn wie wir die Tür aufschlossen, hörten wir schon ein jämmerliches Jaulen. Oh, das würde unseren Nachbarn sicher nicht gefallen.

Nachbarn wie wahrscheinlich viele sie haben, oder ein ehrenwertes Haus

Wir übten die Sache mit dem Bäcker jetzt öfter, der Erfolg war allerdings nicht so durchschlagend. Die Idee, immer mal fünf Minuten vor die Tür zu gehen und zu lauschen, funktionierte auch nicht. Dieses Spiel hatte Hündchen bereits durchschaut. Am Nachmittag wollten wir im Wald spazieren gehen und kamen dabei am Fußballplatz, wo mein Sohn trainierte, vorbei. Mal davon abgesehen, dass mir noch nie aufgefallen war, wie viel kaputtes Glas da herumlag, wollte Niklas mit den Jungs aus seinem Verein, die ebenfalls dort waren, ein paar Bälle kicken. „Gut," sagte ich, „dann geh ich eine kleine Runde und beim Rückweg nehme ich Dich wieder mit."

Als ich wiederkam, war die Fußballpartie bereits beendet. Die Jungs saßen im Rasen und warteten bereits auf mich. Mein innerer Alarm ging an, Mütter haben sofort ein Gespür dafür, wenn etwas nicht stimmt. Ich sollte Recht behalten, Niklas zeigte mir seinen Finger, der war dick und blau. Es half wohl nichts, wir mussten ins Krankenhaus, den Finger röntgen. So etwas dauert erfahrungsgemäß, ausgerechnet an einem Samstagnachmittag, immer ein bisschen länger. Man konnte nur hoffen, dass kein Notfall dazwischen kam, denn dann würden wir ewig dort sitzen. Nach gut zwei Stunden kamen wir mit einem Gips wieder nach Hause. Als wir die Haustüre aufschlossen, war es sogar ruhig, kein Hundegejaule zu hören.

Unser Urlaub verging und wir trainierten immer noch jeden

Tag das Alleinbleiben. Ich glaubte, einen kleinen Erfolg erreicht zu haben. Jedenfalls war unser Pepper vom Alleinbleiben mal abgesehen ein absoluter Glücksgriff. Er war so lieb und total auf uns beide fixiert. Heimweh nach seinem alten Zuhause schien er überhaupt nicht zu haben. Mein Urlaub war zu Ende und mein erster Arbeitstag stand bevor. Das war auch Peppers Feuertaufe. Ein richtig gutes Gefühl hatte ich nicht, denn mit dem Allein- bleiben klappte es immer noch nicht so hundertprozentig. Ich dachte, wenn ich früh mit ihm eine größere Runde gehe oder sogar laufe, dann ist er vielleicht müde und schläft erst mal ein bisschen. Pepper war allerdings so müde, dass er gar nicht laufen wollte, oder besser gesagt, nur wieder schnell zurück zum Haus. Also gingen wir, nachdem er sein Geschäft erledigt hatte, auf dem kürzesten Weg wieder zurück. Ich füllte seinen Fressnapf, gab ihm noch eine Kaustange und machte mich auf den Weg zur Arbeit.

Momentan war es ruhig im Geschäft und ich konnte bereits nach vier Stunden wieder nach Hause gehen, um nach dem Rechten zu schauen. Es war ruhig, als ich ins Haus kam, aber wie ich vor der Tür stand, jaulte er gleich los. Ich begrüßte ihn und wir unternahmen gleich einen langen Spaziergang. Meine Hoffnung, dass er nicht die ganze Zeit Rabatz gemacht hatte, sollte sich am Abend in Luft auflösen. Es war gegen 19.00 Uhr, als es an meiner Tür klingelte. Mein unterer Nachbar war es und der fing gleich an zu wettern, ich hatte die Tür noch gar nicht richtig auf. So ginge das nicht, der Bub ist in der Schule und ich zur Arbeit und der Hund den ganzen Tag alleine zu Hause, der

114

jault die ganze Zeit, nein der Hund muss wieder weg. Ich versuchte, ihm höflich zu erklären, dass ich und mein Sohn nur ein paar Stunden außer Haus waren, der Hund eine gewisse Eingewöhnungszeit bräuchte, ich heute das erste Mal länger weg war und das es meines Erachtens noch in der Toleranz liegen würde. Wenn jemand neu in das Haus einzieht und zwei Tage bohrt und Fliesen hackt, müssten wir das ja auch hinnehmen und könnten uns nicht gleich beschweren. Ich sagte ihm, wenn mein Hund in zwei Wochen immer noch jault, dann hätte er einen Grund, sich zu beschweren, aber im Moment doch wohl nicht. Mit diesen Worten ließ ich ihn stehen und dachte mir, so ein blöder Kerl.

Ich musste mir etwas einfallen lassen, und da kam mir mein alter Mp3-Player in den Sinn. Dieser hatte eine Diktierfunktion und bevor ich am nächsten Morgen das Haus verließ, drückte ich auf Aufnahme. Die ruhige Zeit in der Arbeit muss man ausnutzen, um ein paar Überstunden abzubauen und so fuhr ich nach gerade wieder vier Stunden nach Hause. Es war ein super schöner Sommertag, ich schnappte mir Pepper und fuhr in den Garten. Meine Freundin wollte später nachkommen. Ich hörte derweil den MP3-Player ab. Vier Stunden, das würde den ganzen Nachmittag dauern. Ich tollte erst noch mit Pepper herum, ließ ihn einige Sachen holen, aber er war schnell müde, da es draußen ziemlich heiß war. Er suchte sich ein schattiges Plätzchen und schlief wieder. Was sagte mein Diktiergerät? Am Anfang kam ein leises Wimmern und man hörte ihn durch die Wohnung tapsen, dann war es leise. Die nächsten drei Stunden blieb es ruhig. Anscheinend hielt Pepper ein Schläfchen. Aber dann, man hörte ihn wieder durch die Wohnung laufen und auf einmal setzte er zu einem Geheul ein, so etwas hatte ich noch nie zuvor gehört. Mit Jaulen oder Winseln hatte das nicht mehr viel zu tun, es klang schon eher wie Wolfsgeheul. Das war wirklich heftig und dauerte ca. eine halbe Stunde. Danach war es wieder ruhig und schon kurze Zeit später hörte ich meinen Schlüssel im Schloss. Ich fand, damit konnte man arbeiten. Lisa kam und ich erzählte ihr von meinen Aufzeichnungen. Sie fand jetzt eine halbe Stunde Jaulen nach drei Stunden auch nicht so dramatisch und hatte eine Idee. Da sie den Rest der Woche Urlaub hatte, erklärte sie sich bereit, gegen 10.00 Uhr zu mir nach Hause zu kommen, damit Pepper für den Anfang nicht gar so lang alleine bleiben musste. Den Mp3-Player schaltete ich trotzdem am Morgen wieder ein, man konnte ja nicht wissen, vielleicht würde ich ihn ja noch einmal als Beweismittel für nervige Nachbarn benötigen. Bei der Gelegenheit hätte man auch gleich einen Vergleich anstellen können, was nerviger war, eine halbe Stunde Hundegejaule oder die doofe Kuckucksuhr von meinem unteren Nachbarn, die man halbstündig hörte und das schon über einen Zeitraum von acht Jahren!

Am darauf folgendem Tag kam Lisa dann eine halbe Stunde später um nach Pepper zu schauen.

Auch diesmal war auf dem MP3-Player nichts Auffälliges zu hören. Am Freitag war ich dann noch einmal eine halbe Stunde später also gegen elf Uhr zu Hause. Wieder war nichts auf dem Diktiergerät zu hören. Ich glaubte, unser Problem wäre gelöst. Meine Aufzeichnungen behielt ich, man konnte ja nicht wissen, was die Nachbarn noch alles gehört haben wollten. Nachdem sich der Typ von unten beschwert hatte, befragte ich ein paar Nachbarn wie stark sie denn das Hundegeheul belästigt hätte. Die Meinungen gingen ziemlich weit auseinander. Meine unmittelbaren Nachbarn neben mir rechts, von denen ich den meisten Ärger erwartet hatte, wollten gar nichts gehört haben, die allein stehende Dame über mir hatte wohl etwas gehört, meinte aber, man müsse auch tolerant sein. Schlimmer wäre es, wenn die Nachtruhe gestört würde. Wieder eine andere meinte am Wochenende hätte er so gejammert. Ich dachte mir erst, das kann gar nicht sein, aber dann ist mir eingefallen, da waren wir mit dem gebrochenen Finger im Krankenhaus. Im Großen und Ganzen hielten sich die Beschwerden in Grenzen. Die Beste war die Dame eine halbe Treppe tiefer, die meinte, man höre und sehe uns eh nie, und wenn sie mal was hören würde, dann sei sie froh, dass doch noch ein bisschen Leben im Haus sei. Letztendlich habe ich nie herausgefunden, wer nun bei uns im Haus für Unfrieden gesorgt hat.

Vor ein paar Jahren, Niklas muss fünf Jahre alt gewesen sein, hatte ich schon einmal ein unschönes Erlebnis mit einem unserer Nachbarn. Wie schon gesagt, wer nun wirklich hinter den ganzen Aktionen steckte, ich kann es nur vermuten. Angrenzend an unser Haus war ein kleiner Sandkasten mit zwei Bänken daneben. Ich nehme mal an, damit man seine Kinder beim Spielen beaufsichtigen kann beziehungsweise soll. Neben dem Sandkasten befand sich noch ein Fahrradständer und unterhalb war der Privatparkplatz des Hauses.

Der Parkplatz war schon der erste Grund weshalb wir, wir wohnten noch nicht einmal richtig in dem Haus, mit der Polizei Bekanntschaft machen sollten. Denn diese wollte ein Eigentümer gleich rufen, weil er meinte, wir würden unberechtigt auf dem Parkplatz stehen. Bevor wir in die Wohnung einzogen, mussten wir sie erst einmal herrichten. Vorab wollten wir die neuen Fliesen im Keller lagern. Der pflichtbewusste Nachbar hatte wohl noch nicht bemerkt, dass sein unmittelbarer Nachbar die Wohnung verkauft hatte. Das war doch eine tolle Basis für eine gute Nachbarschaft!

Im Nachhinein betrachtet, war die Fluktuation in diesem Haus ziemlich hoch. Die haben es fertig gebracht, eine allein stehende Frau Ende 50 aus dem Haus zu mobben, nachdem sie ihre erst kürzlich erworbene Eigentumswohnung komplett modernisiert hatte. Da fragt man sich doch, was für ein Ziel verfolgen diese Leute? Eine Frau Ende 50 hat keine kleinen Kinder, die spielen, lachen, schreien, keine ständig wechselnden Bekanntschaften und wahrscheinlich hat sie auch nicht den Drang, am Wochenende wilde Partys zu feiern. Einen angenehmeren Nachbarn kann man sich eigentlich nicht wünschen. Irgendetwas muss die Dame aber an sich gehabt haben, was den ehrenwerten Nachbarn nicht gepasst hat. Allein die Tomatenpflanze, die über die

Brüstung geragt hat, kann es nicht nur gewesen sein, denn die hatte ich auch auf meinem Balkon.

Auch wir wurden zur Zielscheibe oder als Streitpartner auserkoren. Niklas fuhr mit seinem Radl auf dem Parkplatz, allerdings beobachtete ich das ganze Szenarium vom Balkon aus. Er fuhr auch nach Anweisung nur in dem Bereich, in dem keine Autos standen. Am Abend besuchte mich zudem noch ein Bekannter und dieser hatte dann auch noch die Unverfrorenheit, sein Motorrad auf dem Fahrradabstellplatz zu parken. Das war wohl eindeutig zu viel für die lieben Nachbarn. Am anderen Tag hatte ich eine Original-Hausordnung schon vorgelocht und mit Hilfe eines Textmarkers die für mich wichtigsten Passagen bereits angestrichen in meinem Briefkasten. War ich sauer über so viel Feigheit und Verschlagenheit. Ich kochte mir erst einmal einen Kaffee und überlegte, wie ich darauf reagieren sollte. Ich hätte es verstehen können, wenn jemand Angst um sein Auto gehabt hätte, aber wäre es da nicht einfacher gewesen bei mir zu klingeln und mir seine Bedenken mitzuteilen? Stattdessen musste ich mir überlegen, wie ich mich zu den Verstößen der Hausordnung rechtfertigen sollte. Folgender Wortlaut war neongelb angestrichen:

Laut Hausordnung gehört der Parkplatz den Eigentümern, daher ist das Privatgelände und das Parken nur Eigentümern erlaubt.
Der Parkplatz ist kein Spielplatz.

Ferner ist das Befahren und Parken auf Zu- und Gehwegen untersagt.

So, welcher Vergehen hatte ich mich denn jetzt schuldig gemacht? Wenn der Parkplatz Privatgrund ist, darf er von meinem Sohn befahren werden, geparkt hat er wohl nicht ordnungsgemäß. Bleibt noch das Parken auf Zu- und Gehwegen. Da mein Roller früher immer am Fahrradständer geparkt war und ich da keine Hausordnung im Briefkasten hatte, nehme ich mal an, dass dieser nicht gemeint war. Also konnte es nur das Motorrad meines Bekannten gewesen sein, und der widerum kennt unsere Hausordnung nicht. Ich entschied mich auf die gleiche Art und Weise zu antworten, da ich mir aber nicht sicher war, in welchen Briefkasten ich meine Antwort werfen musste, nutzte ich das schwarze Brett im Eingangsbereich. Ich nahm einen Zettel und schrieb:

Lieber Eigentümer,

leider kann ich Sie nicht direkt ansprechen, da Sie offensichtlich unerkannt bleiben möchten. Ob dies aus Unsicherheit oder Feigheit geschieht, entzieht sich meiner Kenntnis. Trotzdem möchte ich Ihnen die Möglichkeit geben, Ihre Hausordnung wieder Ihren Dokumenten beizulegen. Ich vermute, es war nur eine Leihgabe, um die angestrichenen Stellen nochmals zu verinnerlichen. Zu Punkt eins, das Recht auf Parken auf Privatgrund nehme ich mir heraus, denn auch ich bin Eigentümer. Die Sache mit dem Spielplatz ist korrekt, wenngleich nicht direkt gespielt wurde und ich könnte mich nicht erinnern, bisher auch nur annähernd jemand im Haus gestört zu haben, dass er mir gleich mit der Hausordnung drohen müsste. Zu Punkt drei, das Parken auf Zu- und Gehwegen, betrifft mich nicht direkt, ich werde es aber gelegentlich an gewisse Personen weiterleiten. An dieser Stelle würde ich vorschlagen, den Sandkasten am Haus bei nächster Gelegenheit mit zu betonieren. Das hätte den Vorteil, dass keine Katzen mehr rein pinkeln können, der Platz sich dann gleich viel besser säubern lässt und mein Kind, welches im Moment das einzige im Haus ist, das diesen benutzen könnte, mit Sicherheit nie wieder hier unten spielen wird. Die Sorge, dass wir uns dabei wieder eines Vergehens der Hausordnung schuldig machen könnten, ist einfach zu hoch.

Ich pinnte meinen Zettel und die Hausordnung an das schwarze Brett und fuhr zur Arbeit. Als ich am Mittag nach Hause kam, hatte sich schon ein Trio um das schwarze Brett versammelt und debattierte darüber, wer denn den Zettel geschrieben hätte. Um die Sache abzukürzen, sagte ich ihnen, dass der Zettel von mir sei. Die Damen waren sehr aufgebracht und meine Hauptverdächtige meinte: "Wer macht denn so etwas? Man kann doch über alles reden, das wäre doch viel einfacher, wenn man das Problem direkt anspricht." Ich antwortete darauf nur knapp: "Mir brauchen Sie das nicht zu sagen!" und ging weiter.

Am anderen Morgen hatte auch die Hausordnung seinen ursprünglichen Eigentümer wieder, zumindest hing sie nicht mehr am schwarzen Brett. Das waren im Grunde die einzigen Attacken, die ich persönlich erdulden musste. Andere, allerdings nur Mieter in unserem Haus, mussten da schon viel mehr aushalten. Beispielsweise wurde genau aufgeschrieben, wenn der Sohn einer Mitbewohnerin geduscht hatte, und vor allem wie lange. Sollte man ja meinen das geht niemanden was an. Aber und das ist der ausschlaggebende Punkt, der Sohn stand nicht im Mietvertrag und hat somit auch nicht das Recht, dort zu duschen oder gar seine Wäsche zu waschen. Ich fragte mich nur, woher wissen diese Leute im Haus, wer und was in welchem Mietvertrag steht, wenn dieser nicht mit ihnen abgeschlossen wurde? Na, jedenfalls waren das wieder einmal zwei Gründe über die man sich eine ganze Woche aufregen konnte, das Schlimme daran war aber, dass dieser Frau unnötig das Leben schwer gemacht wurde. Es war auch ein Diskussionsthema im Haus, dass die große Tochter dieser Frau nachts immer mit Stöckelschuhen das Haus verließ. Unter uns gesagt, das könnte auch eine Freundin von mir gewesen sein. Ich bin mir da gar nicht so sicher.

Soviel zum Thema nervige Nachbarn. Solche oder ähnliche Erlebnisse hatte sicher jeder von uns schon einmal.

Da lob ich mir doch ein eigenes Häuschen mit hoher Hecke, so dass kein Nachbar sieht, ob man seine Post in der Unterhose oder im Schlafanzug vom Briefkasten holt.

A Franke, aber goad schaut der aus

Irgendwann verbrachten Lisa und ich nicht mehr soviel Zeit miteinander. Dafür gab es zwei Gründe. Sie hatte sich wieder neu verliebt und da ist es nur natürlich, dass man die erste Zeit viel und intensiver mit seinem neuen Partner verbringt und außerdem verliebte sie sich in meinen Ex, was für mich die Sache schon etwas schwieriger machte. Moralisch gesehen war beiden nichts vorzuwerfen, denn zu diesem Zeitpunkt waren Carsten und ich schon mehrere Jahre getrennt. Was das Aussehen und die inneren Werte betraf, konnte ich Lisa gut verstehen. Ich wusste ja genau, auf was für eine Art Mann sie sich da einließ. Auf der Gesamtpunkteskala der äußeren und inneren Werte erzielte er früher nahezu die volle Punktzahl. In der Zeit vor unserer Trennung hatte er sich verändert, aber es spielten sicher mehrere Gründe eine Rolle, die für sein Verhalten ausschlaggebend waren. Das hieße, wenn sein inneres Gleichgewicht wieder stimmte, wäre er wahrscheinlich der perfekte Partner für Lisa.

Zunächst hatte sie erhebliche Bedenken und auch ein schlechtes Gewissen mir gegenüber. Sie meinte, wenn ich mit der Situation nicht klarkäme, dann würde sie sich nicht auf Carsten einlassen. Ich antwortete ihr, dass sie das tun müsse, was sie für richtig halte. Wenn sie glaubte, er sei ihre große Liebe, dann solle es wohl so sein. Ich würde jedenfalls nicht dafür oder dagegen stimmen.

Was unsere gemeinsamen Unternehmungen betraf, so wurden diese natürlich zwangsläufig weniger, denn mit dem Ex und seiner Neuen in der Stadt zu promenieren, geht gar nicht. Auch Niklas hatte die neue Situation zunächst etwas durcheinander gebracht, denn er fragte mich, ob die Lisa denn nun meine oder Papas Freundin wäre. Ich antwortete ihm, das wüsste ich im Moment selbst nicht so genau.

Einen großen Vorteil hatte die Geschichte dennoch, da es doch meistens so ist, dass die neue Partnerin des Papas schlechte Karten aus Sicht der Kinder hat, oder oft selbst noch nicht Mutter ist und somit keine Ahnung hat, wie man mit Kindern umgeht, oder im schlimmsten Fall gar eifersüchtig auf das Kind ist, weil ihr der Lover an seinem Kind-Wochenende zu wenig Aufmerksamkeit schenkt. All diese Probleme hatten wir nie. Lisa und Niklas verstanden sich schon immer gut.

Bevor Lisa und mein Ex zusammenkamen, war Lisa der wichtigste Bezugspunkt in meinem Leben, mit ihr konnte ich über alles reden. Das war ab dem Zeitpunkt logischerweise nicht mehr in jedem Fall möglich. Wir sahen uns zwar noch regelmäßig, oft an einem Abend unter der Woche, dann war auch Britta meistens dabei und es lief eher unter dem Deckmantel Mädelsabend. Trotzdem hatte ich immer das Gefühl, wenn ich Lisas Hilfe brauchen würde, wäre sie für mich da.

Ich war nun oft am Wochenende allein zu Hause. An einem Abend hatte ich den Computer an, ich wollte auf der Homepage von Antenne Bayern etwas nachschauen und kam mehr zufällig in einen Chat. Ich surfte ein wenig umher und hatte auch gleich eine Unterhaltung am Laufen. Allerdings glaubte ich, dass mein Chatpartner auch noch ein wenig unerfahren im Chatten war. Wir plauderten eine Weile und dann fragte er mich, ob ich Lust hätte, mich am Sonntag mit ihm zu treffen. Er hätte den ganzen Tag Zeit. Zunächst gingen bei mir all meine Alarmglocken an, aber dann dachte ich, was soll mir schon tagsüber mitten in der Stadt passieren? Ich war allein an diesem Wochenende und hätte mich ohnehin nur gelangweilt. Zwar war eine längere Tour mit Pepper geplant, aber mehr als drei Stunden würde ich alleine auch nicht spazieren gehen. Also verabredeten wir uns für 10.00 Uhr an einem Treffpunkt, der neutral war und den er meines Erachtens nach auch leicht finden müsste. Kurz vor 10.00 Uhr postierte ich mich an dem ausgemachten Treffpunkt so, dass ich alles gut im Blick hatte. Pepper war natürlich auch dabei. Mein zweites Blind Date. Nun hatte ich schon etwas Erfahrung, aber war mindestens genau so nervös und aufgeregt wie beim ersten Mal. Immerhin konnte das wieder ein totaler Reinfall werden. Aber das war wohl der Kick bei so einer Geschichte. Meiner Freundin hatte ich allerdings schon Bescheid gegeben für den Fall, dass doch etwas schief laufen würde. Wir hatten einen Kontrollanruf vereinbart. Sie stellte mir bestimmte Fragen und anhand der Antworten wusste sie, ob alles ok wäre oder nicht.

Es war schon kurz nach 10.00 Uhr und mein Handy klingelte. Es war mein Date Andreas, er hatte Schwierigkeiten, den Treffpunkt zu finden. Es dauerte eine gute halbe Stunde, bis er dann tatsächlich herfand. Das sprach jetzt in meinen Augen nicht sonderlich für ihn, aber jeder kann mal einen schlechten Tag haben.

Er stieg aus seinem Wagen und meine Nervosität erreichte den Höhepunkt. Langsam kam er, groß, sportlich, dunkles Haar, braun gebrannt, auf mich zu. Sah der Hammer aus! In diesem Augenblick glaubte ich, im falschen Film zu sein. Wir begrüßten uns etwas unbeholfen, ließen die Autos stehen und gingen in Richtung Fußgängerzone. Bei super Sonnenschein suchten wir uns draußen ein Plätzchen und bestellten ein Frühstück. Er sagte, dass er ziemlich nervös sei, denn er habe so etwas noch nie gemacht. Ich fand, er hatte gar keinen Grund nervös zu sein, bei dem Aussehen, aber irgendwie sprach das auch wieder für ihn. Offensichtlich war er sich seines guten Aussehens gar nicht so bewusst. Einziges Manko war sein Dialekt. Ich war mir nicht sicher, ob das gute Aussehen gegenüber dem fränkischen Dialekt punkten könnte. Ich kam aus Sachsen uns sächsisch ist jetzt auch nicht unbedingt ein sehr klangvoller Dialekt. Bei mir war dieser aber eh nicht so sonderlich ausgeprägt, da meine Eltern immer auf eine gepflegte Aussprache achteten. In Bayern habe ich ihn gänzlich abgelegt, da er mir hier eher zum Nachteil gewesen wäre. Wir genossen unser Frühstück und plauderten die ganze Zeit. Im Anschluss unternahmen wir einen langen Spaziergang mit Pepper. Also ein Laufmuffel war er nicht. Aber das sollte nichts heißen, am Anfang zeigte man sich immer von der Schokoladenseite. Im Anschluss sind wir noch einmal auf einen Cappuccino in die Stadt marschiert. Danach verabschiedete ich ihn. Er wollte wissen, ob ich ihn wieder anrufen würde. "Lass Dich überraschen", gab ich zur Antwort und fuhr wieder nach Hause. Ich ließ mir ein Bad ein und sortierte meine Gedanken. Am Abend kam Niklas wieder aus seinem Wochenende zurück, wir plauderten beim Abendessen und haben noch etwas ferngesehen, bevor er zu Bett ging. Den darauf folgenden Abend rief ich Andreas an. Wir schrieben uns die nächsten Tage SMS und verabredeten uns für den Samstag in vierzehn Tagen. Wir unternahmen einen Ausflug in die Gegend und bei der Gelegenheit zeigte er mir sein Haus. Es war ein schönes Reihenhaus mit kleinem Garten. Die Einrichtung war nicht mehr ganz neu, aber wie er mir erzählte, hatte er vier Kinder, die von ihrem Alter her nicht so weit auseinander lagen, also ging seine Frau, als sie noch zusammen wohnten, wahrscheinlich auch nicht arbeiten, und mit einem Verdienst konnte man höchstwahrscheinlich keine so großen Sprünge machen. Wir tranken bei ihm einen Kaffee und fuhren im Anschluss wieder zurück. Bevor er sich wieder auf den Heimweg begab, machten wir noch einen Abstecher zum Italiener. Andreas wirkte im Gegensatz zu seinem Äußeren ziemlich schüchtern und ich dachte, ich lasse ihm seine Zeit. Meine Art ist es auch nicht gerade, die Männer aus der Reserve zu locken, jedenfalls nicht mit billigen Anmachtricks. Ich glaube, eine gewisse Zurückhaltung und dabei kein allzu starkes Interesse zu bekunden, erhöht den männlichen Ehrgeiz, bei der Jagd erfolgreich zu sein. Es ist außerdem schön und romantisch, wenn nicht immer alles so Knall auf Fall passiert. Ähnlich wie bei Marc dauerte es einige Zeit, bis wir uns schließlich näher kamen.

Es zog sich über mehrere Wochen hin und wie es dann endlich so weit war, musste ich leider enttäuscht feststellen, dass er in Punkto Sex, trotz seiner vier Kinder, nicht die größte Koryphäe war. Offensichtlich hatte das eine mit dem anderen nicht viel zu tun. Das war jetzt aber auch kein Grund, die Flinte gleich ins Korn zu werfen, die Sache mit dem Sex war sicher noch ausbaufähig.

Freitagabend, als er gerade auf dem Weg zu mir war, wurde er auf der Autobahn geblitzt. Kurz zuvor hatte ich ihn noch angerufen und ihm mitgeteilt, er könne sich Zeit lassen, da ich mit meinem Hund beim Tierarzt saß und es noch einige Zeit dauern würde.

Folgendes war passiert. Ich ging mit Pepper spazieren und auf dem Rückweg wollte ich bei der Gelegenheit Niklas gleich mit abholen, der bei einem Freund war.

Die Nachbarn hatten einen Boxer, der bereits als unzurechnungsfähig bekannt war. Sein Herrchen öffnete die Haustür genau in dem Moment, da wir vorbeiliefen. Der Hund stürzte heraus und sofort auf uns zu. Das ging so blitzschnell, dass ich nicht einmal die Chance hatte, Pepper von der Leine zu lassen. Der Boxer kam, packte meinen Hund und so schnell wie er da war, machte er sich wieder davon. Im ersten Moment konnte ich keine Verletzung erkennen. Der Besitzer des Boxers begann stattdessen unbeeindruckt von der Situation seinen Spaziergang gemeinsam mit seinem Hund und auch wieder ohne Leine. Ich konnte mir nicht vorstellen, dass er so gar nichts gesehen haben wollte, dass er es nicht einmal für nötig hielt, mich zu fragen, ob alles in Ordnung sei. Ich stand irgendwie unter Schock, klingelte bei dem Freund von Niklas und seine Eltern baten mich hinein. Ich schilderte kurz, was gerade passiert war und jetzt sah ich die Bescherung. Ein riesiges Loch klaffte an Peppers Bauchseite, allerdings blutete es merkwürdigerweise kaum. Wir fuhren sofort zum Tierarzt.

Er kannte uns schon gut, denn wir waren regelmäßig bei ihm in Behandlung. Ich weiß es nicht, entweder war diese Rasse so anfällig oder unser Pepper war, wie man es bei Menschen oft sagt, ein richtiger Tollpatsch. Die teuren Anschaffungskosten waren nichts im Verhältnis zu den Tierarztkosten, die wir im Laufe der Jahre zahlen mussten. Im Spaß habe ich mal zu Niklas gesagt, wenn das so weitergeht, können wir uns den Hund nicht mehr leisten, was natürlich nicht wirklich im Ernst gemeint war, denn dieser Hund war unser ein und alles. Der Tierarzt säuberte die Wunde und legte eine Dränage. Er meinte, nähen könne er die Wunde wegen der vielen Bakterien im Moment nicht. Er nahm noch eine Blutprobe und spritzte gleich Antibiotika. Anschließend fragte er mich, wie der Unfall passiert sei und beruhigte mich zugleich, indem er sagte, wenn mein Hund an der Leine war, müsse die Versicherung des Verursachers den Schaden zu 100% übernehmen. Ich hoffte nur, dass der Verursacher es genau so sah. Wir fuhren wieder nach Hause und packten Pepper in sein Körbchen. Er war fix und fertig und brauchte seine Ruhe.

Inzwischen war auch Andreas da, der wie schon erwähnt auf der Autobahn geblitzt wurde. Er war sich ziemlich sicher, dass sein Führerschein für mindestens vier Wochen weg sein würde, denn er war über 50 km/h zu schnell gefahren. Das war fast ein bisschen blöd von ihm, denn er hätte wissen müssen, das sie auf diesem Abschnitt immer blitzen. Deshalb war er auch nicht sonderlich gut gelaunt. Ich sagte ihm, das würde alles nichts helfen, er müsse jetzt noch einen kleinen Spaziergang mit mir machen. Ich musste schließlich noch zu dem Typen mit dem Boxer, um die Sache mit der Versicherung zu klären. Ihn bräuchte ich nur als körperliche und moralische Unterstützung. Er müsse auch gar nichts sagen, höchstens ein bissel streng schauen vielleicht.

Wir klingelten und nachdem uns Boxer-Herrchen die Tür öffnete, wurde ich von seinem Köter gleich angeknurrt. Ich schilderte ihm den Fall und sagte ihm, dass unser Hund von einem Tierarzt behandelt werden müsse und die Wunde keine Kleinigkeit sei. Er zeigte sich zunächst unbeeindruckt und meinte, mein Hund wäre wohl nicht an der Leine gewesen. Darauf antwortete ich ihm, da wir uns hier in einem Wohngebiet befanden, war mein Hund sehr wohl an der Leine, denn wenn nicht, wäre es wahrscheinlich gar nicht erst zu dem Biss gekommen, da mein Hund augenscheinlich viel schneller war als seiner und dann wohl die Chance ergriffen hätte, weg zu laufen.

Als zweites Argument hielt er mir vor, wir wären in das Revier seines Hundes eingedrungen. Das war schon fast eine Frechheit. Hätten wir seinen Garten betreten, hätte ich das als Argument gelten lassen, aber wir befanden uns auf einer öffentlichen Straße noch einige Meter vor der Haustür seines Nachbarn und wenn das noch zu dem Revier des Hundes zählen würde, fände ich das auch sehr bedenklich für alle anderen Passanten, die diesen Weg nehmen müssten. Da könnte sich niemand mehr sicher fühlen. Nun lenkte er plötzlich ein und meinte, ich solle ihm die Rechnung halt vorbeibringen. Unmöglicher Mensch, dachte ich mir, man kann's ja erst einmal versuchen. Wir gingen nach Hause und ich kochte etwas für uns. Den Rest des Abends haben wir auf der Couch verbracht und Niklas neben Pepper's Körbchen, aber der schlief die meiste Zeit, bei ihm wirkten noch die Narkosemittel.

Auch die Zeit, die ich mit Andreas richtig zusammen war, dauerte nicht sonderlich lange. Ich schätze mal, dass es keine vier Monate waren, abzüglich der Zeit unserer Kennlernphase. Er entwickelte sich zunehmend zu einem richtigen Macho, der aber zu allem meine Hilfe brauchte und auch nichts alleine geregelt bekam. Also ein Möchtegernmacho. Diese Situation hatten wir bereits schon einmal und ich fragte mich, ob der Rest der auf dem freien Markt zur Verfügung stehenden Männlichkeit so unselbstständig war? Außerdem fragte ich mich, wie deren Leben vorher funktioniert hatten? Er hatte bereits eine Frau und vier Kinder, das erforderte meines Erachtens eine Menge Organisationstalent, aber augenscheinlich war dafür ausschließlich seine Exfrau zuständig. Nun musste er für vier Wochen den Führerschein abgeben, wofür er mir noch die Schuld geben wollte. Ich fragte ihn, ob ich ihm wohl gesagt hätte, er solle in der 120iger Zone mit 180 km/h durchrauschen? Wohl eher im Gegenteil, ich hatte ihm noch Bescheid gegeben, er könne sich Zeit lassen.

In meinen Augen war er der Zeit ein bisschen hinterher. Nachdem wir ein paar Wochen zusammen waren, glaubte er, sich bei mir als so genanntes Familienoberhaupt aufspielen zu können. So ähnlich dem Motto, er schafft an und Frau führt aus. Wenn das die Art von Beziehung war, die er sich vorstellte, sollte er ruhig in seiner Traumwelt bleiben, aber sicher nicht mit mir.

Es war Ende Dezember, Carsten hatte uns zu einem Brunch an seinem Geburtstag eingeladen. Wir sagten zu und waren gegen 11.00 Uhr da. Es war tiefster Winter und der Wetterbericht hatte starkes Glatteis angekündigt. Von da her kam es mir gelegen, dass der Brunch nur bis 14.00 Uhr ging, da konnte ich Andreas, der gute 100 km von mir weg wohnte, noch im Hellen nach Hause fahren, denn am Abend wollte ich mit Niklas noch für eine Schulaufgabe üben. Da Andreas nicht fahren musste, trank er das eine oder andere Bier. Gegen 14 Uhr wies ich ihn darauf hin, dass wir langsam losmüssten. Macho Andy meinte aber, "nö, ich trink jetzt noch ein Bierchen und vielleicht fahren wir dann." Ist ja schön, dass es ihm auf der Feier gefallen hatte, aber dass er mich vor meinen Freunden so blöd anredete, ging gar nicht und deshalb antwortete ich ihm: "Kein Thema, wenn Du meinst, Du musst jetzt noch ein Bier trinken, obwohl wir schon spät dran sind, denn schließlich fahre ich Dich 100 km nach Hause und muss dann auch wieder die Strecke zurück, während Du schon faul auf Deiner Couch liegst, dann trink! Aber dann schau bitte auch, wie Du nach Hause kommst, denn ich fahre Dich maximal zur nächsten Bushaltestelle." Das war ihm offensichtlich doch zu umständlich oder zu unkomfortabel und er ließ sich von mir nach Hause fahren. Im Anschluss holte ich Niklas von der Feier ab, wobei Britta meinte, jetzt trinken wir erst mal in Ruhe noch einen Kaffee. Sie hatte schon bevor ich losfuhr gemerkt, dass mein Puls auf 180 war. Sie mochte ihn, glaub ich, sowieso nicht sonderlich und meinte, „der ist eh nix für Dich."

Da hatte sie wohl Recht, ich hatte auch schon darüber nachgedacht. Die meiste Zeit war ich genervt von ihm, und was das Schlimmste war, der schaffte es innerhalb kürzester Zeit mich so aus der Reserve zu locken, dass ich laut wurde. Das ist mir in meinem ganzen Leben davor vielleicht zwei bis dreimal passiert, und er schaffte es bereits innerhalb von zehn Minuten. Langfristig gesehen, konnte das nicht gut gehen. Außerdem verbanden uns so gar keine Interessen. Er machte keinen Sport, hatte keine Hobbys, er interessierte sich für rein gar nichts. Einzig faul am Wochenende auf der Couch liegen oder mal an der Playstation mit seinen Jungs zocken. Wobei der jüngste mit seinen gerade mal fünf Jahren die Spiele, die erst ab 16 Jahre zugelassen waren, von Anfang bis Ende durch zockte. Darauf war er stolz, ich fand das eher bedenklich. Auch hatte er so überhaupt kein Durchsetzungsvermögen. Beim Essen, seine Söhne waren zu Besuch und wir hatten Pizza bestellt, saß jeder wo anders. Der Kleinste zum Glück am Tisch, sonst hätte er wahrscheinlich nachher noch eine neue Couch gebraucht. Ich fragte ihn, ob wir uns nicht gemeinsam an den Tisch setzen wollten, aber ihm war das wurscht. Der Große wollte Fernsehen und aß dabei seine Pizza, die anderen beiden saßen auf dem Fußboden, waren auch mit irgendetwas beschäftigt und nebenbei biss jeder in seine Pizza. Andreas schien das völlig egal zu sein, Hauptsache er hatte seine Ruhe.

Auch unsere Gespräche waren ziemlich flach, es gab einfach nichts, worüber man mit ihm reden konnte, wie auch, er interessierte sich für nichts.

Die Woche darauf rief er mich an, ich müsste am Freitag seinen Sohn abholen und zu ihm bringen, er könne nicht wegen des fehlenden Führerscheins. Ich glaubte nicht, was ich da hörte, seinen Kumpel aus dem selben Ort traute er sich nicht zu fragen, stattdessen sollte ich bei dem schlechten Wetter die 100 km zu ihm fahren, um anschließend noch weitere 50 km entfernt seinen Sohn abzuholen. Dabei fragte er mich nicht, ob ich das eventuell übernehmen könnte, sondern meinte, ich müsste es machen. Ich spürte schon meinen Puls am Hals schlagen und erwiderte, dass ich in erster Linie gar nichts muss, er mich noch nicht einmal fragen würde oder es ihm in den Sinn kommen könnte, dass ich eventuell schon etwas vorhätte. Nein, Mister Proll dachte nur, wir sind zusammen, also erledige ich seine sämtlichen Botengänge, da er gerade nicht in der Lage dazu war. In seinen Augen wäre das schließlich das Mindeste, was ich für ihn tun könnte.

Nein, mein Lieber, so läuft das nicht, da bleib ich doch lieber meinen Grundsätzen treu.

Wenn eine Beziehung mehr nervt, als dass sie etwas Positives bringt, dann beende sie lieber! Und diese Beziehung nervte und das schon ziemlich lange.

Was hatte ich aus dieser Geschichte für mich mal wieder gelernt?

Auch wenn der Mann noch so gut aussieht, und dir vielleicht 1000 Frauen auf der Straße neidisch hinterher schauen, wenn du dich mit ihm nicht unterhalten kannst, bringt dir das auf Dauer gar nichts.

Dann löst sich dieses vermeintlich Schöne im Nichts auf.

Also machte ich auch hinter diese Geschichte einen Haken.

Ein weiterer Versuch

Es war Wochenende, Niklas war bei seinem Dad und mir war langweilig. Daher schaltete ich mal wieder meinen Computer an, um ein bisschen umher zu surfen. Dazu loggte ich mich bei einem Dating-Forum ein und es dauerte gar nicht lange, bis ich ein paar Anfragen bekam. Ich wunderte mich, wie schnell das ging. Mir kam es so vor, als ob diese Menschen die ganze Zeit am Computer sitzen würden und nur darauf warteten, dass sich jemand Neues einloggte, um sich dann direkt auf diese Person zu stürzen. Es dauerte gar nicht lange, bis ein Kontakt zustande kam, jetzt kam es nur darauf an, den richtigen Filter zu setzen, um herausfinden, mit wem sich ein Treffen vielleicht lohnen könnte. Schließlich erweckte ein Herr aus der Nähe von Friedrichshafen meine Aufmerksamkeit und ich fragte ihn, warum er bei dem schönen Wetter zu Hause vor seinem Computer, anstatt mit Freunden im Biergarten sitzen würde. Er antwortete mir gleich, das wäre sicher eine schöne Idee, aber er hätte dieses Wochenende seine beiden Kinder zu Besuch und könne daher nicht weg. Wir chatteten noch eine Weile und verabredeten uns wieder für den nächsten Abend. Es war Anfang August und mein Sohn genoss gerade seine ersten Ferienwochen bei Oma und Opa. Rückblickend fällt mir auf, ich habe meine Aktivitäten, was die Männersuche betrifft, immer auf die Ferienzeiten gelegt. Ist ja irgendwie auch logisch, denn ich war allein zu Hause und konnte tun und lassen, was ich wollte, ohne mich umständlich rechtfertigen zu müssen.

In der darauf folgenden Woche wollten wir uns zum ersten Mal treffen. Er schlug einen Montagabend vor, was ich zunächst etwas ungewöhnlich fand, aber schließlich war mir das egal. Er hatte auch kein Problem damit, an diesem Abend die 200 km bis zu mir zu fahren, obwohl ich die Entfernung für ein Abenddate nicht unerheblich fand. Dieses Risiko wäre ich sicher nicht eingegangen, über 200 km für ein Blind Date zu fahren. Immerhin konnte ich somit aber davon ausgehen, dass die Angaben, die er gemacht hatte, einigermaßen stimmen mussten, sonst hätte er sich wahrscheinlich nicht ins Auto gesetzt und den weiten Weg zu mir auf sich genommen.

Für dieses Date hatte ich nicht so viel mentale Vorbereitungszeit. Ich musste arbeiten, danach kurz mit dem Hund Gassi gehen und es blieb nicht mehr viel Zeit, sich für den Abend zurecht zu machen. Als ich mit dem Hund spazieren war, stellte ich allerdings fest, dass das Lokal, welches ich ausgesucht hatte, am Montag Ruhetag hatte. Also mussten wir uns zunächst vor diesem Lokal treffen und anschließend beraten, wo wir denn stattdessen hinfahren wollen. Selbstverständlich hatte ich meine Freundin wieder eingeweiht, die nach einiger Zeit ihren Kontrollanruf tätigen würde. Einen Tisch hatte ich nicht reserviert, ich dachte, an einem Montagabend wäre das nicht nötig.

Es wurde Zeit, ich musste los und kurz bevor ich das Restaurant erreichte, bog ein schwarzer Audi mit Friedrichshafener Kennzeichen um die Ecke. Das musste er sein. Ich lief etwas langsamer, damit er noch Zeit hatte, auszusteigen und zum Eingang zu gehen. Der erste Eindruck ist immer der wichtigste, ich war gespannt. Er kam umo Eok und mein Kopf begann sofort mit dem Erstscanning. Er begrüßte mich sehr herzlich und ich gestand ihm gleich, dass das Lokal meiner Wahl geschlossen hatte. Er fand das nicht schlimm. Ich schlug vor, dass wir mit meinem Auto weiter fahren könnten, um ein geeignetes Lokal zu finden. Er wollte wohl voll Gentleman sein und antwortete, ihm mache es nichts aus, weiter zu fahren. Jetzt stellte sich heraus, dass ich schon eine ganze Weile nicht mehr in der Stadt aus war, denn mir war völlig entfallen, dass am Montag die meisten Restaurants geschlossen hatten. Zu guter Letzt hatte der Grieche am Ende der Fußgängerzone geöffnet und sogar noch einen freien Tisch für uns. Wir bestellten beide Wasser und Wein. Zum Essen entschied er sich für den männertypischen Dorfteller, sehr viel Fleisch und von allem etwas dabei. Ich entschied mich für Gyros in Metaxasoße mit Kartoffelspalten. Nicht so üppig von der Menge, trotzdem ziemlich fett, aber sehr lecker. Mein Scanning dagegen lief immer noch. Punkt eins und damit hatte ich überhaupt nicht gerechnet, er hatte keine Haare, war aber sehr gut durchtrainiert, dass mir sofort die Frage in den Kopf schoss, wo kauft der nur seine T-Shirts? Ich vermutete, in ein normales Shirt passte sein Bizeps nicht mehr rein. Sein Shirt war gelb, und diese Farbe gehörte eindeutig nicht zu meinen Farbfavoriten. Das konnte er aber nicht wissen und deshalb lasse ich es bei der Bewertung außen vor. Er hatte strahlend weiße Zähne und faszinierend blaue Augen, die einen nahezu immer anblitzten. Diese Kombination aus strahlendem Lächeln und leuchtenden blauen Augen war einfach umwerfend. Wir unterhielten uns sehr gut und die Zeit verging wie im Fluge. Mittlerweile saß kein anderer Gast mehr im Restaurant, also bezahlten auch wir unsere Rechnung und gingen nach draußen. Jochen fuhr mich noch nach Hause, denn das Lokal indem wir, zunächst verabredet hatten, konnte ich zu Fuß erreichen. Im Anschluss waren wir mit seinem Wagen unterwegs. Er bedankte sich für den schönen Abend und meinte, über eine SMS würde er sich freuen. Dann trat er die Heimfahrt an. Ich ging nach oben, putzte mir die Zähne und ging ins Bett. Anschließend ließ ich mir den Abend noch einmal durch den Kopf gehen. Er hatte sich für einen Radikalschnitt seiner Haare entschieden, um wahrscheinlich dem voranschreitenden Haarausfall zu trotzen. Gute Entscheidung, er konnte eine Glatze tragen, ohne dass es komisch oder alt aussah. Die blauen Augen gepaart mit seinem Lächeln ließen ihn total sympathisch wirken. Seine Stimme war sehr angenehm und unterhaltsam war er auch. Mit der Größe war es wieder so eine Sache, ich schätzte ihn ungefähr auf 175 cm, auf gar keinen Fall war er größer als ich. Auf Grund seines muskulösen Körperbaus störte mich das aber nicht sonderlich. Jedenfalls kam ich mir neben ihm nicht wie eine Wuchtbrumme vor. Ich dachte, einem weiteren Treffen stünde nichts im Wege und mit diesem Gedanken schlief ich ein. Am Morgen hatte ich bereits eine SMS auf meinem Handy. Diese hatte er wohl bereits während der langen Heimfahrt getippt. Er bedankte sich noch einmal für den schönen Abend. Meinte, dass er unser Treffen als etwas ganz Besonderes empfunden hatte und sich wahnsinnig freuen würde, wenn ich Lust auf ein weiteres Date mit ihm hätte. Ich machte mich für die Arbeit fertig und freute mich über die SMS. Mit einer Antwort würde ich mir aber noch ein wenig Zeit lassen.

Da Niklas den Beginn seiner Ferien bei Oma und Opa verbrachte, hatte ich den ganzen Nachmittag für mich. Zunächst unternahm ich bestens gelaunt einen ausgedehnten Spaziergang mit Pepper. Anschließend fand ich, war es Zeit, die SMS von Jochen zu beantworten, ich dachte, jetzt hatte ich ihn lange genug warten lassen und schrieb:

Hallo Jochen,
auch ich fand den gestrigen Abend sehr schön und würde mich über ein Wiedersehen freuen. Hast Du bereits einen bestimmten Tag im Sinn? Momentan bin ich, was Zeit und Tag betrifft, flexibel.
LG Anna

Jetzt spielte er das Spielchen mit mir, oder er war tatsächlich verhindert, denn es dauerte eine Weile, bis ich eine Antwort erhielt.

Hallo Anna,
habe mich riesig über Deine Nachricht gefreut. Ich würde gerne den Freitag vorschlagen, da ich an diesem Tag frei

140

habe und schon etwas früher bei Dir sein könnte, vielleicht klappt es ja diesmal mit dem Restaurant, welches Du ursprünglich für unser erstes Treffen ausgesucht hattest. Ich freue mich. Bis dann.

Jochen

Freitag, cool, das passte mir gut und ich bestätigte die SMS. Vorsichtshalber erkundigte ich mich diesmal, ob das Lokal geöffnet wäre und reservierte gleich einen Tisch. Ich fragte mich, ob sich meine Eindrücke von unserem ersten Treffen bestätigen würden. Die Woche verging ziemlich schnell und es war Freitag. An diesem Tag arbeiteten wir immer verkürzt, wenn es die Arbeit zuließ. Ich fuhr gegen 13.00 Uhr nach Hause, schnappte mir Pepper und wir unternahmen bei schönem Wetter einen langen Spaziergang. Danach ließ ich mir ein Bad ein und genoss meinen freien Nachmittag. Ich machte mich zu Fuß auf den Weg, denn das Restaurant war nicht weit von meinem Haus entfernt. Er wartete bereits vor der Tür. Seine Begrüßung war wieder sehr herzlich und seine Augen strahlten, das war einfach der Hammer. Wir wählten unser Essen und eine Flasche Wein und etwas Wasser dazu. Beim Essen sah er mich die ganze Zeit an und seine Augen hörten nicht auf, zu leuchten. Ich fragte mich, ob das immer so bleiben würde. Im Anschluss fuhren wir noch auf einen Drink in die Stadt. Er erkundigte sich, ob ich bereits Urlaubspläne für dieses Jahr hätte und ich antwortete ihm, da die Sommerferien schon begonnen hatten, hätte ich selbstverständlich schon gebucht und in bereits 14 Tagen würde es auch schon losgehen.

Dieses Jahr hatte ich gemeinsam mit Britta und natürlich Niklas zwei Wochen Türkei gebucht. Von unserem Urlaubsziel war er, so glaube ich, nicht sonderlich begeistert und ich erklärte ihm, von Freunden gehört hatte, dass man da durchaus richtig gut Urlaub machen kann. Vorurteile hin oder her, das Gesamtpaket muss stimmen. Außerdem sollte der Strand sehr schön sein. Es kommt halt immer darauf an, was man für Erwartungen hat. Wir für unseren Teil wollten hauptsächlich Sonne, einen schönen Strand, das Meer und ein einigermaßen vernünftiges Hotel. Die meiste Zeit würden wir sowieso draußen verbringen. Er nickte und meinte, er könne versuchen, mit seiner kleinen Tochter für eine Woche nach zu buchen. "Eine tolle Idee", sagte ich, glaubte aber nicht wirklich daran, dass er es in die Tat umsetzen würde. Schließlich war es ziemlich kurzfristig und wir kannten uns so gut wie überhaupt nicht.

Im Laufe unserer Unterhaltung wurde es ziemlich spät und wir waren mal wieder die letzten Gäste, der Kellner wartete bereits darauf, abrechnen zu können. Also beglichen wir unsere Rechnung und überlegten, was wir noch anstellen könnten. Das einzige Lokal, das mir noch einfiel, war das Lets-Dance, aber das hielt ich für keine wirklich gute Idee. Ich schlug ihm vor, bei mir noch ein Glas Wein zu trinken, obwohl, wenn er noch nach Hause fahren wollte, wäre ein Kaffee wahrscheinlich besser. Er entschied sich zunächst für den Kaffee und wir plauderten bis tief in die Nacht. Mir war es egal, ich konnte am anderen Morgen ausschlafen.

Irgendwann machte ich ihm dann doch den Vorschlag, über Nacht zu bleiben und erst am Morgen zurück zu fahren, da es inzwischen schon sehr spät war. Einen sehr zurückhaltenden Eindruck machte er auf mich nicht und nahm mein Angebot an. Wir verbrachten die Nacht gemeinsam und am anderen Morgen gegen neun Uhr begab er sich wieder auf den Heimweg, mit der Bemerkung, er könne auch mal ein bisschen später in die Arbeit kommen, schließlich sei er der Chef. Der Rest des Wochenendes verlief bei mir sehr ruhig. Am Nachmittag verabredete ich mich mit Britta und wir gingen mit Pepper spazieren. Am Abend telefonierte ich lange mit Jochen. Die darauf folgende Woche rief er mich an und meinte, er hätte sich im Reisebüro erkundigt. Von Friedrichshafen würde er keinen Flug mehr bekommen, aber von Memmingen aus gäbe es noch genügend Flüge für den Zeitraum, in dem wir auch gebucht hatten. Auch gäbe es in unserem Hotelkomplex noch Zimmer, allerdings nicht mehr im selben Gebäude. Ich freute mich und meinte, letztendlich müsse er entscheiden, ob es ihm die Sache wert wäre. Zu meiner großen Überraschung erhielt ich am nächsten Tag eine SMS mit folgendem Inhalt:

Habe soeben gebucht, freue mich auf unseren ersten gemeinsamen Urlaub.
LG Jochen

Ich freute mich riesig, doch jetzt musste ich schleunigst Britta noch verklickern, dass wir im Urlaub Besuch

143

bekamen. In der Hinsicht war sie sehr großzügig. Sie meinte, wenn ich mir das wirklich wünschen würde, dann wäre oo für sie absolut okay. Was die Wahl meiner Freundinnen betraf, muss ich sagen, waren die schon immer total unkompliziert. Nie zickig, wie das bei Mädels ziemlich oft der Fall ist. Also im Grunde wirklich so, wie man sich eine beste Freundin vorstellt und das über einen Zeitraum von vielen, vielen Jahren.

Für den kommenden Freitag hatten wir vereinbart, dass ich nach Friedrichshafen fahren würde.

Jochens Wohnsituation war wohl noch so, dass er mit seiner Frau gemeinsam in einer Wohnung wohnte. Alle Spekulationen meinerseits diesbezüglich, ließ ich mal außen vor. Wir verabredeten uns in seinem Geschäft. Ich war etwas zu früh und ging hinein. Ich marschierte eine Runde durch den Laden, konnte Jochen aber nirgendwo erblicken. Also fragte ich an der Kasse nach ihm. Die Dame musterte mich von oben bis unten, ohne dass ich es merken sollte und meinte schließlich, er wäre im Büro. Sie beschrieb mir noch kurz den Weg und kassierte dann weiter. Ich ging Richtung Büro, klopfte und ging hinein. Er telefonierte gerade, ich wartete kurz und begrüßte ihn anschließend. Er meinte, bei ihm würde es noch ein wenig dauern, er müsse noch die Kassenabrechnung machen und ich sollte doch für den Moment im Büro Platz nehmen. Ich setzte mich in den Chefsessel, schnappte mir eine Zeitschrift und wartete. Nach ca. 20 Minuten war er fertig und wir konnten das Geschäft verlassen. Inzwischen war es bereits nach 20 Uhr und wir suchten uns ein gemütliches Lokal, wo wir Abendessen konnten. Übernachtet haben wir in einem Hotelzimmer, denn zu ihm nach Hause konnten wir nicht. Das war allerdings nur als Übergangslösung gedacht, ich hätte mir nicht vorstellen können, wochen- oder monatelang in irgendwelchen Hotelzimmern zu übernachten. So einmal ging das schon, aber ein komisches Gefühl hatte ich dabei. Irgendwie fühlte es sich so an, als wenn man etwas Verbotenes tun würde. Na, jeder empfindet da wohl anders. Wir verbrachten eine sehr schöne Nacht und am anderen Morgen nach dem Frühstück musste er wieder zur Arbeit und ich fuhr nach Hause.

Ich hatte mir an diesem Tag frei genommen und fuhr zu Lisa, sie hatte sich als Hundesitter für letzte Nacht bereit erklärt und hatte heute ebenfalls frei. Wir unternahmen einen Spaziergang und ich erzählte ihr von meinem Abend.

Am kommenden Wochenende kam Niklas aus den Ferien von Oma und Opa zurück und da ich auch noch Geburtstag hatte, nahmen meine Eltern das gleich zum Anlass, ihren Enkel zurück zu fahren und mit uns gemeinsam meinen Geburtstag zu feiern. Obwohl mir meine Geburtstage schon lange nicht mehr wichtig waren, fand ich es schön von meinen Eltern, dass sie mich besuchen kamen. Ich glaube, hauptsächlich wollten sie verhindern, dass ich an meinem Geburtstag allein zu Hause hockte. Ich bin das jüngste Kind und somit fühlen sie sich wohl immer noch oder allzeit verantwortlich. Oder es liegt daran, dass meine beiden Geschwister in einer normalen Beziehung lebten und die Jüngste sich alleine mit Kind durchschlagen musste, noch dazu so viele Kilometer von ihnen entfernt. Für diesen Anlass backte ich also einen bzw. zwei Kuchen, denn am Donnerstag gegen Nachmittag würden sie ankommen. Nach meinem Vater konnte man die Uhr stellen. Es sei denn, ein Stau würde ihn aufhalten. Punkt 14 Uhr klingelten sie. Niklas freute sich wieder daheim zu sein und seinem Dialekt nach konnte er nicht verleugnen, wo er die letzten zwei Wochen verbracht hatte. Ich hatte schon Kaffee aufgesetzt und einen von meinen selbst gebackenen Kuchen angeschnitten. Gemeinsam erzählten sie mir, was sie die beiden Wochen unternommen hatten. Im Anschluss ging ich mit meinem Dad und Pepper spazieren. Mindestens eine Stunde waren wir spazieren, mein Vater brauchte immer seinen Auslauf, wenn er so lange im Auto sitzen musste. Derweil machte es sich meine Mutter auf der Couch gemütlich und schaute ihre Nachmittagssendung im Fernsehen. Für den Freitag habe ich mir Überstunden eintragen lassen, um etwas mehr Zeit für meine Eltern zu haben.

Den Morgen meines Geburtstages ließen wir gemütlich angehen. Wir frühstückten lange und es folgte ein ausgedehnter Spaziergang im Wald. Am Abend wollten wir zur Feier des Tages Essen gehen, dazu hatte ich Lisa und Britta eingeladen. Mit den Volleyballern würde ich zu einem späteren Zeitpunkt im Garten oder am See feiern. Das Lieblingslokal meines Vaters war der "Alte Lokschuppen" und zu dem gingen wir zum Essen.

Von Jochen hatte ich meinen Eltern bis dato noch nichts erzählt, mein Sohn sollte ihn zunächst kennen lernen. Das musste aber schon bald passieren, denn in knapp drei Wochen begann unser Urlaub. Am Mittwoch hatte Jochen seinen freien Tag und wollte uns besuchen kommen. Inzwischen hatte ich Niklas von ihm erzählt und gesagt, dass ich auf seine Meinung schon ganz gespannt wäre. Ich dachte mir, dass er rein äußerlich nicht seinen Erwartungen entsprechen würde.

Mittwochabend kochte ich eine Lasagne, damit hatte ich zumindest was das Essen betraf, mein Kind schon mal auf meiner Seite. Da Jochen seinen freien Tag hatte, war er schon gegen 15 Uhr da. Nachdem er uns begrüßt hatte, fing er gleich an, mit Niklas zu plaudern. Ob er eine Chance hatte, würde sich die ersten paar Minuten entscheiden. Länger brauchte mein Sohn für seine erste Beurteilung nicht. Aber da seine Antworten recht ausführlich ausfielen, und er nicht nur "ja" und "nein" sagte, war das schon mal ein gutes Zeichen.

Jochen stellte es aber auch geschickt an und vermied so typisch blöde Fragen wie: "Na, war die Schule heute schön?" oder "Was hast Du denn heute gemacht?" Nein, der Abend war sehr entspannt. Nur bekam ich keine Gelegenheit mehr, Niklas zu fragen, wie er denn den Jochen so fand. Da musste ich wohl bis zum Morgen warten, bis wir gemeinsam in die Schule beziehungsweise zur Arbeit fuhren. Jochen stand früh mit uns auf und fuhr nach einem Kaffee gleich nach Friedrichshafen. Wir mussten auch los und nun konnte ich endlich fragen. "Sehr nett", sagte er und meinte, rein optisch fände er ihn schon auch gut aussehend. Ich hatte befürchtet, er könnte sich an den fehlenden Haaren stören.

Die Tage vergingen und unser Urlaub kam immer näher. Ich freute mich schon riesig. Auch fühlte ich mich längst urlaubsreif. Mein letzter Urlaub lag schon einige Zeit zurück.

Am Dienstagnachmittag ging unser Flug von Leipzig aus. Daher fuhren wir am Donnerstag bereits zu meinen Eltern, ließen dort das Auto stehen und mein Vater fuhr uns am Dienstag zum Flughafen. Dass wir immer von Leipzig aus flogen, hatte den großen Vorteil, dass zu diesem Zeitpunkt in Sachsen die Ferien bereits zu Ende waren und somit die Preise pro Person um einiges günstiger als zur gleichen Zeit in Bayern. Außerdem nutzten wir es als zusätzlichen Besuch bei meinen Eltern.

Unser Flug war gut, der Hoteltransfer vom Flughafen zum Hotel dauerte etwas länger, aber wir waren entspannt und schon sehr neugierig auf unsere Hotelanlage, denn oft erlebt man eine böse Überraschung, dass die Anlage nicht der Beschreibung vom Hotelprospekt entspricht. Doch auch da war alles so wie beschrieben. Schöne Zimmer, eine gepflegte Anlage, zahlreiche Pools und das Meer mit einem sehr schönen Sandstrand direkt vor der Tür. Wir brachten unsere Koffer aufs Zimmer, schlenderten vor dem Abendessen durch die Anlage und gingen kurz hinunter zum Meer. Für mehr war heute keine Zeit. Auch das Abendessen in Buffetform war sehr reichhaltig. Ich hatte ein gutes Gefühl für diesen Urlaub.

Am Abend nahmen wir noch einen Drink an der Bar und verzogen uns schon bald auf unser Zimmer. Am nächsten Morgen frühstückten wir auf der großen Terrasse im Haupthaus, genossen den ganzen Tag das herrliche Wetter und verbrachten unsere Zeit am Strand. Nach dem Abendessen bummelten wir etwas in die Stadt. So verbrachten wir auch die folgenden Tage. Tagsüber waren wir am Strand und am Pool, wo es so coole Rutschen gab, damit auch Niklas voll auf seine Kosten kam. Im Anschluss an unseren Poolbesuch mussten wir immer eine Niesattacke in Kauf nehmen, da Niklas auf Chlorwasser allergisch reagierte. Die Leute lachten schon, denn man konnte mitzählen, Mindestens zwölf mal hintereinander musste er niesen. Aber auf das Rutschen wollte er nicht verzichten.

Am Samstagnachmittag war Jochens Anreise mit seiner kleinen Tochter Franka. Ich hatte sie bereits kennen gelernt, aber Niklas und Franka kannten sich noch nicht. Auch Britta würde Jochen zum ersten Mal sehen. Ein bisschen ein Risiko war die ganze Sache schon. Es hätte sein können, dass sich Britta und Jochen überhaupt nicht ausstehen konnten und dann mir zu liebe ihren Urlaub gemeinsam verbringen mussten. Aber da Jochen überhaupt kein Sensibelchen war, Britta sehr diplomatisch sein konnte und sich durchaus auch einmal alleine beschäftigen konnte, hatte ich im Großen und Ganzen ein gutes Gefühl. Die kleine Franka, gerade drei Jahre alt, war allerdings, wie sich bald herausstellte, eine kleine Prinzessin. Sehr süß, aber auch sehr anstrengend und

149

bestimmend. Nachdem ich sie ein paar Tage kennen gelernt hatte, fragte ich mich, ob mein Sohn in dem Alter auch so anstrengend war und ich das im Laufe der Jahre nur vergessen hatte. Nachdem ich das Treiben ein paar Tage beobachtet hatte, war ich mir sicher, Niklas war um Welten pflegeleichter gewesen. Zwar gab es tausend Dinge, die er nicht mochte, was das Essen betraf, aber er aß die dann halt einfach nicht, sondern nur die Dinge, die ihm schmeckten. Franka dagegen musste alles kommentieren, warum was nicht gut war, oder eklig, und zickte ganz schön rum. Ins Planschbecken musste immer einer mitgehen, es reichte nicht aus, wenn man sich zu ihr an den Beckenrand setzte. Auch hatte sie ein Wahnsinnstalent, alle komplett in Beschlag zu nehmen, daher sehnten wir uns immer die Mittagszeit herbei, denn da musste sie auf Anweisung von ihrem Vater immer ein Nickerchen abhalten und wir konnten mal zwei Stunden ganz in Ruhe auf unseren Liegen relaxen oder ein Buch lesen.

Trotz der kleinen Nervensäge war es aber ein schöner Urlaub. In der Nacht, wenn Niklas eingeschlafen war, besuchte ich ab und zu Jochen in seinem Zimmer, damit wir beide auch etwas Zeit für uns hatten. Bevor der Wecker klingelte ging ich wieder zurück. Für den Fall, dass mein Kind munter werden könnte, war Britta auch noch im Zimmer. Die eine Woche verging sehr schnell, es lag wahrscheinlich daran, dass uns der kleine Racker die ganze Zeit auf Trab hielt. Egal ob beim Schwimmen oder auf dem Spielplatz. Einer musste immer alles mitmachen.

Einen Großteil der Aufgabe übernahm dabei Niklas, aber auch ihm wurde es manchmal zu viel. Zum Glück hatten wir noch ein paar Tage für uns allein und wussten diese dann umso mehr zu genießen, bis wir wieder nach Hause fliegen mussten.

Ein paar Tage später begann die Schule. Ich hatte mir eine satte Erkältung verbunden mit einer Mittelohrentzündung eingefangen. So etwas hatte ich noch nie. Ich musste zum Arzt und bekam Antibiotika. Als nach drei Tagen die Schmerzen immer noch nicht besser waren, ging ich wieder hin. Der Arzt gab mir gleich eine Überweisung zum HNO und nach einer gründlichen Untersuchung bekam ich die niederschmetternde Diagnose - Hörsturz. Ich sollte jetzt nach Hause fahren, mir ganz viel Ruhe gönnen und alle Aktivitäten etwas ruhiger angehen lassen. Gegen die Ohrgeräusche bekam ich Infusionen. Wie sollte das denn bitte gehen? Ich war mit meinem Sohn allein und musste arbeiten. Wie sollte ich es da ruhiger angehen lassen? Außerdem hatte ich gelesen, dass Stress oft Auslöser eines Hörsturzes war, ich dagegen kam direkt aus dem Urlaub!

Die Ohrgeräusche machten mich wahnsinnig. Zum Glück konnte ich sie ausschalten, wenn ich beschäftigt war. Aber im Bett beim Einschlafen oder beim Fernsehen auf der Couch, wenn Niklas schon im Bett war, machten mir die Ohrgeräusche Angst. Zumal ich gelesen hatte, dass diese Geräusche für immer bleiben würden, wenn man einen Hörsturz nicht innerhalb von 48 Stunden behandelte. Bei mir hatte man ihn erst eine Woche später festgestellt.

Doch ich hatte Glück, nach ca. drei Monaten waren die Geräusche endgültig verschwunden.

Mit Jochen führte ich inzwischen eine feste Wochenendbeziehung. Da er beruflich ziemlich eingespannt war und zum Teil auch am Samstag arbeitete, fuhr ich die meiste Zeit nach Friedrichshafen. Mal mit, mal ohne meinen Sohn. Das kam ganz darauf an, ob Papa-Wochenende war oder nicht. Friedrichshafen ist eine faszinierende Stadt. Man kann shoppen ohne Ende, oder fährt zum nahegelegenen Bodensee um spazieren zu gehen. Nur leider hatten wir sehr selten Gelegenheit dazu. Jochen hatte zwei Töchter. Franka, die kleine verwöhnte, der keine Grenzen gesetzt wurden und Lena, die vier Jahre älter war und schwer behindert auf die Welt kam.

Dafür, wie Jochen mit seinen beiden Kindern umging und sich zumindest am Wochenende Tag und Nacht um Lena kümmerte, verdiente er meinen höchsten Respekt. Wenn man sich mal umschaut bei Trennungen, wie viele Männer sich nachher nur sehr mäßig um ihre Kinder kümmerten und in solch einer Situation höchstwahrscheinlich maßlos überfordert waren, war es außergewöhnlich. Er war immer bemüht um seine Kinder und das faszinierte mich. Lena war sieben Jahre alt, aber viel kleiner als für dieses Alter normalerweise üblich ist. Sie konnte weder laufen, noch sprechen, noch alleine sitzen. Ernährt wurde sie über eine Magensonde, da sie nicht selbstständig schlucken konnte. Sie war sehr zierlich und richtig niedlich. Auf den ersten Blick sah man ihr die Behinderung gar nicht unbedingt an. Die Wochenenden, an denen Lena bei uns war, waren allerdings immer sehr anstrengend. Sie schlief abends erst sehr spät ein und brauchte dazu immer Hilfe. Man musste sie festhalten, damit sie beim Einschlafen nicht verkrampfte und somit nicht schlafen konnte. Dies konnte bis zu einer Stunde dauern und wenn man Pech hatte, wachte sie eine halbe Stunde später wieder auf und konnte dann wieder ewig nicht einschlafen. Oder sie wachte mehrmals in der Nacht auf und es war schwer, sie wieder zu beruhigen. Mir machte der Umgang mit Lena nichts aus, aber ich hatte Angst, wenn ich mit ihr alleine war. Sie hätte einen epileptischen Anfall bekommen können oder einen Hustenkrampf, an dem sie hätte ersticken können. Ich habe das live miterlebt und hatte Panik, sollte ich in diese Situation kommen, falsch zu reagieren. Das ist mir zum Glück während unserer Beziehung erspart geblieben.

Oft musste Jochen abends bis 20 Uhr arbeiten, dann waren Niklas und ich die Babysitter für seine Kinder. Seine Exfrau, die inzwischen ein paar Straßen weiter wohnte, konnte ihr Wochenende genießen. Im Grunde gönnte ich es ihr, da ich nachvollziehen konnte, wie anstrengend die Nächte mit Lena sein konnten. Man konnte die Uhr danach stellen, kurz nachdem ich Jochens Wohnung betrat, klingelte das Telefon und seine Exfrau fragte, ob sie nicht die Kinder schon vorbei bringen könnte. Dabei vermied ich es schon, an ihrem Haus vorbei zu fahren und dennoch wusste sie sofort, wann ich angekommen war. Wie sie das angestellt hat, weiß ich bis heute nicht. Diese Anrufe empfand ich schon als etwas dreist und erklärte ihr, dass ich jetzt auch direkt aus der Arbeit kam, zwei Stunden im Auto gesessen hatte und jetzt erst mal mit dem Pepper eine Runde gehen wollte. Das sollte wohl noch drin sein.

Bis heute weiß ich nicht, was ich von dieser Frau halten sollte. In meinen Augen war sie auf dem geistigen Stand eines Teenagers stehen geblieben, bekam zwei Kinder, eines davon schwer behindert und war mit der Situation heillos überfordert. Sie umgab sich zusätzlich mit den falschen Leuten und hatte überhaupt kein Gefühl für Geld. Die ganzen zwei Jahre, die ich mit Jochen zusammen war, war sie in unserem Leben wegen ihrer Unfähigkeit präsent.

Es verging keine Woche, in der sie nicht irgendetwas Kurioses oder aus Bequemlichkeit Ungeschicktes anstellte. Mal vergaß sie die Medikamente für Lena zu bestellen, die für sie lebensnotwendig waren. Das war nicht nur mal so ein Hustensaft, den man vergaß, einzunehmen. Wenn sie nicht regelmäßig ihre Medikamente bekam, konnte das lebensbedrohliche, epileptische Anfälle auslösen. Noch dazu hatte nicht jede Apotheke diese Medikamente vorrätig, so dass man einfach am Wochenende hätte in die Notapotheke fahren können. Ein anderes Mal war bereits am 15. des Monats ihr Geld alle und sie rief bei uns an, sie könne für die Kinder nichts mehr einkaufen. Geld für Zigaretten, Bier und Wein war aber schon immer da. Lena bekam ihre Spezialnahrung direkt vor die Tür geliefert, aber auch die musste man regelmäßig bestellen.

Was tun in so einer Situation? Jochen kaufte ein und füllte

ihren Kühlschrank auf, Geld gab er ihr nicht in die Hand.

Überraschenderweise fand sie einen Minijob als Altenpflegerin, der ihr sogar Spaß machte. Nur verwechselte oder verpennte sie ihre Schichten. Sie plante und buchte Urlaub, den ihr ihre Eltern spendierten. Nur kam sie nicht auf die Idee, sich den Urlaub auch bei ihrem Arbeitgeber genehmigen zu lassen, stattdessen rief sie uns total entrüstet an, dass sie den Urlaub gebucht habe und jetzt den Urlaub nicht für die komplette Zeit genehmigt bekäme. Ich war jedes Mal aufs Neue fasziniert, wie planlos diese Frau sein konnte.

Eines Abends rief mich Jochen total schockiert an und meinte, er drehe gleich durch. Sie hatte ihrer kleinen Tochter Franka nach einem Fußballbesuch im Stadion gegenüber verbunden mit ein paar Bierchen die Haare rosa gefärbt. Ehrlich gesagt musste ich mir das Lachen verkneifen. Ich konnte mir bildlich vorstellen, wie Jochen mit hochrotem Kopf zu Hause tobte. Am Wochenende wollte er mit Franka zu Besuch kommen und ich versprach ihm, ich würde mir etwas einfallen lassen. Als sie am Freitagabend vor meiner Tür standen, musste ich mir wieder auf die Lippen beißen. Franka war überzeugt, dass sie gut aussah mit ihren rosa Haaren und Jochen stand immer noch die Fassungslosigkeit im Gesicht. Er hatte begonnen, ihr heimlich immer eine Strähne abzuschneiden, wenn sie schlief. Zum Glück war nur das Deckhaar gefärbt, aber ich sagte ihm, er könne nicht einfach so hier und da mal eine Strähne abschneiden, damit mache er es nur noch schlimmer. Wir einigten uns darauf, es erst einmal so zu lassen und hofften, dass Haarwäsche für Haarwäsche die Farbe verblassen würde und ihr natürliches semmelblondes Haar wieder zum Vorschein kam.

Der Geburtstag von Jochen rückte näher und wir hatten ein Essen mit Freunden bei ihm zu Hause geplant. Wir waren gerade dabei, unsere Einkäufe ins Auto zu laden, da erhielt er einen Anruf. Es war "*Sie*" und offensichtlich hatte sie zwei Tage im Krankenhaus verbringen müssen. Ihr neuer Freund hatte sie wohl zusammengeschlagen und nun bräuchte sie jemanden, der sie abholte. Jochen erkundigte sich zunächst, wo die Kinder wären. Sie waren zum Glück bei ihren Eltern und hatten von der ganzen Sache nichts mitbekommen. Allerdings hatten sich Nachbarn schon einmal beschwert, dass soviel Lärm aus ihrer Wohnung kam und sie hofften, dass in dieser Nacht die Kinder bei uns waren. Wir fuhren nach Hause, packten unsere Einkäufe aus und ich begann mit den Geburtstagsvorbereitungen.

In der Zwischenzeit holte Jochen seine Exfrau aus dem Krankenhaus. Gegen 20 Uhr trafen seine Gäste ein. Wir nahmen einen Aperitif und setzten uns anschließend zum Essen. Es dauerte nicht lange, da erhielt er wieder einen Anruf. Ihr ginge es nicht gut, sie habe Angst und ob er nicht mal nach ihr schauen könnte. Nach dem Essen ging er zu ihr hinunter, um nach dem Rechten zu sehen.

Das wiederholte sich an dem Abend mehrmals, so dass ich ihm vorschlug, sie doch auch nach oben einzuladen, dann sparten wir uns das ewige Telefonieren und das Hin-

und Hergerenne. Seine Freunde wunderten sich bereits und fanden es schon fast ein wenig unhöflich. Er versuchte, die Situation zu retten und meinte, "sie ist doch die Mutter meiner Kinder!" Ja, und das würde sie mitsamt ihrer Unselbstständigkeit auch immer bleiben.

Mir war klar, dass wir nie eine normale Zweierbeziehung hätten führen können. Dafür waren die Umstände viel zu kompliziert und Jochen hätte eine klare Entscheidung fällen müssen und dafür war er nicht bereit oder hatte einfach Angst davor. Für den Moment reichte es mir so wie es war. Ich hatte mir geschworen, dass ich nur für einen Mann, der in meinen Augen etwas ganz Besonderes war, mein damaliges Leben aufgeben würde. Hätte ich einen Mann in der Nähe meines Wohnortes kennen gelernt, wäre die ganze Sache viel einfacher gewesen, aber so müssten wir unser altes Leben komplett aufgeben und in etwas ganz neues Unbekanntes starten. Diese Sicherheit, dass so ein Neustart funktionieren könnte, hatte ich bei Jochen nicht. Er war zwar sehr selbstbewusst und sehr bemüht, was seine Kinder betraf, in seinem Job immer sehr dominant. Eine Eigenschaft, die er auch gerne mit nach Hause nahm und dort versuchte, weiter auszuleben. Ich machte ihm aber sehr deutlich klar, dass ich mich nicht umeinander schicken lasse, wie er das gerne mit seinen Angestellten tat. Anschaffen und Delegieren waren Eigenschaften, die er hervorragend beherrschte. So brachte er es doch tatsächlich fertig, nach dem Abendessen Niklas dazu zu verdonnern, mit seiner kleinen Tochter im Kinderzimmer zu spielen, mit der

Bemerkung, das kann er schon mal machen, nur damit er sich's auf der Couch etwas gemütlich machen konnte, denn schließlich hatte er den ganzen Tag gearbeitet. Darauf erwiderte ich, "da hast Du Recht, das kann der Niklas schon mal machen, aber wer glaubst Du hat sich heute den ganzen Tag um die Franka gekümmert, als Du in der Arbeit warst? Und das muss man dazu sagen ist kein leichter Job, da Deine Prinzessin den ganzen Tag bespaßt werden muss und nicht in der Lage ist, sich mal 5 Minuten alleine zu beschäftigen, es sei denn, sie kann fernsehen. Da es Deine Kinder sind, und sie Dich den ganzen Tag nicht gesehen haben, schlage ich vor, Du kümmerst Dich jetzt darum!" Ups, das hatte gesessen, er schmiss den Kopf herum, sah mich an und ging anschließend ohne Kommentar ins Kinderzimmer. Solche Dämpfer benötigte er öfter, um auf den Boden der Tatsachen zurück geholt zu werden. Ein Vorteil war, er war nicht nachtragend.

Das kommende Wochenende waren wir zum Geburtstag eingeladen. Es war der 30. Geburtstag der Freundin seines besten Freundes. Er war Konditor und hatte bereits einige Sachen für den Abend vorbereitet. Nun mussten diese nur noch irgendwie abgeholt werden. Er selbst hatte wohl an diesem Wochenende kein Auto, so war es naheliegend, dass ich die Sachen während meiner Anreise gleich mit abhole. Zumindest hatte Jochen das bereits organisiert da ich am Nachmittag sowieso mit dem Auto unterwegs war, und nach seiner geographischen Vorstellung die Konditorei praktisch am Weg lag. Am

Freitagnachmittag startete ich mit Pepper Richtung Friedrichshafen. Nach reichlich zwei Stunden, es war heute ausgesprochen viel Verkehr, erreichten wir Friedrichshafen. Ich hatte nicht die geringste Ahnung, wo sich diese Konditorei befand. Jochen hatte mir die Adresse durchgegeben und meinte ich solle einfach meinem Navi folgen. Das hat schon so Manchen in prekäre Situationen gebracht aber mir blieb ja praktisch gar nichts anderes übrig. Ich hatte noch eine Strecke von 15 Kilometern zurück zu legen. Demnach befand sich die Konditorei eher etwas außerhalb. Zu allem Übel gab es noch zahlreiche Baustellen, nämlich genau in den Straßen, welche mir mein Navi vorschlug. Inzwischen war wieder eine halbe Stunde vergangen und mich und mein Ziel trennten noch fünf Kilometer. Schließlich haben wir beide es doch noch geschafft und ich parkte direkt vor der Konditorei. Die Verkäuferin brachte mir 5 Schachteln mit irgendwelchen Teilchen und einen riesigen Rosenstrauß, den ich offensichtlich auch noch mit auf die Party nehmen sollte. Ich packte alles ins Auto und hoffte für den Rückweg nicht allzu lange zu brauchen. Erfahrungsgemäß fand man den Rückweg leichter. Die Baustellen hinderten mich zunächst daran, aber bald war ich wieder auf der Hauptstraße und hatte wieder selbst einen Plan. Inzwischen war es halb sechs, als ich bei Jochen ankam und der machte schon Druck, wo ich denn bleiben würde, denn wir müssten gleich los. "Los?", sagte ich, "ich geh jetzt erst mal mit Pepper Gassi, der ist jetzt über drei Stunden im Auto gesessen und wenn wir heute Abend wegwollten, benötigte er dringend noch ein bisschen Auslauf. „Ich kann ihn jetzt unmöglich bei Dir in die Wohnung sperren und für ein paar Stunden abhauen!" Er zog ein Gesicht, aber sagte nichts mehr. Wenn er ein bisschen nachgedacht hätte, hätte er merken müssen, dass die Zeit, in der ich die Besorgung für seinen Freund machen sollte, knapp werden würde. Aber das war zunächst egal, Hauptsache, er hatte das Problem für seinen Kumpel gelöst. Ich ließ mir bewusst Zeit, denn ich war stink sauer.

Eine Stunde später machten wir uns auf den Weg. Die Feier fand in einem Weinlokal statt. Die Gäste waren alle schon da, konnten aber nichts essen, weil wir die Teilchen dabei hatten. Es gab frischen Federweißen und Jochen stellte die Frage in den Raum, wer von uns beiden denn heute Abend nach Hause fahren würde. Diese Frage war schnell beantwortet. Da ich den ganzen Nachmittag im Auto unterwegs gewesen war, würde ich auf keinen Fall mehr irgendwo hinfahren. Ich ließ mir den Federweißen schmecken. Zusätzlich schwor ich mir, nie wieder nur auf Verdacht mit dem Navi irgendwo hin zu fahren. Das war mir eine Lehre.

Einmal im Jahr besuchte ich immer meine Schwester mit ihrer Familie in Niedersachsen. Dafür nutzten wir oft eine Woche in den Pfingstferien. Zu Ostern war oft das Wetter noch zu unbeständig und Pfingsten konnte man, wenn man Glück hatte, schon im Garten sitzen. In diesem Jahr wollte uns Jochen mit Franka begleiten. Von mir aus zu meiner Schwester sind es gute 560 Kilometer. Die Fahrt mit Franka konnte also sehr anstrengend werden. Ich kaufte daher ein paar Stifte und Papier, so dass sie im Auto etwas abgelenkt war. Niklas tat ebenfalls sein Bestes, um sie etwas zu beschäftigen. Seit er Franka kennen gelernt hatte, war sein Wunsch nach einem Geschwisterchen nicht mehr so groß. Im Gegenteil, er bastelte sich für seine Tür ein Schild, auf dem stand **"Für Mädels über 5 Jahre und Frauen unter 25 Jahre Zutritt verboten."** Er meinte alle Mädels und Frauen, die in diesem Alter waren, wären zickig und unausstehlich. Ich wusste nicht so genau, woher er seine Erfahrungen hatte, zumindest aber, was Franka betraf, musste ich ihm Recht geben. Als wir nach gut fünf Stunden mit Pause bei meiner Schwester ankamen, hatte sie schon den Kaffeetisch im Garten gedeckt. Es gab eine leckere Eierschecke (Das Rezept stammt aus den neuen Bundesländern. Ich habe außer daheim in noch keinem Bäckerladen eine Eierschecke gesehen.) und Erdbeerkuchen. Sehr lecker.

Wir hatten diesmal keine ganze Woche Zeit, da Jochen nicht so lange freimachen konnte. Große Touren hatten wir nicht geplant, das überließen wir lieber meinem Vater, wenn er zu Besuch zu meiner Schwester kam. Er war der Experte für Kulturfragen. Wir besuchten stattdessen die Sommerrodelbahn, welche sich gleich im Ort befand. Franka war dafür zwar noch zu klein, aber sie hatten einen schönen Spielplatz und einen kleinen Streichelzoo, ein gemütliches Cafè, also für jeden etwas dabei.

Am nächsten Tag unternahmen wir einen kleinen Bummel durch den Ort und gingen in ein paar Geschäfte. Unter anderem auch in ein Juwelier - und Uhrengeschäft. Ich war auf der Suche nach einer Kette, da mir meine kürzlich kaputtgegangen war. Franka sah eine Armbanduhr von "Hello Kitty". Keine Ahnung, was die kostete, aber ich nehme mal an, dass sie ein Original war. Mit gerade vier Jahren konnte sie noch keine Uhr lesen, also ein Kauf hätte in meinen Augen gar keinen Sinn gemacht. Nun fing sie, wie kleine Kinder nun mal sind, zu betteln an. Ich war schon sehr gespannt, wer das Duell gewinnen würde. Ich setzte auf Franka. Sie wurde immer fordernder. Jochen hatte sich inzwischen erkundigt, was die Uhr kosten sollte. Für ein " na gut, damit Du endlich Ruhe gibst", war sie definitiv zu teuer. Sie diskutierten weiter und auch Jochen wurde mit seinem "nein", immer energischer. Plötzlich holte Franka, die bei Jochen auf dem Arm saß, aus und klatschte ihm eine Ohrfeige mitten ins Gesicht. Totenstille im Laden. Die Verkäuferin versuchte, die Fassung zu bewahren. Meine Schwester, Niklas und ich gingen nach draußen und mussten uns krampfhaft das Lachen verkneifen. Mit hochrotem Kopf und einer schreienden Franka verließ auch Jochen das Geschäft. Dieses Mal war er wenigstens konsequent.

Eine ähnlich „nette" Episode spielte sich ab, als wir wieder einmal über das Wochenende in Friedrichshafen waren und wie so oft war Jochen den ganzen Samstag arbeiten und wir hatten die Kinder. Nach dem Frühstück machten wir uns gemeinsam mit Franka und Lena auf zum Badesee. Dieser war ca. drei bis vier Kilometer entfernt. Franka fuhr mit dem Fahrrad und Lena schob ich im

Wagen. Das Wetter war super und wir verbrachten den ganzen Vormittag und den Nachmittag am See. Abwechselnd schaukelten, wippten oder buddelten Niklas und ich mit Franka. Lena hatte einen sehr guten Tag, ihr reichte es, uns bei unseren Aktivitäten zuzuschauen. Gegen vier Uhr waren wir wieder zu Hause und klein Madam schaute fern. Anschließend musste Niklas mit ihr Playmobil spielen und so wechselte das den ganzen Abend hin und her. Jochen würde frühestens 20.30 Uhr erscheinen. Wir hatten ihr versprochen, dass sie aufbleiben dürfte, bis ihr Papa heimkam, denn schließlich sollte sie ihn wenigstens mal sehen, wenn sie schon am Wochenende bei ihm war. Das Kinderprogramm endet normalerweise gegen 20 Uhr, zumindest kommt ab dem Zeitpunkt nichts Vernünftiges für solche Zwerge mehr. Außerdem wollten wir beiden Großen eine Sendung sehen, und ich meinte, das hatten wir uns nach dem anstrengenden Tag auch redlich verdient. Unsere kleine Prinzessin war da anderer Meinung. Als wir das Programm umschalteten, trommelte sie mit den Füssen und schrie, wir sollten sofort wieder umschalten auf ihr Kinderprogramm, denn sonst würde sie dies ihrem Papa erzählen und der würde uns zur Strafe feuern. Wir schauten uns beide an und konnten uns gerade noch das Lachen verkneifen. Ich gab ihr nur kurz zur Antwort, " das wird sich der Papa aber ganz genau überlegen, ob er uns feuert, wer soll denn dann auf Dich aufpassen?" Naja verstanden hat sie das nicht. Ich brachte sie ins Bett, dort konnte sie sich noch ein Buch anschauen und auf ihren

Papa warten. Wir schauten inzwischen wohlverdient unsere Sendung.

Gefreut hat er uns an diesem Abend nicht.

Es wurde wieder Sommer und wir planten unseren Urlaub. Damit wir uns nicht mit Carsten überschnitten, der ebenfalls mit seinem Sohn dieses Jahr für zwei Wochen nach Italien fuhr, buchten wir kurzerhand eine Woche Kroatien. Das passte perfekt, denn auf dem Rückweg würden wir uns mit Carsten in Österreich treffen, Übergabe machen und sie würden dann gleich weiter nach Italien fahren. Wir entschieden uns für eine kleine Ferienwohnung. Ich freute mich, denn in Kroatien war ich noch nie, ebenso wie in Italien. Da war mir mein Kind schon einiges voraus. Er war zu diesem Zeitpunkt bestimmt schon das fünfte Mal da.

Samstag früh war es dann endlich soweit. Gegen 3.00 Uhr starteten wir. Jochen war sehr zuversichtlich, er meinte, in gut sieben Stunden wären wir da. Was soll`s, ich ließ ihn in dem Glauben, vom Ferienreiseverkehr und Bettenwechsel am Samstag hatte er wohl noch nichts gehört. Kurz nach München standen wir das erste Mal im Stau. Eine Stunde später putzten wir mein Auto, weil Franka kotzen musste. Um durch den Tauerntunnel zu kommen, benötigten wir zwei Stunden. Stundenlang stopp and go. Ich befürchtete, dass wir unser Tourismusbüro nicht mehr vor der Schließung erreichen würden. Ab Slowenien ging es dann etwas schneller vorwärts. Um 19 Uhr parkten wir fix und fertig vor dem Tourismusbüro, um unseren Schlüssel abzuholen. Anschließend fuhren wir zu unserer Ferienwohnung. Meine Ansprüche sind nicht sonderlich hoch. Zum einen erspart mir das die Enttäuschung und zum anderen war ich dort nur, um zu übernachten. Wenn es einen Fernseher für die Kinder gab und es sauber war, war alles in Ordnung. Und so war es auch. Die Wohnung war einfach eingerichtet, aber sauber und hatte eine kleine gemütliche Terrasse. Wir stellten nur schnell unsere Taschen ab und erkundigten uns, wo wir zum Essen hingehen konnten. Die Vermieterin empfahl uns ein Lokal keine fünf Minuten zu Fuß von hier. Wir marschierten los und fanden das Lokal schnell. Was das Essen betraf, war ich etwas anspruchsvoller als bei der Wahl der Unterkunft. Gut essen gehen bedeutete für mich Genuss und Entspannung bei einem guten Glas Wein. Die Aussicht von der Terrasse, erhöht auf einem Felsvorsprung, direkt auf das offene Meer hinaus, war super. Die Terrassenmöbel dagegen waren sehr einfach und nicht sonderlich bequem. Die Speisekarte war noch liebloser. Wir entschieden uns für eine gemischte Grillplatte, die uns die Bedienung empfahl, da sollte für jeden etwas dabei sein. Als das Essen kam, spiegelte es den Gesamteindruck des Lokals wider. Auf kleine Details als Appetitanreger wurde gänzlich verzichtet. Vergleichbar mit einem Kindergeburtstag für acht bis 10-jährige Jungs, frei nach dem Motto auf den Tisch und auf in die Schlacht. Da war es nicht nötig, die Sachen liebevoll anzurichten, da die Jungs für so etwas überhaupt keinen Blick hatten, da stand nur der Hunger im Vordergrund. Auf unserer Platte waren kleine Schnitzel, Grillwürstchen, Hacksteaks, Pommes und aus. Wie gesagt, für die Kinder war alles dabei, und somit waren diese zumindest zufrieden. Ich sagte Jochen, das ist wahrscheinlich das Los der Urlaubsneulinge. Sicher schicken sie alle Neuen erst mal hier her. Die nächsten Tage würden wir unser Lokal etwas sorgfältiger aussuchen, dann hätten wir auch viel mehr Zeit. Nachdem wir die Rechnung beglichen hatten, gingen wir wieder zurück und genossen noch eine Flasche Wein auf unserer Terrasse.

Bei herrlichem Sonnenschein frühstückten wir am nächsten Morgen auf der Terrasse und beschlossen, anschließend an den Strand zu fahren. Wir fuhren auf der Suche nach einem Stückchen Strand am Meer entlang, suchten aber vergeblich. Es gab immer nur kleine Buchten oder künstlich angelegte Stege, um ins Wasser zu gehen. Lagen schon Leute in der Bucht, hatte man Pech und musste weitersuchen. Nach einiger Zeit fanden auch wir eine Bucht. Für Niklas, Jochen und mich war es durchaus tauglich, aber unsere kleine Prinzessin brachten wir nicht dazu, dort ins Wasser zu gehen. Sie hatte Angst und so ganz einfach war es ja auch nicht, in das Wasser überhaupt erst einmal hinein zu kommen. Man musste damit rechnen, dass einen eine Welle erwischte oder man wegrutschte. Wir suchten uns mittags ein kleines Strandlokal und aßen eine Kleinigkeit. Danach beschlossen wir, in der anderen Richtung nach einem seichten Plätzchen Ausschau zu halten. Gesagt getan. Wir fuhren los und fanden sogar einen geeigneten Platz, allerdings war die Zufahrt schon beschwerlich und ich hatte Angst um mein Auto. Über spitzes Geröll und Felsen kamen wir schließlich ans Wasser. Ich machte mir Sorgen, dass sich Pepper seine Pfoten verletzen könnte. Aber er stellte sich dabei ziemlich geschickt an. Wir nahmen erst einmal ein Bad und genossen die Idylle. Später machte sich Jochen gemeinsam mit Niklas auf, die Gegend zu checken, wie sie es nannten. Nach einer Stunde kamen sie aufgeregt zurück. Sie meinten, dass sie die absolut traumhafte Bucht gefunden hätten. Für uns Drei wäre es auch überhaupt kein Problem da hinunter zu kommen, aber für Franka und Pepper wäre es zu gefährlich. Man müsste sie abseilen oder man könnte mit einem Boot hinfahren. Das hörte sich nach Abenteuerurlaub an. Ich wettete darauf, dass sich mein Hund lieber abseilen ließ, als in ein Boot zu steigen. Nur bezweifelte ich, dass man in so einem Urlaubsbadeort mal so eben eine Kletterausrüstung besorgen konnte. Ich wollte den Jungs aber den Spaß nicht verderben und meinte, wir könnten am Abend mal schauen, was so ein Schlauchboot kostete. Zur Not, wenn es nicht funktionieren würde, könnten sie immer noch ein wenig im Wasser umeinander paddeln. Wie versprochen unternahmen wir am Abend einen kleinen Einkaufsbummel. Schlauchboote gab es in allen Farben, aber eben hauptsächlich zum Planschen gedacht. Sollte es etwas größer sein, wurde die Sache schon etwas schwieriger. Ein Vermögen wollte ich für das Experiment nicht ausgeben. Wir hatten die Suche schon fast aufgegeben, da entdeckten wir ein knallrotes

Schlauchboot. Es war nicht so groß, dass es vier Personen plus Hund trug, aber zwei bis drei Leute sollte es schon aushalten. Der Preis war auch für einen Urlaubsgag in Ordnung und wir schlugen zu.

Am anderen Morgen nach dem Frühstück starteten wir in unser Abenteuer. Wir fuhren wieder die grauslich schlechte Straße, parkten unser Auto und begannen am Ufer das Schlauchboot aufzupumpen. Als es soweit war, fragte ich, wie wir jetzt hinüberfahren. Es kam mir so vor wie die Geschichte mit dem Wolf, dem Schaf und dem Heubündel. Alle passten nicht rein. Pepper würde, wenn überhaupt, nicht ohne mich oder Niklas fahren. Franka mit Niklas und Hund alleine war zu gefährlich. Wir entschieden uns, dass für das erste Mal Niklas, Pepper und ich fuhren. Ich polsterte mit Peppers Decke etwas die Umrandung des Bootes, damit der Hund mit seinen Krallen nicht gleich ein Loch in unsere Arche bohrte. Ich setzte mich ins Boot und mein Sohn reichte mir unseren wasserscheuen Hund. Dann stieg er ein und ruderte los. Zu meiner Verblüffung hielt Pepper ganz still. Er verstand wohl, wenn er recht Rabatz machte, dass er im Wasser landen würde. Niklas ruderte ziemlich sicher zu der romantischen Bucht, die sie entdeckt hatten. Im seichten Wasser gab ich Pepper einen Schubs, sonst wäre er wohl nie ausgestiegen. Anschließend ruderte Niklas zurück und holte die beiden anderen. Der Ort war wirklich paradiesisch. Keine Menschenseele weit und breit. Eine traumhafte Kulisse, ein bisschen Sandstrand und malerische Felsen. Für mein Kind Abenteuer pur. Er hatte Taucherbrille und

Schwimmflossen dabei und war den ganzen Tag beschäftigt. Pepper suchte sich ein schattiges Plätzchen oder machte sich auf unserer Decke breit. Franka konnte im Sand buddeln und wir beide genossen einfach nur diese traumhafte Landschaft. Am Abend ruderten wir auf die gleiche Art und Weise wieder zurück. Nach ein paar Tagen war das für Pepper schon Selbstverständlichkeit und er postierte sich wie eine Galionsfigur am Bug unseres Bootes.

Das Essen gehen haben wir mit der Zeit aufgegeben. Von guter Küche waren sie meines Erachtens noch weit entfernt. Es ist ein armes Land und es lebt von der Schönheit der Landschaft. Wir besorgten uns einen Grill und verbrachten die Abende auf unserer Terrasse. Ich fand das sehr schön, denn in Friedrichshafen hatten wir so gut wie nie Zeit für uns, denn, wenn wir endlich Jochens Mädels im Bett und zum Schlafen gebracht hatten, war es schon ziemlich spät und wir oder zumindest ich ebenfalls so müde, dass ich bald darauf selber schlief.

Unsere Woche Urlaub verging wie im Fluge und wir mussten wieder die Heimreise antreten. Nur Niklas machte das nicht so viel aus, auf ihn warteten noch zwei Wochen Italien mit seinem Dad und seinem besten Kumpel, der auch mit seiner Familie dort Urlaub machte. Wie vereinbart trafen wir uns in Villach und machten die Übergabe. Wir fuhren jetzt also nur noch zu dritt zurück und kamen diesmal auch recht zügig vorwärts, es gab keinen einzigen Stau. Ich hatte noch ein paar Tage Urlaub und die verbrachte ich bei Jochen. Franka ging wieder in den Kindergarten und war die Woche über bei ihrer Mutter. Jochen musste zwar schon wieder arbeiten, aber ich genoss die Ruhe und ging tagsüber shoppen oder fuhr mit dem Fahrrad an den See.

Sonntagmorgen nach dem Frühstück fuhr ich wieder nach Hause. Ich hatte eine Menge Wäsche zu waschen und den ersten Arbeitstag wollte ich nicht mit Stress beginnen, wenn ich erst Montagfrüh von Friedrichshafen aus direkt zur Arbeit fuhr. Ab und zu war ein gemütlicher Abend vor dem Fernseher allein auch nicht schlecht. Nur wenn es zum Dauerzustand wird, ist es lästig. Normalerweise ist es so, wenn man nach zwei oder drei Wochen aus dem Urlaub wieder zur Arbeit kommt, haben sich in der Zwischenzeit eine Menge Änderungen ergeben oder es hat jemand unerwartet gekündigt. Irgendetwas passiert immer. Diesmal erwartete mich ungewöhnlicherweise weder eine gute, noch eine schlechte Nachricht. Nichts Aufregendes war passiert und ich machte mich schlau, was so in der Arbeit demnächst anfallen würde oder was vielleicht schon erledigt wäre. Der Alltag hatte mich wieder.

Am Wochenende fuhr ich wieder zu Jochen, der mal wieder die Kinder hatte und arbeiten musste. Wie praktisch, dass es mich gab und ich die Beaufsichtigungslücke schloss. Allerdings musste er am Samstag nur bis Mittag arbeiten und da das Wetter schön werden sollte, konnten wir am Nachmittag noch etwas unternehmen. Der Freitagabend gestaltete sich so, dass ich nach meiner Fahrt erst für etwas Auslauf von Pepper sorgte. Anschließend ging ich in den nahe gelegenen

Supermarkt einkaufen, denn auch das hatte unser viel beschäftigter Papa mal wieder nicht geschafft. An das Spiel war ich schon gewöhnt. Allerdings hatte ich zuvor bei ihm angerufen, dass ich als Babysitter erst ab 18 Uhr zur Verfügung stünde, das sollte er seiner Frau Ex bitte ausrichten. Punkt 18 Uhr brachte sie die Kinder hinauf.

Lena hatte noch nichts zu essen bekommen, und war nicht gewickelt, obwohl die Ex den ganzen Tag zu Hause war. Mir persönlich wäre es peinlich gewesen und ich hätte mein Kind, wenn ich es schon jemand Fremden übergeben müsste, so gebracht, dass derjenige so wenig Arbeit wie möglich hätte. Aber sie organisierte das meines Erachtens genau nach dem Motto, damit ihr auch noch bissel was davon habt. Also gut, dann war halt zuerst Lena dran, Franka saß vor dem Fernseher und anschließend kochte ich uns etwas. Gegen halb neun erschien Jochen und wir konnten essen. Danach brachte er Lena und ich Franka ins Bett. Bei mir ging die Einschlafprozedur etwas schneller. Ich musste nur eine lange Geschichte vorlesen und dann war es gut, aber Jochen musste Lena festhalten, bis sie eingeschlafen war. Ich befürchtete schon, dass er über das Halten und Beruhigen selber eingeschlafen war und heute gar nicht mehr kam, doch gegen 22 Uhr stand er wieder in der Tür. Wir tranken noch gemeinsam ein Glas Wein und gingen dann auch zu Bett.

Er kam am Samstagmittag pünktlich und wir beschlossen, bei dem schönen Wetter in einen Biergarten zu fahren. Da wir beide Kinder hatten, nahm Jochen den Kinderwagen und fuhr mit Inlineskates, ich nahm mit Franka das

Fahrrad, welches einen Kindersitz hatte. Pepper musste ich an der Leine am Rad mitnehmen. Ich hoffte, das würde funktionieren. Daheim an meinem Rad hatte ich eine spezielle Vorrichtung, um den Hund am Rad mitzunehmen. Normalerweise ist das auch überhaupt kein Problem, aber wenn Pepper eine Katze sieht, kann es schon mal passieren, dass er los sprintet. Da sollte man Rad und Hund fest in der Hand haben und vielleicht kein Kind auf dem Rücksitz. Wenn aber Jochen den Hund genommen hätte, dann hätte Pepper ständig geschaut, wo ich bin und entweder nach vorne gezogen oder sich umgedreht. Er schaute sowieso ständig, dass ich nicht verloren ging, es sei denn, er war auf der Jagd, dann waren wir plötzlich alle nicht mehr ganz so wichtig. Wir fuhren also los und es lief super, keine Katze und Pepper lief wie eine Eins neben meinem Rad, schon möglich, weil er den Weg nicht kannte und deshalb etwas vorsichtiger war. Wir hatten Mühe, im Biergarten noch einen Tisch zu bekommen. Dass die Leute ständig wegen Lena glotzten, daran hatte ich mich schon gewöhnt. Wir machten Brotzeit und tranken jeder ein Radler. Ein Spielplatz war auch dabei und weil sich der unmittelbar in der Nähe von unserem Tisch befand, traute sich Franka dort auch alleine hin und wir konnten den Nachmittag in vollen Zügen genießen. Auch Lena war offensichtlich durch die frische Luft und den Fahrtwind eingeschlafen. Mir war schon klar, dass diese Idylle nicht lange halten würde. Gegen 17 Uhr fuhren wir wieder zurück. Auch das lief alles wieder gut und es gab keine Probleme. Zu Hause ging ich mit Franka durch den Vordereingang zum Radkeller. Jochen wollte wohl Zeit sparen und nahm den Eingang durch die Tiefgarage. Da er keinen Schlüssel dabei hatte, konnte er von oben das Tor nicht öffnen. Der Eingang war ziemlich steil, also eigentlich schon verrückt, da mit den Inlinern herunter zu fahren, noch dazu, wenn das Tor geschlossen war. Nun, er war überzeugt, dass das eine ganz leichte Übung war. Plötzlich hörte ich im Fahrradkeller ein dumpfes Klopfen, war aber noch damit beschäftigt, Franka aus ihrem Sitz zu befreien. Anschließend gingen wir dem Klopfen nach und ich öffnete von innen die Tür der Tiefgarage. Da stand Jochen mit schmerzverzerrtem Gesicht und schrie: "Na endlich, kommst Du auch schon, ich dachte, Du lässt mich hier ewig liegen! Ich klopf wie ein Blöder!" "Wie ein Blöder, da hast Du allerdings Recht," antwortete ich ihm. Ich fragte, ob er mir im Ernst zutrauen würde, ihn da warten zu lassen, wenn ich gewusst hätte, dass er sich so verletzt hatte. Ich schnappte mir Lena in ihrem Wagen und ließ ihn da unten einfach stehen. Ich meinte, das war schon blöd, da hinunter zu fahren, noch dazu mit Lena, die sich überhaupt nicht rühren konnte, aber seinen Frust dann an mir auszulassen, das geht gar nicht. Offensichtlich hatte er sich das Steißbein geprellt. Das sind höllische Schmerzen, davon würde er sicher noch die nächsten Wochen etwas haben. Aber noch lange kein Grund, mich so anzuschreien. Die Dummheit hatte er schon selber begangen. Ich war oben und überlegte, ob ich nicht meine Tasche nehmen sollte, um nach Hause zu fahren. Ich war total verunsichert und enttäuscht, noch nie in meinem Leben hatte mich jemand so angeschrien und mit den Augen gefunkelt. Als er dann auch irgendwann oben war, versuchte er, die Sache herunter zu spielen. Er wollte einlenken. Er verstand überhaupt nicht, was gerade passiert war. Ich schaute ihn an und sagte: " Schrei mich nie wieder so an! Das war das einzige und letzte Mal, sonst siehst Du mich nie wieder!" Er versuchte, sich zu rechtfertigen und zu entschuldigen. Ich wollte davon nichts hören, das einzige, worum ich ihn bat, war, dass er die Kontrolle nicht noch einmal verlieren sollte, in seinem eigenen Interesse. Ich kann nicht genau sagen, warum, ich denke mir nur, wenn jemand so leicht die Fassung verliert, was passiert beim nächsten Mal? Vielleicht ist das übertrieben. Ich habe auch diesbezüglich nie Erfahrungen gemacht. Rumschreien in einer Beziehung ist mir gänzlich fremd. Ich kenne das nicht von meinen Eltern, die sich freilich schon mal gestritten haben, aber immer in einem vernünftigen Tonfall. Auch in meiner Beziehung mit Carsten kann ich mich nicht erinnern, dass er jemals geschrien hätte und auch meinen Sohn habe ich ohne Geschrei erzogen und ich bin der Meinung, es hat recht gut funktioniert. Im Gegenteil auch bei ihm gehen alle Alarmglocken an, wenn ich in einer Beziehung mal etwas lauter werde. Er denkt dann immer gleich, jetzt ist alles aus.

Den Rest des Abends verbrachten wir vor dem Fernseher auf der Couch. Jochen war echt bemüht, den Vorfall im Keller ungeschehen zu machen und ich wollte nicht nachtragend sein. Am Sonntagnachmittag fuhr ich wieder nach Hause, denn Niklas würde gegen Abend aus dem Urlaub mit seinem Papa zurückkommen.

Die nächsten Wochen vergingen ähnlich wie die vorherigen. Circa dreimal im Monat fuhr ich nach Friedrichshafen, ein Wochenende kam Jochen zu uns. Wir konnten nichts unternehmen, da wir immer ein Kind oder beide Kinder hatten. Manchmal nervte mich das an, denn an meinen freien Wochenenden, an denen Niklas bei seinem Dad war und ich mal hätte was unternehmen können, passte ich auf seine Kinder auf.

Am kommenden Wochenende waren wir zum Geburtstag von seinem Freund Ben eingeladen. Ein wirklich netter Kerl, dem sein Abenteuerurlaub zum Verhängnis geworden war. Er war mit einer geführten Gruppe irgendwo zum Wandern, Klettern, Rafting und unter anderem gab es eine Mutprobe. Alle mussten von einer Klippe in ein schmales Wasserloch springen. Dies war leider sein letzter Sprung, danach konnte er sich nur noch im Rollstuhl oder ganz schlecht zu Fuß mit zwei Krücken fortbewegen. Von einer Sekunde auf die andere war sein altes Leben fort. Er konnte seinen Job, und seinen Sport nicht mehr ausüben, benötigte eine behindertengerechte Wohnung, zahlreiche Reha`s und das Schlimmste, er hatte kein normales Liebesleben mehr. Wer sagt, ach, man darf das nicht so oberflächlich sehen, sollte mal realistisch hinschauen. Ben war ein gut aussehender Kerl, bissel übergewichtig auf Grund der fehlenden Bewegung, witzig und unterhaltsam, aber er hatte keine Freundin.

Diese hätte für eine gemeinsame Beziehung sehr viel Freiraum aufgeben müssen und mal ehrlich, in unserer Gesellschaft, wer will das schon. Im Kino haben solche Romanzen immer ein Happy End, in der Realität sieht das leider anders aus. Da haben ihm seine Freunde das Happy End eben zum Geburtstag geschenkt. Ich fand das zunächst voll daneben, aber das waren Kumpels, die nahmen alle kein Blatt vor den Mund und ich glaub, er hat sich sogar über sein Geschenk gefreut. Wahre Männergeschenke eben. Zur moralischen Unterstützung begleiteten sie ihn in den Empfangsraum des Etablissements und tranken ein Glas Prosecco. Wobei nicht alle Herren so cool waren. Einer, dessen Hochzeit bevor stand, machte sich Sorgen, dass seine zukünftige Frau davon erfahren und die Hochzeit daraufhin platzen könnte, so dass ich Jochen hoch und heilig versprechen musste, ihr nichts davon zu erzählen. Ich bin keine Plaudertasche und tat ihm den Gefallen, musste aber zum Zeitpunkt der Trauung wieder daran denken und konnte mir ein Grinsen nicht verkneifen. Allzu viel Humor traute er ihr offensichtlich nicht zu, dass er gar solche Angst hatte.

Nun außergewöhnliche Geschenke erfordern außergewöhnliche Partys, das dachte sich wahrscheinlich Ben, als er uns zu seiner Party einlud. Er feierte seinen 40. Geburtstag und Geld spielte offensichtlich keine Rolle, denn er hatte eigentlich keines und war immer chronisch pleite. Alle Getränke gingen auf ihn und als Höhepunkt hatte er einen Alleinunterhalter organisiert. Als ich den Typen sah, glaubte ich zunächst an eine billige

Zaubershow. Er begann, sich fünf bis zehn cm lange Nägel in irgendwelche Körperöffnungen zu stecken. Ich dachte mir nichts dabei und konnte auch noch nicht richtig sehen, es stand noch jemand vor mir.

Als nächstes steckte er sich Einwegspritzen in den Kopf und jetzt konnte ich erkennen, das Blut an seinem Kopf hinunterlief. Entsetzt sagte ich zu Jochen, das ist kein billiger Fake, der haut sich die Sachen tatsächlich in seinen Körper. Nun hatte er riesige Haken, an denen Gewichte hingen von mehreren Kilos. Diese hing er sich erst ins Ohr, dann in den Mund und zum Schluss in die Augenhöhle. Einer aus dem Publikum meinte, ja das funktioniert, so ne Augenhöhle wäre ziemlich stabil, da könne man sonst was dranhängen. Ich fand das eigentlich widerlich und fragte mich, was man bei Google in die Suchmaschine eingeben müsste, damit man auf die Homepage von dem Typen kam. Jetzt hatte er eine Zitrone in der Hand, dessen Saft er sich genau in die Augen träufelte mit der Bemerkung, das wäre doch bestimmt jedem schon mal passiert beim Auspressen und man könne sich jetzt ungefähr vorstellen, wie sich das jetzt anfühlt. Die Abartigkeiten gingen weiter. Er nahm eine Einwegflasche und klebte diese mit Sekundenkleber an seine Hand. Nach ein paar Minuten riss er sich diese mit der freien Hand wieder runter. Die ganze obere Hautschicht ging natürlich mit. War das widerlich! Mit Kunst konnte das nichts zu tun haben, wahrscheinlich finanzierte der sich so seine Drogensucht. Nun verwandelte er sich in eine Figur vom Jahrmarkt. Er behängte sich mit Luftballons und bat eine Dame aus dem Publikum, diese mit Dartpfeilen zum Platzen zu bringen. Nun, ich dachte mir im Verhältnis zu einer Hand ohne Oberhaut, sind die Schmerzen von einem Dartpfeil wohl eher gering, es sei denn, er ging ins Auge. Ich glaube kaum, dass er die Dame nach Treffsicherheit ausgewählt hat. Zum Schluss steckte er sich Chinaböller in die Ohren und ich war mir sicher, er würde die auch zünden. Ich sagte Jochen, ich würde jetzt dann doch lieber mal rausgehen, denn ich war mir nicht sicher, was so ein Böller im geschlossenem Raum anstellen könnte. Der Typ hatte wohl offensichtlich mit seinem Leben abgeschlossen. Zu guter Letzt zündete er diese nicht mit der Bemerkung, er sei ja nicht verrückt. Ich war mir da nicht so sicher. Später holte er sich selber einen Drink an der Bar und ich konnte bzw. musste ihn aus der Nähe sehen. Ich bekam eine Gänsehaut am ganzen Körper. Der Typ widerte mich einfach an. Oh Ben, was hast du dir dabei bloß gedacht?

Draußen war es inzwischen kalt geworden und das Weihnachtsfest rückte immer näher. Die letzten Jahre, in denen wir alleine waren, ist nie so eine rechte Weihnachtstimmung aufgekommen. Einmal sind wir beide mit dem Zug zu meiner Schwester gefahren. Dort mit meiner Schwester, ihrem Mann und meinen beiden Nichten haben wir ein sehr schönes Weihnachtsfest gefeiert. Auch wenn meine Eltern Weihnachten zu Besuch kamen oder wir zu Oma und Opa gefahren sind, war Weihnachten immer ein gemütliches, stimmungsvolles

Fest. Es gab aber auch Jahre da sind wir daheim geblieben, am Heilig Abend kam Carsten vorbei und brachte die Geschenke für Niklas. Er blieb noch auf eine Tasse Kaffee und ist dann mit Lisa gemeinsam zu ihren Eltern gefahren. So haben wir den Heilig Abend alleine verbracht.

In diesem Jahr war das Weihnachtsfest hektischer. Am Weihnachtsabend gibt es bei uns traditionell immer Kartoffelsalat mit Bratwürsten. Weil auch dieses Jahr Carsten wieder zu seiner Familie fahren wollte, haben wir unser Traditionsessen auf den Mittag vorgezogen. Carsten kam schon am frühen Vormittag mit den Geschenken vorbei und hatte es ziemlich eilig, weiter zu kommen. Mir wäre das egal gewesen, aber für meinen Sohn fand ich es nicht schön. Damit wir nicht ganz doof zu Hause herumsaßen, packten wir kurzer Hand unseren Kartoffelsalat und die Bratwürste ein und fuhren nach Friedrichshafen. Jochen musste bis Mittag arbeiten und wir trafen etwa zur selben Zeit bei ihm zu Hause ein, machten uns erst mal einen Kaffee, um etwas herunter zu kommen und gingen anschließend mit Pepper spazieren. Dann schauten wir ein wenig fern und es wurde allmählich Zeit für den Kartoffelsalat mit den Würstchen. Jetzt wäre eigentlich der Zeitpunkt der Bescherung, aber Jochen wollte keine Geschenke. Trotzdem hatte ich eine Kleinigkeit besorgt, ganz ohne fand ich es ziemlich öde. Für Niklas hatte er ein Geschenk gekauft und war aber sauer, weil ich ihm doch, obwohl etwas Anderes vereinbart war, eine Kleinigkeit mitbrachte. Mir war aufgefallen, dass

179

in Jochens Wohnung nicht ein Foto von seinen Kindern und auch keine einzige Uhr hing. Also haben wir ein schönes Foto von seinen beiden Töchtern gemacht und eine Uhr bestellt, auf dessen Hintergrund seine Töchter zu sehen waren. Ich schlug ihm vor, halt einfach mal hinein zu sehen, schließlich wäre es ein Geschenk, von dem wir alle etwas hätten. Und wenn er dann immer noch der Meinung wäre, er könne das Geschenk nicht annehmen, dann würde ich es halt wieder mitnehmen. Schließlich packte er es doch aus und freute sich. Dass man sich aber auch immer vorher so anstellen muss. Jetzt wollten wir mit einer guten Flasche Wein den Abend genießen.

Am ersten Feiertag waren wir bei Jochens Mutter zum Mittag eingeladen. Eine sehr nette Frau, die wie die meisten Mütter versucht, ihrem Sohn jeden Wunsch von den Augen abzulesen zumindest, was das Essen betrifft. Der Nachmittag verging sehr schnell und gegen Abend machten wir uns wieder auf den Heimweg, brachten nach dem Abendessen die Mädels ins Bett, was diesmal ziemlich schnell ging. Die frische Luft von unserem Weihnachtsspaziergang hatte die beiden anscheinend müde gemacht. Der Abend verlief ruhig, Lena schlief und bis auf einen kurzen Zwischenquietscher von ihr gab es an diesem Abend und in der Nacht keine Probleme. Am anderen Tag machte ich mich mit Niklas auf den Heimweg. Nach den beiden Feiertagen musste ich wieder arbeiten. Urlaub hatte ich erst nach Silvester. Zwischen den Feiertagen zu arbeiten ist sehr entspannt. In der Arbeit ist gerade eine Notbesetzung da und viel Arbeit ist auch nicht.

Die meisten Firmen haben sowieso Betriebsferien, also Zeit, ein paar Überstunden abzufeiern. Niklas hatte mal wieder seinen Freund Jo zu Besuch. Die beiden hatten nie Langeweile, da musste ich mich um rein gar nichts kümmern.

Über Silvester wollte Jochen zu uns kommen und wir hatten eine Einladung bei Daniela. Dort konnte mein Sohn mit seinem Kumpel und ein paar Freunden herumtollen. Bis Mittag hatten die Geschäfte noch auf und Jochen musste, wie konnte es anders sein, arbeiten. Anschließend wollte er aber gleich losfahren.

Gegen 15 Uhr klingelte mein Handy und Jochen teilte mir mit, dass er gerade ca. 50 km nach Friedrichshafen eine Autopanne hatte und sich jetzt zurückschleppen ließ. Dort wollte er sich von einem Freund abholen lassen und gemeinsam mit ihm wieder zu uns fahren. Zuverlässige Freunde gibt es nicht viele. Jedenfalls musste Jochen ewig auf den Typen warten, bis er endlich kam und ihm mitteilte, dass er jetzt keine Lust mehr hätte, noch 200 km im Auto zu sitzen. Er wollte stattdessen irgendwo in daheim zu einer Party gehen. Das teilte er mir am Telefon mit, nachdem ich stundenlang auf ihn gewartet hatte. Ich war stink sauer, wünschte ihm viel Spaß und legte auf.

Normalerweise hätte ich mich jetzt auf die Couch gesetzt und meinem Frust freien Lauf gelassen, aber das konnte ich Niklas nicht antun und Silvester sollte man wirklich nicht alleine sein. Also nahm ich die Sachen, die ich für die Party vorbereitet hatte und wir fuhren zu Daniela. Ich dachte nicht mehr an Jochen, der sich wahrscheinlich in

Friedrichshafen gerade vergnügte, sondern genoss den Abend mit alten Freunden, von denen ich einige schon lange nicht mehr gesehen hatte. Es war ein schöner Abend.

Am nächsten Morgen erledigte ich meine Neujahrswünsche. Wie ich bei meinem Bruder angelangt war, erzählte ich ihm von meinem verkorksten Silvester. Das war offensichtlich ein Fehler, denn nun versuchte er, mir klar zu machen, dass meine Beziehung auf Dauer sowieso keine Zukunft hätte. Die Entfernung, die Kinder, das könne auf Dauer nicht gut gehen, denn irgendwer verliert mit der Zeit das Interesse. Nun, mein Bruder war der geborene Pessimist. Ich kann mich nicht erinnern, dass er mal etwas irgendwie positiv gesehen hätte. Als er von meiner Schwangerschaft erfuhr, machte er mir schon Vorwürfe, was ich meinem ungeborenen Kind für eine Zukunft zumutete. Meistens musste ich nur über seinen Frust schmunzeln, aber an diesem Tag brauchte ich seine blöden Sprüche nicht. Ich ärgerte mich, ihm überhaupt davon erzählt zu haben und beendete das Gespräch. Am Nachmittag ging ich mit Pepper spazieren und fragte bei Jochen bewusst nicht nach, ob er die nächsten Tage vorbeischauen würde. Lange musste ich allerdings nicht auf seinen Anruf warten, am Abend klingelte das Telefon, da hatte jemand offensichtlich ein ziemlich schlechtes Gewissen. Er teilte mir mit, dass er die nächsten drei Tage auch frei nehmen konnte und man stelle sich vor, sogar ohne Kinder kommen würde. Nun, um kurzfristig noch irgendwohin zu fahren, war die Zeit ein bisschen knapp und ich hatte in den Winterferien auch noch ein verlängertes Skiwochenende geplant. Aber wir konnten es uns auch mal zu Hause gut gehen lassen. Ein Besuch in der Sauna, gemütlich Essen gehen, vielleicht ins Kino, das war in unserer komplizierten Patchworkbeziehung schon fast Luxus. Wir genossen die ruhigen Tage, bevor der Arbeitsalltag wieder losging.

Unseren Sommerurlaub wollten wir dieses Jahr nicht so spät planen. Ich buche lieber bei Zeiten und kann mich dann auf den Urlaub freuen. Viele Jahre hatte ich das Problem, dass ich oft bis kurz vor den Ferien nicht wusste, wohin ich in den Urlaub fuhr und vor allem mit wem? Jetzt wo Niklas schon recht groß war, hätte ich kein Problem, mit ihm allein in den Urlaub zu fliegen, aber mit Kleinkind wäre das kein Thema für mich gewesen. So ganz ohne Ansprache, das wäre nichts für mich gewesen. Ich meine über was soll man mit einem Fünfjähren die ganze Zeit reden? Spätestens 20.00 Uhr ist Niklas im Bett verschwunden und man sitzt alleine da. Nein das wäre nicht die Art Urlaub, die ich mir vorstellte. Jochen träumte von einem Urlaub mit Wohnmobil in Schweden. Für uns war das durchaus vorstellbar. Ich gab nur zu bedenken, dass stundenlanges Autofahren für Franka recht anstrengend werden könnte und Lena ebenfalls mitzunehmen war für mich überhaupt keine Option. Jetzt könnte man mir vorwerfen, dass ich mich vor der Verantwortung drückte. Aber wenn man keine Nacht durchschlafen kann und dann noch auf engstem Raum hockt, ist das kein Urlaub, für keinen von uns, dann bliebe ich lieber daheim. Davon mal abgesehen, dass die Mutter der Kinder immer ohne ihre Kleinen in den Urlaub fuhr. Da musste ich jetzt wirklich kein schlechtes Gewissen haben. Außerdem wandte ich ein, dass mir die medizinische Versorgung für Lena im Ausland zu ungewiss wäre. Nach längeren Überlegungen entschieden wir uns für einen Campingurlaub in Italien. Wir buchten zwei Wochen Ende August, Anfang September. Der Hintergrund war auch, dass meine Freundin Lisa es schön gefunden hätte, wenn wir einmal wieder gemeinsam Urlaub gemacht hätten. Ich war mir nicht sicher, ob Carsten das auch für eine gute Idee halten würde, aber der Campingplatz war groß und man konnte sich da durchaus aus dem Weg gehen.

Die Wochen bis zu den Faschingsferien vergingen ziemlich schnell. Wie jedes Jahr fuhr ich mit Niklas, und wie auch die letzten Jahre, mit meinem alten Schulfreund in ein verlängertes Wochenende zum Ski fahren. Jochen hatte ich es freigestellt. Ich sagte ihm, dass ich mich sehr freuen würde, wenn er mich begleitete, aber für den Fall, dass er mal wieder arbeiten musste, würden wir drei auch alleine fahren. Wir buchten eine Unterkunft in der Nähe von Söll, eine kleine Ferienwohnung mit Selbstversorgung, die Skibushaltestelle war direkt vor der Tür. Mit meinem Schulfreund Mirko fuhren wir bereits am Mittwoch nach Österreich. Wir hatten super Wetter und waren von früh bis zum späten Nachmittag auf der Piste. Am Abend kochten wir uns eine Kleinigkeit. Glühwein für Durchgefrorene und Rotwein hatten wir ebenfalls dabei, dazu spielten wir Karten. Es war richtig urig. Am

Freitagabend rief mich Jochen an, dass er am Samstag mit Franka nachkommen würde. Für alle Fälle hatte ich Niklas seine alten Ski mitgenommen, so dass Franka damit ihre ersten Versuche starten konnte. Sie war von ihrem Können sehr überzeugt, wofür sie sicher nichts konnte, sie hatte viele Gene von ihrem Vater mitbekommen, der übrigens wirklich sehr gut Ski fahren konnte. Franka dagegen trug ihr Talent mehr auf der Zunge, als auf der Piste zur Schau. Wir trafen uns gegen Mittag an der Mittelstation von Söll und nach dem Essen wollte Jochen mit Franka die ersten Fahrversuche wagen. Das ging ziemlich in die Hose, denn zum einen heulte und schrie Franka nur und Jochen hatte für solche Szenarien nicht die Nerven. Ich schlug ihm daher vor, mit den beiden Jungs ein, zwei Stunden zu fahren, um etwas Spaß zu haben und ich würde stattdessen mit Franka etwas üben. Allerdings stieß auch ich an meine Grenzen und wir stellten die Ski beiseite und schauten stattdessen den Kindern vom Skiclub zu. Nach einer Weile fragte ich sie, ob sie nicht auch daran Spaß hätte, mit den Kindern gemeinsam das Ski fahren zu lernen. Eigentlich war ich mir sicher, dass sie das ablehnen würde, aber sie meinte, gleich morgen wolle sie da mitfahren. Seinen eigenen Kindern etwas beizubringen ist immer schwierig und wozu sich so abplagen und entnerven lassen, wenn sie es in einem eigens dafür vorgesehenen Kurs ganz mühelos lernen können. Das Geheimnis so eines Kurses liegt nur darin, dass sich die Kleinen vor den anderen Kindern nicht so aufführen, da diese sie dann auslachen könnten oder sie wollen nur keine Schwäche vor den anderen zeigen. Auch schmeißen sie sich vor fremden Leuten nicht schreiend zu Boden, bei den eigenen Eltern hingegen schon. Also, wozu sich so unnötig stressen, wenn es doch ganz einfach geht. Somit hat sie Jochen am nächsten Tag für den Bambinikurs angemeldet und wir konnten einen weiteren Tag den blauen Himmel mit super Pisten genießen. Allerdings bahnte das nächste Problem sich bereits an. Ich weiß nicht wieso und warum, aber plötzlich standen Mirko und Jochen wieder in einem unmittelbaren Konkurrenzkampf. Vielleicht liegt das in der Natur der Männer, dass sie, sobald sie in der Überzahl sind und nur ein Weibchen da ist, in Konkurrenz gehen. Jochen hielt sich zwar, seiner Überlegenheit bewusst, etwas zurück, aber ganz frei vom Balzverhalten war auch er nicht. Naja, ehrlich gesagt gibt es Schlimmeres und irgendwie war es ja auch süß. Jochen fuhr am Sonntag früh wieder nach Friedrichshafen, wir nutzten diesen Tag noch zum Ski fahren und fuhren am späten Nachmittag wieder nach Hause.

Die folgenden Wochen glichen den vergangenen. Allerdings fiel mir auf, das Jochen immer öfter versuchte, Niklas blöd da stehen zu lassen. Er zweifelte seine Aussagen an und wollte ihm immer seine Meinung aufdrücken. Zunächst fand ich das unmöglich und wollte mich einmischen. Wenn man bedenkt, dass mein Sohn ein recht sensibler Typ ist und Jochen vor Dominanz nur so strotzte, konnte die Sache nur schief gehen. Ich verfolgte die Gespräche und musste feststellen, dass sich mein

Kind verbal und mit Argumenten sehr gut zur Wehr setzen konnte. Ich war beeindruckt, nicht viele trauten sich, Jochen einfach zu widersprechen. Zumindest bei ihm in der Arbeit war das so. In diesem Moment war ich stolz auf meinen Sohn. Er war zwar eine sensible, feinfühlige Persönlichkeit, aber wusste sich zu wehren, wenn es nötig war, ließ sich nicht einschüchtern und vertrat beharrlich seine Meinung.

Ich versuchte stattdessen, mit meiner Beziehung etwas weiter zu kommen. Aber Jochen sah keine Möglichkeit, aus seiner verkorksten "ich lebe zwar getrennt, aber muss trotzdem permanent für meine Kinder und meine Ex sorgen Beziehung" herauszukommen. Seine Vorstellung einer Weiterentwicklung unserer Zweisamkeit sah so aus, dass ich mit Niklas nach Friedrichshafen kommen sollte, separat eine Wohnung nehmen sollte und wir somit näher beieinander wären. Ich fragte ihn, wo da der Vorteil wäre. Ich müsste das Doppelte an Miete aufbringen, alles daheim aufgeben und im Endeffekt würde er unter der Woche abends auf einen Sprung vorbeikommen, wenn überhaupt, bei seinen Arbeitszeiten. Die ewige Fahrerei würden wir uns sparen, aber auch von dieser war mehr ich betroffen. Alles Risiko lag also bei mir und er würde auf ewig so weitermachen wie bisher.

So stellte ich mir meine Zukunft nicht vor. An diesem Wochenende hatte er mir auch noch vergessen mitzuteilen, dass er am Samstagabend zum Klassentreffen fahren würde. Ich war also völlig umsonst nach Friedrichshafen gekommen. Daraufhin fuhr ich

Sonntag früh ohne Kommentar wieder heim. Offensichtlich war er überrascht, als ich nicht mehr da war bei seiner Ankunft am Sonntag. Stattdessen hielten wir Mädels daheim einen spontanen Mädelsabend ab und ich ging nicht ans Telefon. Am Montag wollte er wieder für schön Wetter sorgen, aber mir gleichzeitig mitteilen, dass wir noch mal über unseren Sommerurlaub sprechen müssten. Im Grunde wollte er mich überreden, unseren Urlaub zu stornieren. Er meinte, er hätte im Moment nicht das Geld dafür. Die Fahrerei immerzu, das koste so viel. Ich war fassungslos. Wenn es darum ging, mit seinen Kumpels weg zu gehen, war es egal, ob ein oder zwei Fünfziger draufgingen. Aber seine Fahrt einmal im Monat zu uns war ihm zu teuer. Ich wollte nicht diejenige sein, die ihn in die Armut trieb und sagte ihm, dass ich den Urlaub stornieren würde. Er solle mir nur seinen Teil der Anzahlung überweisen. Für die Zukunft würden ihm keine weiteren Kosten mehr durch uns entstehen. Ich bat ihn lediglich, bei Gelegenheit meine Sachen, die sich während der zwei Jahre bei ihm angesammelt hatten, in eine Kiste zu stecken und mir zu schicken. Ich wünschte ihm eine schöne Zeit und legte auf.

Ein sehr spontanes Ende unserer Beziehung. Aber auf ewig wäre es so nicht weiter gegangen. In dem Punkt sollte mein großer Bruder Recht behalten.

Versuch Dein Glück wieder, wenn die Kinder selbstständig sind

Ich weiß nicht wieso oder warum, offensichtlich war mir das Glück nicht vergönnt, in einer normalen Beziehung zu leben. Vielleicht waren meine Anforderungen einfach zu hoch. Aber sollte das wirklich der Grund sein, dann bliebe ich lieber allein. Oder zumindest entschied ich mich dafür, erst dann wieder ernsthaft nach einem Partner zu suchen, wenn mein Kind aus dem Gröbsten heraus sein würde, seinen Weg selber bestimmte und nicht mehr zwingend tagtäglich mit meinem Partner gut auskommen müsste. Ich glaubte, dann wäre die Chance, einen Treffer zu landen, um einiges höher. Dieser Mann bräuchte dann nur mir gefallen und müsste sich keine Mühe geben, mit meinem Sohn mehr recht als schlecht auszukommen. Das würde die Situation einfacher machen.

Ich war frustriert, aber am meisten ärgerte mich, dass unser Sommerurlaub geplatzt war, der schon kurz vor der Tür stand. Das heißt, ich würde dieses Jahr wahrscheinlich nicht am Strand liegen. Na, immerhin sparte ich somit eine ganze Stange Geld. Hätte ich mich allerdings frei entscheiden können, wäre mir der Urlaub lieber gewesen. So saß ich auf meiner Couch und malte mir aus, wie die kommenden Wochenenden sein würden. Mit Freunden abends mal in die Stadt gehen, ja, aber jedes Wochenende ging das auch nicht, die meisten lebten in einer Partnerschaft und waren mit sich beschäftigt. Nun ja, es half alles nichts und ich ließ es einfach auf mich zukommen. Unseren Garten hatten wir im vergangenen Jahr auch aufgegeben. Die Besitzerin wollte das Grundstück verkaufen. Wir hätten zwar bis es soweit war, den Garten weiter nutzen können, aber ich wollte nicht Zeit und Geld investieren, im Frühjahr pflanzen und dann womöglich das Pech haben, dass im Sommer alles platt gemacht werden würde. Lisa war fast jedes Wochenende mit dem Volleyballverein unterwegs und ich war jedes Wochenende in Friedrichshafen, so dass wir den Garten am Wochenende fast gar nicht mehr nutzten, und so kündigten wir unseren Vertrag.

Selbst wenn wir beide mehr Zeit gehabt hätten, hätten wir diese sicher nicht gemeinsam im Garten verbracht. Carsten wäre dann sicher auch mit von der Partie gewesen und auf eine Dreierbeziehung in dieser Konstellation hatte ich noch immer keine Lust. Mit Lisa verabredete ich mich gelegentlich an Abenden unter der Woche, Carsten war dann dienstlich unterwegs und kam am Abend nicht nach Hause. Unserer Freundschaft konnte selbst diese schwierige Situation nichts anhaben, wenngleich ich ihr nicht mehr alles erzählen konnte. Für ihre Loyalität hätte ich nach wie vor meine Hand ins Feuer gehalten.

Bald stand auch mein 40. Geburtstag vor der Tür. Die meisten nehmen so einen runden Geburtstag zum Anlass, um eine große Party zu schmeißen.
Ich wollte davon nichts wissen. Meine Eltern kamen, wie

fast jedes Jahr, zu Besuch. Ich lud Lisa und Britta zum Essen ein, das musste reichen.

Am Abend meines Geburtstages erschienen Lisa und Britta pünktlich und wir verließen das Haus, um wie geplant zum "Alten Lokschuppen" zu fahren. Allerdings verband mir Lisa vor der Haustür die Augen und meinte, es gäbe eine kleine Änderung des Plans. Diese Situation erinnerte mich an unsere verbotene Freibadaktion, die genau auf den Tag vor zehn Jahren stattgefunden hatte. Damals ging es auch mit verbundenen Augen an der Haustür los. Ich hatte auf so etwas jetzt eigentlich gar keinen Bock, schon gar nicht in Anwesenheit meiner Eltern! Was blieb mir aber anderes übrig, schließlich wollte ich Britta und Lisa nicht den Spaß verderben. Damals bin ich kopfüber samt Klamotten im Wasser gelandet und war im Anschluss auf die Kleiderspenden meiner Freunde angewiesen, um irgendwie halbwegs trocken zurück nach Hause zu kommen.

Wir fuhren mit dem Auto, wobei ich keine Ahnung hatte, wohin. Mit verbundenen Augen fehlte mir komplett der Orientierungssinn. Schließlich hielten wir an und man befreite mich sogleich von meinem Tuch. Wir befanden uns im Waldbad und vor mir stand ein kleines Partyzelt mit lauter Lichterketten und kleinen Laternen. Die Tische waren bereits gedeckt und es roch lecker nach Grillfleisch. Alle meine Freunde waren erschienen und wollten den Abend mit mir feiern. Ich war überwältigt und nahm Lisa und Britta auch nicht übel, dass sie alle meine

191

Bemühungen, diesen Geburtstag so unauffällig wie möglich zu feiern, total ignorierten. Sie hatten eine super Party organisiert und sich unheimlich viel Mühe gegeben. Es war ein richtig gut gelungener Abend.

Gut zwei Wochen vor diesem Ereignis saß ich mal wieder allein in meinem Wohnzimmer, Niklas war bei seinem Dad und im Fernsehen kam nur Müll. In der Werbung lief der Spot von Partner for Life. Ich bin zwar Keine, die bei einer Schokoladenwerbung Appetit auf etwas Süßes bekommt, aber in diesem Fall habe ich meinen Computer dann doch angeschaltet und mir gedacht, das schau ich mir mal an. Kostenfrei, was soll`s. So eben mal schnell wie in der Werbung angekündigt, ging das schon mal gar nicht, gefühlt habe ich ca. eine Stunde irgendwelche Fragen beantworten müssen, die sich ständig nur mit anderem Wortlaut wiederholten. Das nervte mich schon wieder, aber im Fernsehen kam nichts, also beantwortete ich weiter geduldig Frage für Frage, wenngleich ich mir wie bei einem Psychotest vorkam, in dem sie dreimal dieselbe Frage stellten, um zu prüfen, ob ich die vorhergehenden Male auch die Wahrheit gesagt hatte. Für was das gut sein soll, ich weiß es nicht, denn selbst, wenn man da Unfug hineinschreibt, weiß man doch, was man vor fünf Minuten geschrieben hat. Auch bei meinen persönlichen Eigenschaften werde ich doch, wenn ich mich zunächst als offene, sympathische, humorvolle Person beschreibe, später keine Angaben machen, dass ich zurückgezogen lebe, zum Lachen in den Keller gehe und keiner was mit mir zu tun haben will. Aber gut, irgendeinen Grund wird das Ganze schon haben. Vielleicht braucht man auch eine Vielzahl von Synonymen, um ein gescheites Profilbild zu erstellen. Zu 95% sollte ich auch nur Angaben zu meiner Person machen. Was ich speziell für einen Partner suchte, interessierte die gar nicht. Womöglich bekam ich dann alles, was so ähnlich gestrickt war wie ich, in meinen Posteingang. Etwas wollten sie dann aber doch wissen. Da stand die Frage:

WELCHE ANSPRÜCHE STELLEN SIE AN DAS AUSSEHEN IHRES PARTNERS?

Antwortmöglichkeiten: ist mir nicht so wichtig
durchschnittlich
gut
sehr gut

Oberflächlicher ging es gar nicht mehr und ich schwankte kurz zwischen der vorletzten und der letzten Antwortmöglichkeit und kreuzte schließlich "sehr gut "an. Auch Aussehen ist subjektiv und jeder hat dazu seine eigene Vorstellung. Außerdem übernahm Partner for Life die Suche für mich und ich war schon sehr gespannt, wer sich alles als "sehr gut aussehend" bezeichnen würde. Anschließend lud ich noch zwei Bilder aus meinem Bulgarien Urlaub hoch. Die waren zwar mittlerweile auch zwei Jahre alt, aber ich fand, dass ich mich in den letzten zwei Jahren nicht sonderlich verändert hatte. Wer weiß, wie genau die anderen Mitglieder es mit der Wahrheit nahmen. Größe, Haarfarbe und Gewicht war noch genau so wie vor zwei Jahren.. Hätte ich in den zwei Jahren 10 Kilo zugenommen, hätte ich die Fotos höchstwahrscheinlich nicht ausgewählt. Zum Schluss überprüfte ich noch einmal meine Angaben, betätigte die "senden" Taste und bekam die Mitteilung, dass Partner for Life nun meine Angaben überprüfen und im Anschluss mein Profil frei schalten würde. Also, auf Männersuche konnte ich heute Abend nicht mehr gehen, schaltete den Computer aus und ging ins Bett. Ich war nicht wirklich auf der Suche nach einer Beziehung, nach einem Mann vielleicht schon. Ich musste wohl bis zum nächsten Tag warten.

Am Nachmittag, als Niklas beim Volleyballtraining war, schaute ich neugierig in meinen Posteingang. Partner for Life hatte mein Profil frei geschaltet und war fleißig. Mein Posteingang zählte ca. 100 Partnervorschläge. Die sollten also alle zu mir passen? Ich klickte Kandidat eins an, um mir sein Foto anzuschauen und von wegen kostenfrei, es kam die Nachricht, *„wenn Sie das Foto von "Tom" öffnen möchten, werden Sie Premiummitglied„* eine Kostenaufstellung befand sich gleich im Anhang. Davon war im Werbespot nicht die Rede. Das Geschäftsmodell funktionierte hervorragend, davon war ich überzeugt, bei Frauen wie bei Männern, die vermutlich noch mehr durch Optik gesteuert sind. Selbstverständlich war ich neugierig, wer denn die 100 Prinzen waren und vor allem, wie sie aussahen. Ich entschloss mich daher für eine Premiummitgliedschaft für sechs Monate. Der Preis, ich glaube es waren 160 Euro für ein halbes Jahr, nenne ich eine stolze Summe. Aber schließlich kommt es doch darauf an, was man daraus macht. Der Eine lernt in dieser Zeit seine Traumfrau beziehungsweise Traummann kennen, der Andere nutzt diese Zeit für unzählige, unkomplizierte Dates und hat einfach Spaß. Es gibt Leute, die bringen diese Summe an einem Abend beim Fortgehen durch. Ich würde diese Leistung das nächste halbe Jahr in Anspruch nehmen und somit die nächste Zeit sicher keine Langeweile haben, sollte ich mal wieder am Abend zu Hause sitzen. Man hätte auch eine Mitgliedschaft von nur einem Monat buchen können, aber ich ging davon aus, dass die Suche sicher länger dauern würde. Oder man müsste sich mit mehreren Herren parallel treffen. Auf gar keinen Fall wollte ich die 1000 Fragen noch einmal beantworten. Nachdem ich Partner for Life per Mausklick mitgeteilt hatte, dass ich eine Premiummmitgliedschaft wünschte, ließ sich sofort das Foto öffnen. Ich schaute mir ein paar Kandidaten an. Wie das halt so ist, wenn das Angebot so groß ist, zappt man sich da recht arrogant durch. Ich hatte gar keine Zeit mehr, ich musste meinen Sohn vom Training abholen. Später, wenn er im Bett wäre, würde ich noch einmal genauer schauen. Gesagt, getan, nach dem Abendessen schauten wir noch gemeinsam einen Film, dann schickte ich Niklas in sein Zimmer, denn er musste sich noch für den Unterricht am folgenden Tag vorbereiten. Das tat er immer, bevor er schlafen ging. Jetzt konnte ich in Ruhe meine Vorschläge anschauen. Es war noch viel besser, denn in der

Zwischenzeit hatten wohl auch einige Herren mein Profil in ihrem Posteingang erhalten, wurden sofort aktiv und sandten mir eine Nachricht. Wie praktisch, jetzt konnte ich mich erst einmal entspannt zurücklehnen und schauen, wer denn an meiner Person Interesse zeigte. Ich fand das sehr praktisch und ersparte mir Eröffnungszeilen wie:

Hallo Tanzbär,
habe Dein Profil in meinem Posteingang gefunden. Finde Deine Hobbys interessant. Wäre schön, mehr von Dir zu lesen.
LG
Barbie

So oder so ähnlich wäre es wahrscheinlich nichts geworden mit dem Kennen lernen. Da musste man kreativer werden, aber ich war in der vorteilhaften Situation, zunächst nur Mails beantworten zu müssen, falls mich einer der Herren ansprechen würde. Beim Durchzappen der Posteingänge erschloss sich mir das Prinzip der Auswahl beziehungsweise der Vorschläge nicht. Vielleicht war die Tatsache, dass ein Mann im Umkreis von 100 km zu meinem Wohnort lebte, schon als Auswahlkriterium ausreichend, um in meinem Posteingang zu landen, plus 100 km Kulanz, damit sich die Auswahl noch einmal erhöhte.
Ich schaute mir meine Nachrichten an. Ein paar Mails waren ganz nett geschrieben, bei Nummer 10 musste ich

schmunzeln, er hatte mir folgende Nachricht hinterlassen:

Hallo Anna,

ich hatte die Hoffnung bereits aufgegeben. Aber heute öffnete ich Dein Foto in meinem Postkasten, was mich gleich zu dieser Antwort bewogen hat. Sicherlich werden in Kürze zahlreiche Mails bei Dir eingehen, und ich hoffe, ich habe das Glück unter den ersten zu sein, so dass Du meine Nachricht noch liest und vielleicht auch beantwortest. Ich würde mich sehr freuen.
LG Ralf

Ich antwortete:

Lieber Ralf,

ich bin gerade dabei, meine ersten Vorschläge genauer unter die Lupe zu nehmen. Deiner Nachricht entnehme ich, dass das wohl sehr viel Zeit in Anspruch nimmt, und nicht viel dabei herauskommt. Zu diesem Schluss bist Du offensichtlich schon gekommen. Ich schlage daher vor, wir sollten unsere Profile nochmals überarbeiten, um die Auswahl auf unsere tatsächlichen Wünsche zu beschränken. Gerne kannst Du mich auf dem Laufenden halten.
Bis dahin
LG
Anna

Bereits am nächsten Abend hatte ich eine Antwort in meinem Posteingang.

Hallo Anna,

habe mich sehr über Deine Nachricht gefreut. Vielleicht kann ich mir die Überarbeitung des Profils sparen, wenn ich bereits gefunden habe, wonach ich suchte.

LG Ralf

Der Smalltalk ging etwa noch zwei Tage hin und her, dann schickte er mir seine Telefonnummer und meinte, ich könnte ihn ja mal anrufen. Sauber eingefädelt, jetzt hatte ich den Spielball in der Hand. Am Freitagabend übernachtete Niklas bei seinem Freund und ich hatte die Möglichkeit, anzurufen.

Ich kannte sein Profilfoto, aber wenn man jemanden nicht persönlich kennt, sondern nur ein Foto hat, projiziert man doch bestimmte Vorstellungen in diese Person hinein. Am Freitagabend so gegen 19 Uhr griff ich zum Telefonhörer und wählte die Nummer, die er mir mitgeteilt hatte. Der Anrufbeantworter schaltete sich ein und ich war von der Stimme auf dem Band so irritiert, dass ich gleich wieder auflegte. In meiner Vorstellung hätte der Mann auf dem Foto eine viel tiefere Stimme haben müssen. Mich jetzt aber gar nicht zu melden, war feige und ich probierte es nach ein paar Minuten erneut. Diesmal erreichte ich ihn. Ralf freute sich sehr über meinen Anruf und wir plauderten eine ganze Weile. Im Hintergrund hörte ich Hunde bellen.

Er sagte, es wären die Hunde des Nachbarn, was natürlich gelogen war. Als ich ihm erzählte, dass ich auch einen Hund hätte und es mir egal sei, ob jemand einen oder zwei Hunde hatte, gab er zu, dass es seine Hunde waren. Wir telefonierten die nächsten Tage öfter und dann machte er den Vorschlag, dass wir uns bei Gelegenheit treffen könnten, denn von wochenlangem Telefonieren halte er nicht so viel, er wüsste gerne, mit wem er es denn nun zu tun hätte. Er würde selner Gesprächspartnerin lieber gegenüber sitzen. Wenn es nach mir gegangen wäre, hätte ich die Sache schon noch gerne eine gute Woche nach hinten geschoben, denn dann wäre mein Kind wieder bei Oma und Opa in den Ferien gewesen und ich hätte ganz viel Zeit für das Kennen lernen gehabt. Ralf machte aber nicht den Eindruck, dass er sich gerne hinhalten ließ. Also verabredeten wir uns für den kommenden Mittwoch. Nun musste ich meinem Kind noch klar machen, dass ich ein Date hatte. Niklas war zu diesem Zeitpunkt mit seinen 12 Jahren in einem Alter, wo ich ihm ohne große Umwege oder Geschichten sagen konnte, was ich vor hatte.

Er reagierte ziemlich gelassen und wollte zum Essen mitkommen und schauen, ob das auch ein gescheiter Mann für mich wäre. Ich sagte, das lassen wir lieber, wir wollen unser Date nicht gleich überfordern. Sicher ist er eh schon aufgeregt genug und wenn er sich dann gleich vor zwei Personen behaupten müßte, wäre das ganz schön hart. Das sah Niklas ein und wünschte mir viel Spaß beim Essen. Als er allerdings mitbekam, dass wir in sein

Lieblingslokal gehen würden, war er ein wenig sauer. Ich erklärte ihm, dass es noch eine Menge Gelegenheiten geben würde, in seinem Lieblingsrestaurant zu essen. Wir verabredeten uns für 20.00 Uhr. Auch Ralf war es offensichtlich egal, dass er für sein erstes Date 150 km fahren musste. Ich ließ das Mittwochstraining sausen und machte mich stattdessen für mein Date zurecht. Der Tag war heiß und ich entschied mich für meine Lieblingsjeans und ein Top. Zur Sicherheit nahm ich noch eine leichte Jacke mit. Schließlich konnte ich nicht wissen, wie lang der Abend werden würde. Niklas segnete mein Outfit mit der Bemerkung "siehst gut aus" ab und ich machte mich auf den Weg. Das Lokal befand sich gleich bei mir um die Ecke. Als ich etwa 10 Meter entfernt war, bog ein dunkler Wagen ums Eck, parkte und Ralf kam beschwingt über die Straße gelaufen. Er lächelte und wirkte sympathisch. Er begrüßte mich herzlich und wir betraten gemeinsam das Lokal. Es gab dort malaysische Spezialitäten, für meinen Geschmack viel leckerer als beim Chinesen und die Ente war einfach der Hammer. Zur Begrüßung gab es immer einen Cocktail des Hauses. Ralf nahm noch eine Suppe als Vorspeise und dann bestellten wir den Hauptgang zusammen mit einer guten Flasche Wein. Wir unterhielten uns sehr angeregt und bald waren wir wieder die letzten Gäste. Ralf machte keine Anstalten, nach Hause fahren zu wollen, stattdessen fragte er mich, wo man hier noch einen Kaffee oder einen Cocktail trinken könnte. Ich antwortete, dafür müssten wir in die Stadt fahren, doch er wollte lieber zu Fuß gehen. „Zu Fuß gehen wir sicher eine gute halbe

Stunde und anschließend brauchen wir genau so lange wieder zurück," wandte ich ein. Das schien ihn nicht abzuschrecken, er meinte, das Wetter wäre so schön und der Fußmarsch mache ihm nichts aus. Also gut, antwortete ich, mir ist es Recht, gehen wir zu Fuß. Ich war mir sicher, dass er spätestens beim Rückweg stöhnen würde, weil er die Strecke unterschätzt hatte. In der Fußgängerzone bekamen wir einen gemütlichen Tisch im Kir Royal, ich bestellte mir eine Pina Colada und er bestellte sich einen antialkoholischen Cocktail. Wir plauderten munter weiter und inzwischen wusste ich, dass er vier Kinder hatte. Die Älteste war schon ausgezogen, ein Mädchen wohnte bei der Mutter und die beiden Buben lebten bei ihm auf dem Hof. Der Job, den er bei Partner for Life angegeben hatte, war nur sein Nebenjob. Die beiden Hunde Rocco und Molly, ein Schäferhund und ein Bordercollie, waren seine Hunde und im Hauptberuf war er Landwirt. Offensichtlich schreckte das viele Damen ab und er gab daher immer an, er sei Außendienstvertreter, was nicht gelogen war. Ich betrachtete seine Hände, die picobello gepflegt waren. Sein Äußeres ließ so gar nicht auf einen Bauern schließen. Das Wort "Bauer" wird ja oft als Schimpfwort missbraucht für jemanden, der sich grob und ungehobelt benimmt. Diesen Eindruck vermittelte er mir ganz und gar nicht. Vielleicht war es das, was mich so neugierig machte. Er war sehr unterhaltsam, lächelte die meiste Zeit und machte auf mich einen zufriedenen Eindruck. Seine Stimme, die mich beim ersten Anruf irritierte, empfand ich jetzt als äußerst angenehm. Im

Nachhinein fragte ich mich, was mich daran gestört hatte? Nun, es war wohl so, dass er auf dem Profilfoto kräftiger wirkte, als er tatsächlich war und daher meinte ich, er müsste automatisch eine tiefere Stimme haben, was natürlich völliger Quatsch war. Es wurde wieder spät und wir zahlten, schließlich mussten wir noch ein ganzes Stück nach Hause laufen. Ich schaute lieber nicht so genau auf die Uhr, denn diesmal musste ich am anderen Tag arbeiten, aber das war mir im Moment egal, ich genoss den Abend. Eine knappe halbe Stunde später waren wir an seinem Auto und verabschiedeten uns. Er bedankte sich für den schönen Abend und machte sich auf den Heimweg.

Ich ging auf direktem Weg ins Bett, denn ich musste sehr früh raus.

Nachdem mein Wecker viel zu früh geklingelt hatte, stand ich auf und machte mich für die Arbeit fertig. Ich riskierte einen Blick auf mein Handy und hatte tatsächlich eine Nachricht.

Guten Morgen Anna,

ich hoffe, Du hast gut geschlafen, viel Zeit dafür hattest Du ja nicht! Ich wollte Dir noch einmal sagen, wie schön ich den gestrigen Abend fand und könnte mir vorstellen, noch viele weitere mit Dir folgen zu lassen. Ich weiß ja nicht, wie Du die Sache siehst, aber mich hast Du ziemlich beeindruckt.

Lieben Gruß und einen schönen Tag wünscht Dir
Ralf

So kann ein neuer Tag beginnen, ich war bestens gelaunt und weckte zunächst erst einmal Niklas. Der hatte seinen letzten Schultag, bevor die großen Sommerferien begannen. Nachdem ich ihn endlich aus dem Bett hatte, wollte er natürlich gleich wissen, wie mein gestriges Date verlaufen war. Dass wir beim Malaysier essen waren, wusste er ja bereits. Ich erzählte ihm ein paar Dinge über Ralf, die ich erfahren hatte, dass wir anschließend noch auf einen Drink in der Stadt waren und ich ihn sehr sympathisch fand. Dass mir außerdem zwei, drei Bekannte über den Weg gelaufen waren, mit drei riesigen Fragezeichen im Gesicht, mit wem ich denn da unterwegs wäre und dass ich bereits eine SMS von Ralf erhalten hatte, in der stand, dass auch er den Abend schön fand. Mein Sohn grinste sich eins und wünschte mir viel Glück. Dann mussten wir auch schon los, wenn wir noch einen Parkplatz vor der Firma bekommen wollten. Bei der Arbeit war eine Menge los, seit Wochen baute ich Überstunden auf und sehnte mich nach meinem Urlaub, der leider storniert war. In der Mittagspause beantwortete ich die SMS von Ralf.

Hallo Ralf,
danke für Deine lieben Worte heute Morgen. Hab mich
sehr gefreut. Auch von meiner Seite her können wir gerne

wieder gemeinsam etwas unternehmen. Hast Du einen
Vorschlag?
LG Anna

Kurze Zeit später kam die Antwort:

Hallo Anna,
ich lass mir etwas einfallen, ich ruf Dich heute Abend an.
GLG Ralf

Am Abend mussten wir noch Koffer packen, denn der Sommerbesuch bei Oma und Opa stand wieder einmal bevor. Carsten hatte sich bereit erklärt, unser Kind am Samstagmorgen zu seinen Eltern zu bringen. Die erste Ferienwoche verbrachte er dort, anschließend holten ihn meine Eltern ab und er verbrachte die zweite Woche bei ihnen.

Im laufe der Jahre ist unser Verhältnis wieder entspannter geworden. Zum einem lief die Beziehung zwischen Carsten und Lisa sehr gut, so dass er keinen Grund hatte schlecht gelaunt bei mir aufzutauchen. Zum anderen hatte auch ich die letzten Jahre genügend Zeit die Trennung zu verarbeiten und hinter mir zu lassen. Sogar meine Mutter, die ihm die Trennung sehr übel genommen hatte, lädt ihn mittlerweile wieder auf ein Bier in ihre Wohnung ein, wenn er Niklas zu ihnen bringt.

Im Anschluss hatte auch ich dann endlich Urlaub und da wir nun nichts mehr gebucht hatten, wollte ich gemeinsam mit Niklas eine Woche zu meiner Schwester und ihrer Familie fahren. Da war es praktisch, dass mein Sohn schon in Sachsen war, denn von dort aus war der Weg nicht ganz so weit und meine Eltern freuten sich auch, dass ich mich mal wieder bei ihnen blicken ließ. Gewaschen war schon alles, es mussten nur noch ein paar Teile gebügelt werden und dann ab in den Koffer damit. Das wichtigste waren eh die Wohlfühljogginghosen für daheim.

Wir hatten es uns gerade vor dem Fernseher gemütlich gemacht, als mein Handy klingelte. Ralf wollte wissen, ob ich am Samstagabend schon etwas vorhatte. Ich verneinte und er schlug ein Picknick vor, da das Wetter schön werden sollte. Eine gute Idee so fand ich, und überlegte, wann ich das letzte Mal ein Picknick gemacht hatte, mit ein paar Freunden und unseren Kindern vielleicht mal im Bad, aber in Form von einem Date noch nie. Er fragte, ob ich einen Picknickkorb hätte und ein paar Sachen besorgen könnte, er bringe die Decke mit. "Na, klar", antwortete ich, "ich besorge etwas und wir treffen uns am Samstag." "Super, ich freu mich," antwortete er, "dann bis Samstag, ich hole Dich ab."

Ich legte auf und sagte, "wir haben überhaupt keinen Picknickkorb!" Niklas grinste und meinte, "Du hast doch noch den ganzen Samstag Zeit, einen zu kaufen."

Wir schauten jetzt erst mal unseren Film und genossen unseren letzten gemeinsamen Abend für die nächsten zwei Wochen.

Am Morgen, wir waren gerade mit dem Frühstück fertig,

klingelte es an der Tür. Carsten war wie immer pünktlich. Er wollte Niklas abholen. Sie wollten keine Zeit verlieren und fuhren gleich los.

Ich hatte jetzt Zeit, einen Picknickkorb zu kaufen und machte mich gleich auf in die Stadt. Ich hatte keine Ahnung, wo ich so ein Teil bekam oder was so etwas kosten würde. Ich schaute in mehreren Läden, dort gab es auch Körbe, aber die waren so riesig, dass man für sechs Personen oder mehr Sachen einpacken könnte und wir waren gerade mal zu zweit und wenn der Korb nur viertel voll war, sah das komisch aus. Nach einer Weile hatte ich schließlich etwas Passendes gefunden. Zwar keinen richtigen Picknickkorb sondern ein kleines Körbchen, zweifarbig geflochten. Mit Servietten ausgelegt und den Inhalt schön dekoriert, für meinen Zweck durchaus tauglich.

Als nächstes stellte sich die Frage, was packe ich denn da hinein? Ich hatte keine Ahnung, was Männer bei einem Picknick essen. Also kaufte ich nach Gefühl ein und nahm eine kleine Salami, Pfefferbeißer, ein kleines Brot, Käse, Weintrauben, Radieschen, Hackfleisch für Fleischpflanzerl, eine Flasche Wein und ein paar Zutaten mit, um einen Kartoffelsalat zu machen. Zuhause bereitete ich die Sachen vor.
Plötzlich klingelte mein Handy. Es war Ralf und er wollte wissen, ob ich heute Abend Pepper mit zum Picknick nehmen würde oder nicht. Darüber hatte ich mir noch gar

keine Gedanken gemacht, aber ich sagte, wohl eher nicht. Beim Picknick, bei dem wir hauptsächlich nur herumsitzen und die ganzen leckeren Sachen auf dem Boden stehen, wäre es für ihn wohl nur eine Qual, wenn er davon nichts bekäme. Ich fragte aber trotzdem, warum er das wissen müsse? Er antwortete, für den Fall, dass der Hund nicht mitkommen würde, könnte er den kleinen Wagen nehmen. Ich verstand zwar die Frage nicht, denn mein Hund, egal, ob nun ein großes oder ein kleines Auto, passte überall hinein. "Hast eigentlich Recht," antwortete er, "also dann bis später."

Ich ging mit Pepper noch eine große Runde spazieren und anschließend nahm ich ein gemütliches Bad. Dann musste ich mich auch schon fertig machen. Ich packte die Sachen in das Körbchen, zusätzlich nahm ich noch Gläser, ein Brettchen, Servietten und Besteck mit und schon klingelte es an der Tür. Ich nahm meinen Korb und ging nach unten. Jetzt traute ich meinen Augen nicht und verstand nun auch die Frage mit dem Auto. Er stand vor der Tür mit einem strahlend weißen Hemd, Jeans und Sonnenbrille und neben ihm ein silbernes Sport-Cabrio. Hätte er mich so beispielsweise in der Stadt angesprochen, ich glaub, er hätte keine Chance gehabt. Leuten, die solche Autos fahren und ihren besten Zwirn zur Schau stellen, wird nachgesagt, dass sie die meiste Zeit nur mit sich selbst beschäftigt sind. Ihre Hauptaufgabe besteht einzig und allein darin, gut auszusehen. Konfrontiert man sie mit einem Problem, sind sie schnell überfordert. Nun waren wir aber verabredet, und somit konnte ich ihn nicht einfach stehen lassen, also nahm ich mein Körbchen und ging zu ihm. Er öffnete die Kofferhaube und holte eine rote, langstielige Rose heraus. Ich kam mir vor wie in einem alten Kitschroman, aber ich fand es trotzdem süß, und mal ehrlich, welche Frau freut sich nicht über rote Rosen? Wir stiegen in sein Cabrio und er fragte mich, wohin wir denn jetzt fahren wollten. Ich schlug einen See vor, aber als wir ankamen, standen dort eine Menge Baufahrzeuge. Es war also kein romantisches Plätzchen und so fuhren wir weiter zum Türkisen Weiher, den mir eine Kollegin empfohlen hatte, umrundeten diesen mit dem Auto, aber fanden kein sonniges Plätzchen, um unser Picknick abzuhalten. Es kam ein Parkplatz, den wir ansteuerten und eine Damen-Walkergruppe kam uns entgegen. "Die sind sicher ortskundig", meinte Ralf und fragte die Damen ganz charmant, ob sie nicht ein gemütliches Plätzchen am See wüssten, wo man picknicken könnte. Die Chefin der Gruppe antwortete ganz empört, dass der ganze See unter Naturschutz stünde. Sie glaubte offensichtlich nicht an unser Picknick und dachte, wir hätten wohl ganz andere Sachen im Sinn. Es blieb uns also nichts Anderes übrig, als selbst weiter zu suchen. Wir verließen den See und kamen an einer riesigen Blumenwiese vorbei. Ralf bog in den schmalen Weg ein. Ich machte ihn darauf aufmerksam, dass hier die Zufahrt nur für landwirtschaftlichen Verkehr zulässig sei und er entgegnete, "dann ist ja alles in Ordnung, ich bin ja Landwirt und somit ist die Durchfahrt für uns frei." Er parkte das Auto und gemeinsam suchten wir ein gemütliches

Plätzchen. Ich machte mir zwar etwas Sorgen wegen der Zecken, aber ich wollte auch nicht gleich zickig rüber kommen. Ich packte mein Körbchen aus und Ralf öffnete die Flasche Wein. Wir stießen an und probierten die Sachen aus meinem Picknickkorb. Er sah mich die ganze Zeit an und hatte etwas unbeschreiblich Liebevolles in seinem Blick. Liebevoll, aber nicht zu verwechseln mit lieb, nett, langweilig, denn ein Langweiler war er in meinen Augen überhaupt nicht und wie ich meine Gedanken noch gar nicht richtig zu Ende gebracht hatte, beugte er sich zu mir herüber und küsste mich. Das kam für mich völlig unerwartet, aber es fühlte sich gut an, ziemlich gut sogar und schlug alle Rekorde bezüglich des forschen Vorgehens.

Später meinte er, er hätte jetzt einfach wissen müssen, was passieren würde Schlimmstenfalls hätte er eine Ohrfeige riskiert und wäre wieder nach Hause gefahren. Aber das war ihm die Sache wert, frei nach dem Motto, wer wagt, gewinnt. Wir nahmen noch einen Schluck Wein und bemerkten ein Mofa, das die Straße entlang fuhr. Der Fahrer sah ziemlich interessiert zu uns herüber. Wir genossen das herrliche Wetter und innerhalb kürzester Zeit gab es ziemlich viel Bewegung auf dem kleinen Feldweg. Es sah so aus, als ob der neugierige Mofafahrer ins Dorf gefahren wäre und erzählt hätte, dass es auf der Wiese am Waldrand etwas Interessantes zu sehen gäbe. Wir störten uns nicht daran. Höchstwahrscheinlich war noch nie zuvor so viel Verkehr auf dem kleinen Feldweg wie an diesem Abend. Gegen 21 Uhr packten wir unsere

Sachen zusammen und fuhren noch auf einen Drink in die Stadt.

Wir plauderten, genossen die Zeit zu zweit und mittlerweile war es weit nach Mitternacht, die Lokale wollten bereits schließen.

Ralf fuhr mich nach Hause und die Verabschiedungszeremonie zog sich ziemlich in die Länge. Insgeheim wollte ich ihn auch gar nicht fahren lassen. Die Sache zog sich, bis ich ihm schließlich anbot, bei mir zu übernachten, denn mittlerweile war es nach 2.00 Uhr und er hätte noch eine beträchtliche Strecke zum Fahren gehabt. Er grinste spitzbübisch und meinte, wenn er jetzt mit hinaufginge, könne er für sich nicht mehr die Hand ins Feuer legen. Das war mir das Risiko wert, ich öffnete noch eine Flasche Rotwein und ließ den Dingen ihren Lauf. An diesem Abend ist es sehr spät geworden, man könnte auch sagen, es wurde sehr früh, aber es war perfekt, zumindest für mich und ich hatte mich ein wenig verliebt in den Sonnyboy mit Sportwagen vom Lande.

Jetzt war ich aber kein Mensch, der seine Gefühle auf dem Präsentierteller trug, ein bisschen Spannung sollte schon sein, schließlich kann man nach zwei Treffen noch nicht von Liebe sprechen, zumal er sich beide Male von unterschiedlichen Seiten gezeigt hatte. Zumindest würde die Sache spannend bleiben. Er verabschiedete sich am Sonntagmorgen mit den Worten: "Ich möchte Dich wieder sehen," Zum Abschied gab er mir noch einen zärtlichen Kuss, dann verließ er das Haus. Ich ging kurze Zeit später mit Pepper hinaus. Ich musste meine Gedanken erst einmal sortieren und das Geschehene verarbeiten.

Mit Sicherheit gibt es Frauen, die viel mehr Männer kennen gelernt haben als ich, aber man muss nicht mit vielen Männern zusammen sein, um sich ein Bild von der Männerwelt machen zu können. Die meisten Männer verkörperten einen Männertyp, beispielsweise entweder Macho oder verantwortungsvoller Familienvater. Nun, wie schon gesagt, nach zwei Treffen kann man noch keine Analyse machen, aber so viel konnte ich mit Sicherheit sagen, auch in ihm steckte auf alle Fälle ein bisschen Macho, aber auch noch eine ganze Menge mehr, da war ich mir sicher.

Die darauf folgende Woche verging relativ schnell. Ich freute mich auf Freitag, denn Ralf hatte mich zu sich nach Hause eingeladen. Ich war ziemlich aufgeregt, denn bei ihm waren zwei Kinder daheim, deren schonungsloser Beurteilung ich ausgeliefert sein würde, plus dann noch seine beiden Hunde. Nicht, dass ich Angst vor Hunden hätte, ich befürchtete nur, dass sein Schäferhund keinen zweiten Rüden auf dem Hof dulden würde. Mit seinem Bordercollie sah ich kein Problem, das sind in der Regel gesellige Tiere, die immer für ein Abenteuer zu haben sind.

Ich fuhr also gemeinsam mit Pepper am Freitag gegen 15.30 Uhr mit einer ziemlich genauen Wegbeschreibung los. Es gab keine Probleme, den ausgemachten Treffpunkt zu finden. Ich war wohl etwas zu früh, denn als ich ihn anrief, stand er gerade unter der Dusche. Ich solle mich noch zehn Minuten gedulden, er wäre gleich da. Zehn

211

Minuten waren auch wirklich nur 10 Minuten und schon bog sein Volvo auf den Parkplatz ein. Er begrüßte mich sehr liebevoll und da wir am Parkplatz vor dem Edeka standen, kauften wir noch schnell ein paar Sachen fürs Wochenende ein. Ich war mir nicht sicher, ob es nur Einbildung war, aber in diesem Edeka-Markt fühlte ich mich von allen Seiten beobachtet. Wir verließen den Markt und ich folgte ihm bis zu seinem Haus. Ich parkte mein Auto und ließ Pepper hinaus.

Ich war darauf gefasst, dass mir jetzt ein unangenehmer Schweinduft entgegenkommen würde, denn inzwischen hatte ich erfahren, dass Ralf "Schweinebauer" war, aber zu meiner Verwunderung roch ich nichts, gar nichts. Stattdessen kam seine Bordercolliehündin sofort schwanzwedelnd auf uns zu, um uns zu begrüßen. Von ihr ging also keine Gefahr aus. Den Schäferhund hatte er vorsichtshalber für eine kurze Zeit im Stall eingesperrt. Wir gingen zunächst auf die Straße, um auf neutralem Boden zu sein, wenn er den Schäferhund dazu holen würde. Ich hatte etwas Angst, denn erstens hatten wir mit Schäferhunden schon verdammt schlechte Erfahrungen gemacht und zweitens könnte ich für den Fall, dass es nicht funktionierte, gleich wieder nach Hause fahren und meine Romanze wäre vorbei, bevor sie richtig angefangen hatte. Auf einen Anruf von Ralf ließ sein ältester Sohn den Schäferhund hinaus, der wie erwartet auch gleich den Weg zu uns hinauf lief. Ich war ziemlich angespannt und der Hund kam schnell auf uns zu. Als er bei uns war, tänzelte er zwar um uns herum, begrüßte mich aber und ließ sich von mir anfassen. Er knurrte nicht und machte auch sonst keinerlei Anstalten, dass die Stimmung gleich kippen könnte. Er war etwas aufgeregt, aber das konnte man ihm nicht verdenken. Wir gingen also gemeinsam mit den Hunden eine Runde spazieren, damit sie sich ein wenig kennen lernen konnten. Es verlief alles ruhig und wir durften anschließend auch den Hof betreten, ohne das Rocco uns sein Revier streitig machte. Für den Anfang war das ja nicht schlecht. Mit Sicherheit musste man immer ein Auge darauf haben, aber der erste Schritt war getan. Wir gingen ins Haus und dort wartete bereits sein jüngerer Sohn Hannes auf uns. Nachdem Ralf von mir wissen wollte, ob ich am Abend lieber Essen gehen wollte oder wir heute daheim bleiben sollten, gab er seinem Jüngsten die Anweisung mit dem Abendessen zu beginnen. Ich fand das total komisch, von einem Kind bekocht zu werden.

Hannes war ein Jahr jünger als Niklas, der ja auch schon für mich gekocht hatte, aber nur aus Spaß weil er einfach Lust dazu hatte und nicht, weil es zu seinen Aufgaben gehörte.

Wie sich später herausstellte, waren die Rollen in diesem Männerhaushalt klar verteilt. Ich ging ihm ein bisschen zur Hand, um nicht gar so blöd herumzustehen und Hannes war sehr gesprächig. Allerdings hatte ich so meine Mühe, auch zu verstehen, was er sagte. Das würde wohl noch einiges an Übung benötigen. Es gab selbst gemachte Pizza mit Salat und für uns Erwachsene einen Rotwein, den wir zuvor im Supermarkt gekauft hatten. Nach dem Abendessen zeigte Ralf mir den Hof und ich musste schmunzeln, als ich daran dachte, dass er bei unserem ersten Telefonat gesagt hatte, dass die Hunde, die ich im Hintergrund hörte, von seinem Nachbarn waren. Ich schätzte mal zu meiner rechten und zu meiner linken Seite, der nächste Nachbar befand sich mindestens 500 Meter entfernt. "Ja", meinte er, "ich konnte nicht wissen, wie Du zu Hunden stehst, und wollte mir nicht gleich alles versauen!" Der Hof war sehr ordentlich und sauber. Im Anschluss zogen wir mit der angefangenen Flasche Wein auf die Terrasse, auf die jetzt die Abendsonne schien und genossen den wunderschönen Sommerabend, bevor eine ebenso schöne Nacht auf uns wartete. Samstagvormittag erledigten wir nach dem Frühstück den Wochenendeinkauf und am Nachmittag unternahmen wir einen Stadtbummel. Am späten Nachmittag musste er wieder nach Hause, um seine Tiere zu versorgen. Die beiden Jungs halfen ihm dabei. Am Abend hatte Ralf einen Tisch bei dem kleinsten Italiener der Stadt reserviert. Ein winziges Lokal mit höchstens fünf Tischen. Hier wurde alles vom Chef persönlich erledigt. Er nahm die Bestellung auf, brachte die Getränke und kochte dann ganz individuell nach unseren Wünschen. Bei Kerzenschein ließen wir uns von Luigi verwöhnen. Im Anschluss gingen wir zu Fuß in die nahe gelegene Fußgängerzone, um noch einen Cocktail zu trinken.

Die Zeit verging viel zu schnell und eigentlich wollte ich am Sonntagnachmittag wieder nach Hause fahren. Das

Wetter war immer noch schön und wir befanden uns gerade auf einem kleinen Ausflug mit dem Cabrio. Ralf wollte mir die Gegend zeigen, da meinte er plötzlich, wenn ich nicht heute schon nach Hause müsste, am Abend wäre im Park noch ein Sommerkonzert. Ich überlegte kurz, zwingend nach Hause musste ich nicht, denn da war eh keiner und wenn ich am Montagmorgen vor der Arbeit noch kurz nach Hause fahren würde, um mich umzuziehen, warum eigentlich nicht. Auch wollte ich überhaupt nicht nach Hause fahren, denn so wohl wie bei Ralf hatte ich mich schon lange nicht mehr gefühlt.

So fuhren wir am Abend noch einmal in die nahegelegene Stadt zum Konzert. Es war ein sehr romantischer Abend und schöner Ausklang für mein Wochenende.

In der darauf folgenden Woche telefonierten wir jeden Tag und Ralf hatte schon vorher erwähnt, dass am kommenden Wochenende ein Hoffest bei ihm stattfinden würde. Ich konnte mir nicht viel darunter vorstellen, ich hielt es für ein etwas größeres Grillfest. Leider würde ich nicht kommen können, da ich zu meiner Schwester fuhr.

Am Telefon fragte er mich noch einmal genau, wann ich denn zu meinen Eltern und wann zu meiner Schwester fahren würde. Ich antwortete ihm, dass ich Samstag zu meinen Eltern fahren würde, wo Niklas gerade Ferien machte und es dann Sonntag weiter zu meiner Schwester gehen würde. "Na, das ist doch super", entgegnete er, "dann kannst Du ja am Freitag zu meinem Hoffest kommen. Ich würde mich riesig freuen.

Ich überlegte, ich würde zwar die nächsten Tage eine halbe Weltreise machen, aber wenn ihm so viel daran lag, wollte ich ihm den Wunsch nicht abschlagen. Danach hatte ich Urlaub und konnte mich tagelang entspannen.

Als nächstes fragte er schon etwas zaghafter, ob ich ihm dann vielleicht auch ein bisschen bei den Vorbereitungen helfen könnte, er dachte da an die Dekoration, denn von solchen Sachen verstünden er und seine Jungs nicht so viel. Ich versicherte ihm, das sei kein Problem, ich würde die Sachen besorgen und da ich Freitag frei hatte, würde ich sie bereits am Donnerstag mitbringen, vorausgesetzt, er hätte nichts dagegen. Er erwiderte, das sei ihm Recht, denn je eher ich bei ihm wäre, desto besser.

So machte ich mich gleich am nächsten Nachmittag auf, um ein paar Dinge für die Party zu besorgen. Im Restposten Markt wurde ich gleich fündig und erwarb sehr günstig Papiertischdecken, passende Servietten, Kerzen und Einweggeschirr. Hätte ich die Sachen in einer Drogerie kaufen müssen, hätte mich das ein Vermögen gekostet, aber so konnte ich noch ein paar zusätzliche Deko-Artikel mitnehmen. Mittlerweile hatte ich auch erfahren, dass zu seinem vermeintlichen Grillfest ca.100 Personen eingeladen waren, das war ein Zeichen, dass die Leute ihn offensichtlich mochten, sonst würden doch nicht so viele seiner Einladung folgen. Donnerstagabend packte ich alles in mein Auto, besser gesagt, die Partysachen waren schon eingepackt, aber meine Reisetasche und was ich sonst noch für meinen Urlaub benötigte, stellte ich noch dazu.

Am Abend folgte noch eine Besichtigung der Partylocation. Er hatte mir die Halle zwar bei der Hofbesichtigung schon einmal gezeigt, aber jetzt, da ich sie dekorieren sollte, fiel mir erst auf, wie groß sie eigentlich war.

Am Morgen, als wir gerade vom Bäcker die bestellten Brötchen holten, lief uns Ralfs Bruder mit seiner Frau über den Weg. Sie fragte mich in ihrem tiefsten Niederbayerisch, von wieviel Kilo Kartoffeln sie denn einen Salat machen solle, den ihr Schwager **a gschafft hot**. Auf Hochdeutsch, Ralf hatte seine Schwägerin gebeten einen Kartoffelsalat für das Hoffest zu machen.

Ich war etwas ratlos, denn A hatte ich noch nie Kartoffelsalat nach Kilos gemacht und B wusste ich nicht, wem Ralf vielleicht noch etwas **angeschafft** hatte. Daher sagte ich ihr, sie solle doch einfach mal zwei Schüsseln voll machen. Im Auto lachte Ralf, der wohl meinen verwirrten Gesichtsausdruck bemerkt hatte und meinte: " Mei, so ist die Martina, ziemlich rau und direkt, aber ganz a lieber Kerl." Wir fuhren heim, schließlich hatten wir noch eine Menge vorzubereiten. Gegen Mittag ging ich mit Pepper eine Runde spazieren, ihn im Hof alleine laufen zu lassen, war mir zu gefährlich. Wir liefen die Straße hoch und wollten gerade Richtung Wald einbiegen, da kam uns ein frei laufender Hund entgegen und ich ahnte, was passieren musste. Ich löste Pepper von der Leine, damit uns nicht dasselbe passierte, wie damals mit dem Boxer. Es gab ein kurzes Gerangel und der Hund war wieder fort. Natürlich hatte die unfreiwillige Begegnung Folgen, denn

217

mein Hund blutete auf der rechten Seite. Wir liefen nach Hause und Ralf begutachtete die Blessur. Er war sich nicht sicher, ob man unbedingt etwas unternehmen müsste, aber um mich zu beruhigen, fuhren wir zu einem Tierarzt. Mir war das unangenehm, wir hatten noch so viel Arbeit und saßen jetzt beim Arzt, aber Ralf zeigte keinerlei Anzeichen von Stress. Nur als sein Sohn Hannes anrief und sagte, er würde jetzt die Tischdecken auf die Tische legen, rief er vehement "nein, lass das bitte, das macht die Anna nachher selber, wenn wir wieder da sind, hörst Du?", dann legte er auf. Ich sagte, das wäre doch nicht so schlimm, aber Ralf meinte, "den Hannes muss man immer ein bisschen bremsen, Du wirst schon noch merken, wie ich das meine."

Wir waren fertig und Pepper war versorgt, zwar nicht so vorsichtig behandelt wie bei unserem Tierarzt daheim, denn wir waren hier auf dem Land, da hielt man sich nicht mit so Nebensächlichkeiten wie einer Betäubung bevor man nähte auf, das wurde gleich so erledigt. Pepper hat es aber gut überstanden und wir fuhren wieder zurück. Vorsichtshalber ließ ich ihn aber an diesem Tag im Haus. Als wir in der Halle ankamen, lagen bereits auf allen Bierbänken die Tischdecken, sauber mit Reißzwecken befestigt. Das hat der Hannes doch super gemacht, denn nun musste ich mich nur noch um die Tischdeko kümmern. Für die Stadlwände hatte ich am Morgen auf einer wilden Wiese Sonnenblumen geschnitten, die wir an den Wänden anbrachten. Zusätzlich hatte Ralfs jüngere Tochter mit ihrer Cousine Lebkuchenherzen gebacken und verziert.

Sie sahen wirklich schöner und individueller aus, als die, die man beim Oktoberfest oder dem Gäubodenfest in Straubing zu kaufen bekam. Sie hängten sie ebenfalls an die Scheunenwände. Jetzt sah die Halle perfekt geschmückt aus. Zum Essen gab es hauseigene Spanferkel, die der Metzger vor Ort grillte. Ich holte meine Salate und zwei Kuchen, die ich auf die Schnelle noch gebacken hatte und so langsam trudelten auch die ersten Gäste ein. Viele brachten noch Salate und verschiedene Kuchen mit. Sogar eine Band war engagiert. Ralf stellte mir unzählige Leute vor, deren Namen ich mir aber unmöglich merken konnte. Das Wetter spielte super mit, die letzten Wochen hatte es viel geregnet, aber an diesem Freitag schien die Sonne und der Himmel war wolkenlos. Die wenigsten Leute an dem Abend kannte ich, im Grunde nur ein paar Kumpels, die fast täglich beim Hof vorbei schauten. Unter anderem stellte er mir den Juwelen-Andy mit seiner Freundin Tamy vor, die aber alsbald in einem Ganzkörperkondom (Einwegoverall) im Schweinestall bei den Ferkeln verschwand.

So hatte halt jeder seine Beschäftigung und Spaß an dem Fest. Wenn Ralf mit seinen Gästen im Gespräch war, unterhielt ich mich stattdessen mit Juwelen-Andy, ich glaub, auch er kannte die wenigsten Leute hier. Seine Freundin spielte immer noch mit den Ferkeln im Stall. Den lustigen Namen hatte er seinem Beruf zu verdanken, er entwirft und verkauft Ringe über das Internet und das ziemlich erfolgreich und weil beim Ralf jeder einen Namen bekommt, ist der Andy schließlich zum Juwelen-Andy geworden.

Das Lederhosenduo spielte auf und die Stimmung war wirklich gut. Gegen 5.00 Uhr morgens fand die Party langsam ihr Ende. Mir graute, wenn ich daran dachte, in nur ein paar Stunden weitere vier Stunden im Auto sitzen zu müssen. Gegen zehn Uhr war die Nacht auch schon wieder vorbei und es ging ans Aufräumen. Es war noch eine ganze Menge Fleisch übrig und Ralf meinte, ich solle doch meinen Eltern ein bisschen was mitnehmen. "Ja, aber was erzähle ich ihnen dann, woher ich die guten Sachen habe?" "Da fällt Dir sicher was ein, hast ja im Auto vier Stunden Zeit, darüber nachzudenken!" Also gut, nachdem hinten in der Halle das Gröbste aufgeräumt war, verabschiedete ich mich für eine Woche und startete Richtung Sachsen. Dort wurde ich schon am Nachmittag mit Kaffee und Kuchen erwartet. Im Anschluss machte ich mit meinem Dad und Pepper noch eine Abendrunde und am Abend saßen wir gemütlich zusammen.

Sonntag startete ich wie geplant mit Niklas nach Niedersachsen. Ohne Stau kamen wir zügig voran. Auch hier wurden wir zum Kaffee erwartet und im Anschluss spielte mein Sohn mit meinem Schwager am Computer Autorennen und ich ratschte ausgiebig mit meiner Schwester. Zu Hause taten wir das auch stundenlang am Telefon, meist bis das Badewasser ganz kalt war. Das Wetter ließ aber die ganze Woche ziemlich zu wünschen übrig. Die meiste Zeit verbrachten wir mit shoppen, wobei mir Niklas in nichts nachstand. Mit prall gefüllten Taschen endete unser Familienbesuch und wir mussten wieder zurück. Daheim packten wir nur schnell die Taschen um, und schon ging es für Niklas weiter nach Italien. Über langweilige Ferien konnte er sich wirklich nicht beklagen.

Auch ich packte am nächsten Tag meine Tasche und machte noch eine Woche Urlaub auf dem Bauernhof.

Es war unsere erste Feuerprobe, ob wir uns auf die Nerven gehen würden, wenn wir länger als zwei Tage am Stück zusammen waren. Jetzt, im August, war gerade Erntezeit und Ralf und die Jungs waren ziemlich beschäftigt, aber wann immer etwas Zeit war, unternahmen wir etwas gemeinsam. Sogar die Sonne meinte es gut und so sind wir manchmal gegen halb acht noch abends zum Baden gefahren.

Ich genoss die Woche, es war alles so unglaublich neu und perfekt. Ich fragte mich, ob vielleicht genau das der Grund war, warum ich die ganzen Jahre vorher nicht glücklich geworden war. Weil es da doch noch mehr gab, nämlich ihn, den kleinen Macho, der mich aber "sinngemäß" auf Händen trug. Die Art und Weise wie er mich ansah, mich berührte, die Worte, die er fand, so etwas hatte ich die ganzen Jahre vorher nie erlebt.

Er selbst beschreibt sich als nicht unbedingt sehr gut aussehend, er hätte aber immer recht hübsche Frauen erobern können. Sprich, seine Ziele immer recht hochgesteckt und doch fast immer bekommen, was er wollte.

Da stellt sich für mich wieder die Frage nach dem Idealbild von einem Mann. Ralf ist keine 1,90 m groß, dunkelhaarig mit vollem Haar aber ein Mann, der voll im Leben steht, der Haushalt, zwei Kids, seinen Hof plus Nebenjob stemmt und nie das Gefühl vermittelt, dass ihm da irgendetwas aus dem Ruder läuft, seine wenige freie Zeit für schöne Unternehmungen nutzt, und dabei immer ruhig und ausgeglichen wirkt. Er weiß, wie man sich gut kleidet und vor allem, was Frauen gefällt, egal, ob man braun gebrannt von der Arbeit im Freien oder von Irenes Sonnenstudio ist und er war immer darauf bedacht, dass es mir gut geht. Noch nie hatte ein Mann mir die Welt so zu Füßen gelegt, ohne dabei selbst die Haltung zu verlieren. Dieser Mann vereinte in sich alles, wonach ich jahrelang gesucht hatte. Bei ihm hatte ich das Gefühl, sollte die Welt neben uns zusammenbrechen, für ihn wäre das noch lange kein Grund aufzugeben. Schon möglich, dass ich meine Meinung einige Zeit später korrigieren würde, aber im Moment war er mein Traummann.

Viel zu schnell verging mein Urlaub, am Wochenende würde auch Niklas aus Italien zurückkommen. So fuhr ich Sonntagmittag wieder Richtung Heimat. Am Nachmittag kam mein Sohn braun gebrannt aus Italien zurück und am Montag begann wieder die Schule. Der Alltag hatte uns wieder.

Nun konnte ich Niklas immerhin schon einiges über Ralf, die Jungs und den Hof erzählen. Er war schon sehr gespannt und ich mir inzwischen ziemlich sicher, dass die Jungs sich gut verstehen würden.

Am Freitag gegen 15 Uhr parkten wir auf dem Hof. Mittlerweile war es schon Routine, dass mich die Hunde begrüßten. Ich öffnete Pepper die Tür und auch er drehte erst einmal eine wilde Runde über den Hof. Ich machte die Jungs miteinander bekannt und sie waren die nächsten Stunden nicht mehr zu sehen.

Ralf hatte eine Einladung für eine Cabrio Tour am Samstag bekommen und wollte von mir wissen, ob wir daran teilnehmen wollten. Ich meinte, ich müsste das erst einmal mit Niklas klären, denn die Jungs wären dann den ganzen Tag allein und wenn sie sich jetzt doch nicht vertragen würden, wäre das blöd, wenn wir nicht da wären, um ein wenig gegen zu steuern. Nach dem Abendessen nahm ich mein Kind beiseite und erkundigte mich nach der Situation. Er hatte kein Problem, tagsüber mit den Jungs alleine zu bleiben. Er meinte, wir könnten beruhigt fahren. Also sagte Ralf den Trip zu, war sich aber nicht ganz so sicher, ob das nach meinem Geschmack wäre. Ich hatte keinerlei Vorstellung, was mich da erwartete.

Wir standen schon sehr früh auf, denn Ralf musste vorher noch seine Tiere versorgen, danach fuhren wir zu dem ausgemachten Treffpunkt. Hier wurde ich dann schon etwas stutzig, denn hier parkte man nicht einfach sein Auto, nein, man wurde in die Parklücke rückwärts eingewiesen, wobei die Wagen jeweils zum Vorder- und Hintermann fluchten mussten. Also ein Auto stand wie das Andere, man hätte ein Lineal anlegen, oder besser eine Schnur spannen können, jedes Auto hätte diese berührt. Ich schaute Ralf verwirrt an, aber der lachte nur und meinte, ich dürfe das hier nicht überbewerten. Okay, es handelte sich hier offensichtlich um eine

Kultveranstaltung. Es hatten sich ca. 15 Z3's eingefunden, die alle dieser Parkzeremonie folgten. Jetzt begrüßte offensichtlich die Organisatorin der Veranstaltung jedes Auto persönlich und weil wir das letzte Glied der Karawane sein sollten, bekamen wir ein Walkie-Talkie, mit dem wir immer eine Meldung an das erste Fahrzeug geben sollten, wenn alle Wagen beispielsweise die Kreuzung passiert hatten. Zu allem Überfluss hatte sie noch ein Rätsel für die Tour vorbereitet, bei dem man bestimmte Ziele auf der Route erkennen musste. Das überstieg jetzt schon ein wenig meine Vorstellung von Freizeitgestaltung und Spaß haben. Ich schaute Ralf mit dem Walkie-Talkie, das sie mir in die Hand gedrückt hatte, hilflos an. Der konnte sein Lachen kaum zurückhalten. Wir starteten Richtung Österreich, Ziel war ein Lokal in der Nähe des Wolfgangsees. Zugegeben der Ausblick von da war super. Der Rest eine Farce. Nach jeder Gabelung musste ich die Meldung durchgeben " alle durch!" Gott, war das peinlich, aber Ralf hatte jedes Mal seinen Spaß, wenn ich das blöde Knöpfchen drückte. Außerdem musste ich mich noch höllisch konzentrieren, dass ich nicht über diese blöde Ursel da vorne schimpfte und das Walkie-Talkie noch auf Empfang hatte. Beim Mittagessen studierte ich die Leute und fragte mich, was für Berufen diese Leute nachgingen und was sie dazu bewogen hatte, an so einer Veranstaltung teilzunehmen. Bei mir war die Sache ganz klar, aus Unwissenheit. Später hielten wir noch zum Kaffee trinken, danach löste sich die Karawane auf und die Heimfahrt fand in Eigenverantwortung statt, Gott sei Dank.

Ralf hat mich nie wieder gefragt, ob wir an so einer Veranstaltung teilnehmen wollten, anscheinend war er auch geheilt. Zu Hause erzählten uns die Jungs, was sie den ganzen Tag angestellt hatten. Mit Sicherheit war ihnen nicht langweilig und sie meinten, wir hätten ruhig noch ein bisschen später kommen können. Auch die Stallarbeit war bereits erledigt, ich musste nur noch das Abendessen zubereiten. Am Sonntag waren die Jungs den ganzen Tag draußen beschäftigt. Am Abend wollte ich wieder nach Hause fahren, aber Niklas wollte nicht und so starteten wir erst am Montag, dafür aber sehr früh, um noch pünktlich in die Schule zu kommen. Die nächsten Wochen verliefen ähnlich und bald standen die Herbstferien vor der Tür.

Eines Tages fragte mich Niklas, ob er, wenn wir denn jetzt praktisch auf dem Bauernhof wohnten, auch ein Huhn haben durfte. Darauf antwortete ich ihm, dass wir das Thema mit Ralf bereden müssten und weil es in Niklas seinen Augen ziemlich dringend war, fragte ich ihn bereits am Abend. Der lachte nur und meinte, wenn ich ihn heiraten würde, bekäme Niklas sogar zwei.

In den Ferien begann unser Bauprojekt Hühnerstall. Dafür eignete sich die alte Werkstatt der Jungs, die früher bereits schon einmal als Hühnerstall genutzt wurde. Das ganze Teil geputzt und neu angestrichen ergab einen top neuen Hühnerstall. Draht für den Zaun bekamen wir im Baumarkt und im Nu war das Projekt hochgezogen. Auf dem Bauernmarkt am Samstag besorgten wir schließlich zehn Hühner und erhielten noch gratis ein paar Tipps, die uns zu einem guten Ertrag helfen sollten und schon lief unser

225

Eierbetrieb an. Verantwortlich für das Projekt waren Hannes und Niklas. Bereits nach ein paar Tagen hielt einer der Jungs unser erstes Ei in den Händen. Es dauerte nicht lange und sie belieferten unsere Nachbarn und meine gesamte Abteilung bei der Arbeit.

Ende November fuhren wir beide übers Wochenende in ein Wellnesshotel. Ein sehr nobles Hotel in Österreich. Der Page zeigte uns die Suite und wie er gerade den Schlüssel ins Schloss steckte, hörte man aus dem Nachbarzimmer unmissverständliche Geräusche. Der Page, dem das offensichtlich höchst peinlich war, lief rot an und widmete sich geschwind der Tür. Ich starrte ungläubig zu Ralf, der sich schon wieder kaum das Lachen verkneifen konnte. Wir betraten unser Zimmer und der Page ließ uns mit unseren Eindrücken allein. Die Inneneinrichtung war luxuriös. Eine offene Badewanne, daneben ein Himmelbett, das ist Geschmacksache, Flachbildfernseher, Kamin, und eine separate schicke Dusche. Zur Begrüßung gab es eine Obstschale und eine Flasche Prosecco. Da wir erst ziemlich spät angereist waren, entspannten wir nach einem sehr guten Abendessen auf unserem Zimmer. Zunächst mit dem Prosecco in der Whirlpoolbadewanne und anschließend in unserem Himmelbett mit Kamin. Doch schon nach kurzer Zeit wurde unsere Zweisamkeit wieder von Geräuschen gestört. Keine Ahnung, was das Paar im Nachbarzimmer praktizierte, für mich hörte es sich an, als ob ihr Lover sie kurz vor dem Höhepunkt mit Eiswürfeln übergoss und die Kombination aus Schock und

Ekstase durften wir von unserem Zimmer aus miterleben beziehungsweise hören, ob wir wollten oder nicht. So mit der Zeit wurden wir neugierig und da jede Suite mit Saunataschen ausgestattet wurde, auf denen man die Zimmernummer lesen konnte, wollten wir am anderen Tag herausfinden, welche Gesichter zu den heißen Geräuschen gehörten. Leider haben wir es nicht herausgefunden. Unser Pärchen war offensichtlich schon abgereist.

Das erste gemeinsame Weihnachtsfest rückte näher und ich bin mir nicht sicher, ob man das in ganz Niederbayern so praktiziert, oder ob es nur eine Tradition bei den Raitmeiers ist, aber hier isst man am Heiligen Abend Gans. Auch nicht irgendeine Gans, nah **dej moh scho** vom Huber-Bauern sei. Na, wenigstens war das Tier schon entfiedert und ausgenommen und ich musste sie nur noch zubereiten. Aber selbst das war eine Herausforderung für mich, denn ich hatte bisher nur einmal eine Gans zubereitet, und das lag schon viele Jahre zurück, wobei ich mich auch nicht erinnern kann, ob sie geschmacklich überhaupt brauchbar war. Eine Kollegin war so lieb, mir ein Rezept mitzubringen und versprach absolute Erfolgsgarantie, und tatsächlich, die Gans war vorzüglich. Den Tannenbaum hatten die Männer gemeinsam ausgesucht. Er war so prächtig und vor allem so groß, dass er von der Höhe her überhaupt nicht in unser Wohnzimmer passte. Kein Problem für unsere Handwerker, der Hannes hatte sogleich eine Idee und holte die Motorsäge. Allerdings lag der Baum bereits schräg im Wohnzimmer und wenn Ralf nicht aufgepasst hatte, wären die Baumfällarbeiten gleich im Wohnzimmer vorgenommen worden. Später haben die Jungs ihn geschmückt, während ich den Tisch deckte und dekorierte. Es wurde ein richtiges Festessen und im Anschluss gab es die Bescherung. Ich habe mein Lebtag noch nie so viele Geschenke unter dem Weihnachtsbaum gesehen. Nun ja, wir waren jetzt auch ein paar Leute mehr. Im Anschluss spielten wir noch gemeinsam ein Spiel, dann zogen sich die Jungs zurück und wir beide genossen die Stille. Es war ein sehr schönes Weihnachtsfest!

Auch in diesem Jahr war selbstverständlich wieder ein Skiurlaub geplant. Die Jungs waren sowieso Feuer und Flamme und auch Ralfs jüngere Tochter freute sich über unsere Einladung. Da wir in diesem Jahr nicht im Sommerurlaub waren, planten wir eine ganze Woche, am liebsten in einer Hütte, direkt an der Piste. Im Internet fand ich ein Chalet, der Preis dafür war recht ordentlich, aber Ralf, der selber gar nicht Ski fahren konnte, war von der Hütte angetan und meinte:" Komm, buch die jetzt einfach!" Es war ein milder Winter und wie wir schließlich an unserer Hütte ankamen, war von Schnee weit und breit nichts zu sehen. Die Kinder waren zu Recht enttäuscht. Jetzt hatten wir so viel Geld bezahlt, um direkt an der Piste zu sein und dann das! Wir räumten unsere Vorräte, die wir für eine Woche mitgenommen hatten, in die Hütte, inklusive unserer Klamotten, Hundekörbchen und natürlich Pepper.

Molly und Rocco blieben am Hof. Sie waren es nicht gewohnt den Hof, außer für Spaziergänge zu verlassen, geschweige denn mit dem Auto zu fahren. Nach kurzer Zeit mussten wir allerdings feststellen, dass es in der Hütte kein Wasser gab. Irgendetwas war an der Pumpe kaputt, erklärten uns zwei Holländer, die für die Vermietung zuständig waren. Als Alternative boten sie uns ein Hotelzimmer an, das wir zum Duschen nutzen sollten. Für sechs Personen fiel auch eine Menge Abwasch an und logischerweise funktionierte daher auch der Geschirrspüler nicht. Auf keinen Fall würden wir hier bleiben, erklärte Ralf den beiden Burschen auf sehr ruhige, aber bestimmte Weise. Er schickte sie wieder weg und meinte, sie hätten jetzt Zeit, uns einen angemessenen Ersatz zu besorgen, bei dem Preis, den wir bezahlt hätten, wäre ihr Angebot schier lächerlich. Es dauerte ca. eine halbe Stunde, dann kam einer der beiden zurück und meinte, er hätte das Objekt überhaupt für uns gefunden. Eine Hütte, nur für uns und direkt an der Piste. Die Hütte war privat und stand eigentlich gar nicht zur Vermietung. Die Besitzerin hatte sich breitschlagen lassen, da die Boys offensichtlich ohne ihre Hilfe ziemlich aufgeschmissen waren. Außerdem schienen sie gut befreundet. Sie schaute zwar ein bissel blöd, als wir auch noch mit Hund kamen, das hatten ihr die Zwei offensichtlich verschwiegen. Sie trug es aber mit Fassung und wir durften einziehen. In dem Punkt musste man den Burschen wirklich Recht geben, die Hütte hatte sehr viel Charme. Zwei getrennte Schlafzimmer, eine schöne

Dusche, ein relativ großer Wohnraum und eine Terrasse, die fast um das ganze Haus reichte. Bis zur Piste waren es gute 50 Meter, aber auch nur, weil wirklich so wenig Schnee lag. Unserem Urlaub stand also nichts mehr im Weg. Ich war gespannt, wie die Stimmung sein würde, für eine Woche auf engstem Raum. Am anderen Morgen schickte ich die Kinder gemeinsam los und ich selbst wollte den Skikurs für Ralf klar machen, das war mein Weihnachtsgeschenk für ihn. Dazu fuhren wir zunächst mit dem Auto nach unten. Ich buchte den Kurs in der Überzeugung, dass ich am Abend mit Ralf eine leichte Piste fahren könnte. Nun überließ ich die Arbeit dem Skilehrer und schloss mich in der Zwischenzeit den Kindern an. Es lag wirklich nicht viel Schnee, aber die Pisten waren recht ordentlich präpariert und wir hatten Sonnenschein von früh bis spät. Am Nachmittag fuhr ich wieder ins Tal, um nach meinem Kursteilnehmer zu schauen. Ich hatte bereits eine SMS erhalten, dass die beiden den Kurs bereits beim Après-Ski ausklingen ließen. Da saßen sie, mein Ralf und der Ski-Hans, der mir auch gleich versicherte, dass sein Schüler sich alle Mühe gegeben hatte und auch wirklich gute Fortschritte zu verzeichnen hätte. Nur müsste man noch etwas an den Bögen arbeiten. Warum nur wollte ich das nicht so Recht glauben? Ralf schaute mich mit Dackelblick an und meinte: "Schatz, ich habe es wirklich, wirklich versucht!" Ski-Hans versuchte, Ralf`s Aussage zu bestätigen und nickte heftig mit dem Kopf. "Schon klar", antwortete ich, "Ihr habt das ganze Geld hier unten in der Bar versetzt!"

So richtig böse konnte ich ihm allerdings nicht sein. Er hatte es mir zuliebe versucht, obwohl er von Anfang an nicht so die Lust dazu hatte. Trotzdem hatten wir eine sehr schöne Woche. Ralf ging wandern, mal mit mir, mal mit seiner Tochter, am späten Nachmittag tranken wir ein Gläschen Wein auf der Terrasse und die ganze Woche blieb auch bis auf einen Nachmittag ohne Zwischenfall.

Wir saßen schon auf unserer Terrasse und sahen den letzten Skifahrern zu, die den Berg hinunter kamen. Plötzlich meinte Ralf: "Schau mal, die hängen schon die Gondeln ab und die Jungs sind noch nicht da." Ich dachte, sie hätten sicher oben noch eine Kleinigkeit gegessen und würden gleich kommen, aber es wurde immer später. Ralf hatte auf seinem Handy keine Nachricht und ich meinte, dass der Niklas aufpassen würde, dass die Zeit nicht zu knapp werden würde und sie wieder mit den Liften zurückkommen könnten. Jetzt kramte ich nach meinem Handy und tatsächlich, sie saßen in der Talstation von Söll und kamen nicht mehr weiter. Also mussten wir das Auto nochmals starten, um die Prinzen abzuholen.

Das Dorfleben wie es leibt und lebt, mein Bruder hatte sich Sorgen gemacht, dass ich jetzt trostlos auf dem Hof festsitzen würde, komplett isoliert von der Außenwelt. Dieses Bild trägt er nach wie vor in seinem Kopf herum, ohne jemals hier gewesen zu sein.

Abgeschieden ist der Hof schon, denn den Nachbarn kann man nicht ebenso mal rufen, da muss man sich schon auf's Radl schwingen oder das Auto beziehungsweise das

Motorrad herausholen. Ralf' s Söhne üben ein ziemlich teures und gefährliches Hobby aus, sie haben ein Vollcross-Motorrad mit eigener Cross-Strecke am Haus. Da liegt die Vermutung nahe, dass auch Niklas Blut lecken würde und gerne so eine Maschine fahren würde. Lange habe ich darüber nachgedacht, wobei meine Gedanken von sämtlichen Mitbewohnern des Hauses Raitmeier permanent beeinflusst worden. Einschließlich Ralf, welcher der Meinung war, ein richtiger Kerl braucht ein Bike und ohne mein Wissen bereits nach einem geeigneten Objekt für Niklas ein bisschen Ausschau gehalten hatte.

Ein sehr kostspieliges Hobby und auch nicht gerade ungefährlich. Ich war mir nicht sicher, ob ich wollte, dass mein Kind fünf, sechs Metersprünge machte, so wie Ralfs Jüngster, der überhaupt keinen Respekt vor Gefahr hat. Natürlich, das war ja nur eine Frage der Zeit, wurde ein Händler gefunden, der die passende Maschine für uns hatte. Eine blaue 80iger Yamaha, in gutem Zustand und selbstverständlich genau richtig für uns, wie mir die Männer einstimmig versicherten. Da stand noch der stolze Preis von 1200 Euro im Raum. Von solchen Geschenken können andere nur träumen. Ich gab schließlich nach mit der Begründung für mich, dass mein Sohn die letzten Jahre, in denen wir allein waren, auch auf manche Sachen hatte verzichten müssen. Jetzt, wo ihm ein total cooles Leben auf dem Bauernhof mit all seinen Abenteuern zu Füßen gelegt wurde, wollte ich nicht der Spaßverderber sein. Die Maschine war auch schnell mit dem Hänger abgeholt, Zu Hause durfte jeder mal eine Probefahrt machen, um sein Urteil abzugeben. Das letzte Mal, als ich Motorrad gefahren bin, war mindestens 20 Jahre her. Ich hoffte nur, dass ich mich nicht blamierte, aber ich hatte die Sache noch ganz gut im Griff, zumindest für die Probefahrt reichte mein Können. Niklas brauchte keine zehn Minuten, um mit der Maschine klar zu kommen. Noch begnügte er sich damit, ein paar Runden um das Haus zu drehen. Bald wurde er mutiger und war auch auf der Crossstrecke unterwegs.

Es gibt in meinen Augen einen einzigen Grund, der gegen einen Bauernhof sprechen würde. Ein zusammenhängender Urlaub von mehr als sieben Tagen ist fast unmöglich. Normalerweise unvorstellbar für mich, aber das war auch der einzige Nachteil, den ich in Kauf nehmen musste, wollte ich eine Beziehung mit meinem Bauern haben. Dafür unternahmen wir gelegentlich Kurztrips über das Wochenende, welche uns oft die Jungs ermöglichten, da sie dann den Stalldienst übernahmen. Im Frühjahr fuhren wir gerne in die Wachau. Ein Trip mit dem Cabrio, um abends in die Heurigen einzukehren. Das schöne Wetter und die Landschaft genießen.

Selbst diese kurzen Trips waren für mich Erholung pur, denn diese Zeit wussten wir intensiv zu nutzen und ich wurde mir immer sicherer, das ist der Mann, mit dem ich mir vorstellen könnte, mehr als eine Wochenendbeziehung zu führen. Aber noch war es dafür zu früh, um ernsthaft darüber nachzudenken.

In vielen Sachen hatten wir den gleichen Geschmack und sehr oft waren wir derselben Meinung. Wir harmonisierten wirklich gut miteinander. Was die Mode betraf, wusste er sehr genau, was er gerne an mir sehen würde, wenngleich wir da gelegentlich etwas auseinander drifteten. Ich liebte vorwiegend sportliche Bekleidung und er mochte es gerne fraulich, für meinen Geschmack manchmal zu blumig. Hin und wieder tat ich ihm den Gefallen und kaufte einen Rock oder sogar ein Kleid. Hier kannte mich keiner, und so konnte ich auch keinen Imageverlust erleiden. Wenn es ihn so glücklich machte, warum nicht. Mittlerweile hängen zwei Dirndl und zwei Lederhosen in meinem Schrank, vor vier, fünf Jahren wäre das unvorstellbar gewesen.

Mein Geburtstag rückte näher und Ralf war auf der Suche nach einem passenden Geschenk für mich. Niklas suchte ebenfalls noch und so zogen die beiden gemeinsam los und konnten sich gegenseitig beraten. Ralf steuerte einen Juwelier an, welcher ihm gleich ein paar Stücke zeigte, von denen er überzeugt war, dass sie mir gefallen würden. Niklas stattdessen schaute skeptisch und teilte seine Erfahrungen mit Ralf, wie mir dieser später erzählte. Wie der Juwelier seine ganzen Schätze vor den beiden ausgebreitet hatte, sagte er zu ihm: "Ich weiß nicht, aber die Mama mag es gern schlicht, ohne so verspielten Kram dran, so etwas brauchst Du ihr nicht kaufen!" Später wurden sie fündig und waren beide auf mein Urteil gespannt. Es war eine Trachtenkette, auffällig, aber individuell und keinesfalls kitschig. Meinem Kind war es offensichtlich sehr wichtig, dass Ralf gut bei mir ankäme, sonst, so hat mir Ralf erzählt, hätte er ihm sicher nicht gesteckt, dass die Mam außerdem sehr viel Wert darauf legen würde, dass man sie beim Anstoßen mit dem Weinglas ansieht, "ja" sagte er, "das ist ihr sehr wichtig!" Ralf fand das nett und meinte " er hätte mich auch voll ins offene Messer laufen lassen können!"

Urlaub als Großfamilie

Meinen Geburtstag feierten wir schließlich mit einem kleinen Grillfest. Wir entschieden uns dafür ganz spontan beim Frühstück, nur unsere Patch-Work-Familie, die an sich schon nicht ganz klein war, ein paar Freunde der Jungs, die eigentlich auch immer irgendwie da waren, und ein paar gemeinsame Freunde von Ralf und mir einzuladen. Solche kleinen spontanen Feste liebe ich. Das ist das Tolle bei uns, da passieren Dinge einfach so ganz spontan, ohne große Planung und doch wird daraus immer ein gelungenes Fest.

Unser erster gemeinsamer Sommerurlaub rückte näher. Es war nicht so leicht, jemanden zu finden, der für eine ganze Woche den Hofdienst übernahm. Man musste sich darauf verlassen können. Schließlich hat sich ein guter Bekannter, der uns eh schon oft bei der täglichen Arbeit hilft, bereit erklärt, die Tiere in dieser Zeit zu versorgen.

Ralf wollte gern nach Griechenland fliegen, am liebsten nach Kreta und so gingen wir gemeinsam ins Reisebüro. Die gute Frau war voller Zuversicht, den perfekten Urlaub für uns zu finden, nach einer Stunde schaute sie schon etwas angespannter. Ich gebe zu, einfach war die Aufgabe nicht. Einen Urlaubsplatz für sechs Personen, in einem sehr engen Zeitfenster, mit schönem Hotel, in direkter Strandnähe und das noch zu einem vernünftigen Preis. Es hätte mich nicht gewundert, wenn der Computer ausgeworfen hätte:

Zu ihrer Suchanfrage gibt es in dem gewünschten Zeitraum leider kein Angebot.

Aber so unerfüllbar waren unsere Wünsche nicht und die Dame druckte uns ein Angebot aus, traute sich aber kaum, uns laut vorzulesen, was dort stand.

7 Tage Kreta in einem 4 Sterne Hotel, direkt am Strand für zwei Erwachsene und vier Kinder nur schlappe 10.000 Euro.

Ich musste lachen und sagte: "Schatz, dann nehme ich doch lieber den Kleinwagen!" und die Dame vom Reisebüro bat ich, anstatt des Familienzimmers einfach drei Doppelzimmer einzugeben, denn ich hatte die Vermutung, dass dann der Preis gleich erheblich sinken würde, was nicht ohne Grund zu der Schlussfolgerung führt, dass Familien mit vielen Kindern nicht gerne gesehen sind und dieses „Problem" lässt sich am besten über den Preis lösen. Kann man sich den exorbitanten Preis leisten, ist es dem Hotelier wurscht, dann sind höchstwahrscheinlich alle möglichen Unannehmlichkeiten damit bereits abgegolten. Vielleicht habe ich Unrecht, aber die Vermutung liegt zumindest nahe und ich sollte, was die Doppelzimmer betrifft, auch Recht behalten. Der Preis ging um 3000 Euro herunter. Die gute Frau war wirklich bemüht und versprach, in Ruhe nach weiteren Angeboten zu suchen. Am Nachmittag rief sie uns tatsächlich an und hatte drei weitere Angebote für uns. Wir sollten uns die Anlagen im Internet anschauen und uns anschließend wieder bei ihr melden. Tatsächlich war ein Hotel dabei, das uns allen gefiel, auch der Preis war in Ordnung, nur flogen wir nun nicht mehr nach Kreta, sondern für eine Woche nach Korfu. Wir nahmen genügend Bargeld mit, um nicht auf die möglicherweise leeren Bankautomaten angewiesen zu sein. In den Nachrichten hörte man immer wieder, dass auf Grund der Bankenkrise die Griechen all ihre Spareinlagen abbuchten und deshalb Bankautomaten oft über Tage leer blieben.

Ralfs Bruder brachte uns in seinem Bus zum Flughafen. Die drei Jungs waren ziemlich gelassen, was das Einchecken im Flughafen betraf. Lisa, die Tochter von Ralf, war ganz im Gegenteil ziemlich aufgeregt, denn es war ihr erster Flug und sie hatte etwas Flugangst. Wir hatten einen ruhigen, angenehmen Flug und auch bei Lisa wurde die Nervosität weniger, nur essen wollte sie im Flieger nichts. Das war aber auch kein großes Problem, das erledigten die Jungs für sie. Bei der Ankunft in Korfu kam uns ein warmer Wind entgegen, sehr angenehm, verglichen mit dem Wetter der letzten Wochen bei uns zu Hause. Wir stiegen in unseren Shuttlebus, der uns zum Hotel brachte. Da wir ziemlich spät dran waren, konnten wir, nachdem wir unsere Zimmer bezogen hatten, nur noch einen kurzen Abstecher an das Meer machen, bevor es das Abendessen gab, ein reichliches Buffet für jeden von uns war etwas dabei. Am Abend gingen wir ein Stück am Stand entlang und ließen uns in einer gemütlichen Bar nieder. Allerdings nutzt einem die gemütlichste Bar wenig, wenn die Kinder kein Sitzfleisch haben, also schickten wir sie auf Tour, sie sollten die Gegend ein wenig erkunden. Sorgen machten wir uns nicht, sie waren schließlich zu viert und auch keine kleinen Kinder mehr. Wir genossen die Atmosphäre der Bar und den herrlichen Ausblick auf das offene Meer. Da wir nur die eine Woche hatten, verbrachten wir viel Zeit am Strand, wir wollten einfach entspannen und die Seele baumeln lassen. Nach dem Abendessen gingen wir oft etwas bummeln, wobei die Kids meist allein unterwegs waren und zu späterer Stunde trafen wir uns an der Hotelbar wieder. Unser Ausflug nach Korfu-Stadt bei sengender Hitze war für alle sehr schweißtreibend, aber selbst die Hitze hielt unsere Jungstars nicht von Hamsterkäufen ab. Das riesige Angebot an günstiger Bekleidung war für sie einfach zu verlockend. Selbst am Abend, wenn wir nur die Strandpromenade entlanggingen, sahen sie immer wieder Dinge wie Schmuck, Sonnenbrillen, Kappen, Shirts, welche sie unbedingt brauchen konnten. Griechenlands Finanzkrise nutzte uns in dieser Situation, denn wenn die Kids am Geldautomaten wieder Geld ziehen wollten, war dieser meistens leer. So erledigten sich gewisse Sachen von selbst und uns konnten sie nicht einmal böse sein, denn für diese Tatsache konnten wir nun wirklich nichts. Allerdings wurde uns das Problem selbst bald zum

Verhängnis, denn obwohl wir nach unserem Ermessen genügend Bargeld mitgenommen hatten, wurde es zum Wochenende knapp, da wir zwischenzeitlich unseren Kindern etwas Kredit geben mussten. Am letzten Abend öffnete Ralf seinen Geldbeutel und es waren noch genau fünfzig Euro drin. Er gab jedem Kind 5 Euro mit der Bemerkung, mehr haben wir nicht mehr, aber damit könnt ihr machen, was ihr wollt. Sie grinsten, bedankten sich und waren verschwunden. Ralf nahm meine Hand und meinte: "Und wir beide gehen noch einmal in die kleine Bar am Strand und genießen den letzten Abend ganz für uns allein." Ich schaute ihn an und sagte: "Schatz, Du hast uns gerade freigekauft!" Er stimmte mir zu, meinte aber, die Kinder würden keinen Schaden davontragen, ganz im Gegenteil, jeder hätte jetzt bekommen, was er wollte. Wir setzten uns an einen Tisch mit direktem Meerblick und bestellten unsere letzte Flasche Wein für diesen Urlaub. Trotz der wenigen Tage hatten wir uns gut erholt und auch die gemeinsame Zeit mit den Kindern war sehr unkompliziert. Es gab keinen Streit und auch sie fanden einstimmig, dass es für alle ein toller Urlaub war.

Inzwischen waren wir jetzt über ein Jahr zusammen und ich war noch immer so verliebt wie zu Beginn unserer Beziehung. Auf Grund meiner gesammelten Erfahrungen hätten sich allerdings längst die ersten Macken herauskristallisieren müssen. Laut meiner Statistik bemühen sich Paare die ersten Wochen möglichst perfekt zu erscheinen und dem Partner möglichst jeden Wunsch von den Augen abzulesen. Im Gegenzug werden eventuelle Schwächen des Partners nicht gesehen, da man die so genannte rosane Brille noch aufhat. Spätestens nach drei Monaten wird der Aufwand immer nahezu perfekt zu sein, zu anstrengend und es schleicht sich ganz langsam das wahre "Ich" in die Beziehung. Wir waren schon lange über diesen Zeitraum hinaus und Ralf war noch immer so aufmerksam wie eh und je. Er trug mich auf Händen und war sich nicht zu schade, mir immer und immer wieder zu sagen, wie glücklich er mit mir war. Das beruhte natürlich auf Gegenseitigkeit, denn auch ich fühlte mich in seiner Gegenwart uneingeschränkt begehrt. Er mag es, wenn ich mich chic kleide und mit einem Lächeln erklärt er dann immer: " Schatz, Du musst gut aussehen, damit ich mich mit dir schmücken kann." Er liebt mich so wie ich bin, ich muss mich nicht verbiegen. Für ihn bin ich die schönste Frau der Welt, wenngleich das maßlos übertrieben ist und doch, ein schöneres Kompliment kann eine Frau nicht bekommen.

Langsam rückte Niklas 14. Geburtstag näher, den wir in unserer Familie etwas großzügiger feiern. Das hat folgenden Hintergrund. Zu meiner Zeit gab es die Jugendweihe, das war der Zeitpunkt, an dem die Kinder in den Kreis der Erwachsenen aufgenommen wurden. Dieser Tag wurde zu DDR-Zeiten gehandhabt wie ein runder Geburtstag, also es wurde im großen Stil gefeiert. Nicht, dass es die Jugendweihe heute nicht mehr geben würde, aber wir wohnten im katholischen Bayern und da kannte man so etwas nicht. Meinen Nichten, die beide in

Niedersachsen zur Schule gingen, erging es ähnlich und so haben wir den 14. Geburtstag als Anlass genommen und ihn zum Familienfest erklärt. Noch vor einem Jahr hatte ich überlegt, in was für einer Örtlichkeit wir ihn feiern sollten, ob bei uns daheim oder lieber in Sachsen. Der Weg würde für den einen oder anderen so oder so weiter sein, da meine und auch Carsten Familie sich mittlerweile über die ganze Bundesrepublik verteilte, weil jeder woanders Arbeit gefunden hatte.

Da Ralf so absolut idyllisch wohnte, kam mir die Idee, das Fest bei ihm auf dem Hof zu feiern. Zunächst hatte ich etwas Bedenken, ob so viel Familie ihn nicht überfordern würde, aber er sagte mir zu und erklärte, das sei kein Problem. Allerdings würde die Fahrerei für alle Beteiligten noch größer werden, aber verglichen mit dem Ambiente, was auf alle wartete, war ich der Meinung, das sei den Aufwand wert und schickte die Einladungen an alle heraus. Bis auf ganz wenige nahmen alle die Einladung an. Nun konnte ich also mit der Planung beginnen und weil ein Fest nicht genug ist, hatte Ralf schließlich die Idee, im Anschluss an die Geburtstagsparty gleich unser Hoffest folgen zu lassen. Er meinte, die Bedingungen seien optimal, die Halle wäre bereits ausgeräumt und müsse eh dekoriert werden, dann wäre es doch von Vorteil, wenn wir das alles in einem Abwasch machen würden. Im Grunde wird nicht jedes Jahr ein Hoffest gefeiert, aber Niklas war letztes Jahr noch nicht dabei und ihm wurde von dem Fest so viel vorgeschwärmt, dass er meinte, er wolle so ein Festl auch mal miterleben. So organisierten wir auch in

242

diesem Jahr wieder ein Hoffest, einen Tag nach Niklas seiner Geburtstagsfeier. Es war ziemlich heiß und ich hatte Mühe, meine Torten zu kühlen, da die beiden Kühlschränke mit Leckereien gefüllt waren, die es am Abend geben sollte. Die Feier sollte Freitagnachmittag beginnen, so gesehen etwas ungünstig mit der Fahrerei, denn am Freitag ist viel los auf den Straßen und meine Nichten steckten eine Zeitlang im Stau fest, aber am späten Nachmittag waren dann alle da und die Geburtstagsparty konnte beginnen. Im Anschluss an Kaffee und Kuchen gaben die Jungs unseren Gästen einen kleinen Einblick, was sich oft am Wochenende so bei uns abspielt und zeigten ihr Können auf der Cross-Strecke. Den Spaß mussten wir allerdings nach kürzester Zeit abbrechen, sonst hätten sie uns auf Grund der Trockenheit alles eingestaubt. Die kurze Demonstration reichte auch, denn den Omas ging sicher schon durch den Kopf, wie gefährlich dieses Hobby eigentlich war. Ich hatte ein paar Spiele vorbereitet, nichts Großes, nur um die Party ein bisschen aufzulockern. Für den Abend hatte ich zusätzlich zu den leckeren Grillsachen ein kleines Buffet vorbereitet, damit auch für jeden Geschmack etwas dabei war. Am Abend saßen wir gemütlich zusammen, denn das die ganze Familie mal zusammen war, war auf Grund der Entfernungen zwischen unseren Wohnorten eher selten. Am anderen Morgen trat die Familie wieder die Heimreise an, nur meine Eltern, Niklas seine Tante Kati und Carsten mit Lisa blieben noch, um sich das Hoffest am Abend nicht entgehen zu lassen. Dieses Jahr würde es eine für mich etwas lockere Veranstaltung werden, da auch ich ein paar Freunde eingeladen hatte. Allerdings war bis dahin noch eine Menge zu erledigen. Die kleinen Sachen halt, die dann trotzdem immer einige Zeit in Anspruch nehmen. Die Halle hatten wir schon zwei Tage vorher dekoriert und somit musste ich mich nur noch um die Tischdeko kümmern. Salate und Kuchen hatte ich auch bereits vorbereitet. Die Mädels hatten wieder ihre Lebkuchenherzen gebacken und mussten diese nur noch aufhängen. Gegen 19.00 Uhr trudelten allmählich alle Gäste ein und Ralf konnte die Feier eröffnen und unser legendäres Lederhosenduo begann zu spielen. Natürlich gab es auch wieder Spanferkel und die Stimmung war ausgelassen und heiter. Die Gäste schienen sich gut zu amüsieren und hatten keine Lust, nach Hause zu gehen. Es wurde schon hell draußen und die letzten der älteren Generation traten den Heimweg an, unsere Chance, auch den Rückzug anzutreten, während die Jugend noch feste beim Feiern war. Sie bekamen den Auftrag, das Licht abzudrehen und das Feuer richtig zu löschen, dann machten wir uns davon. Nach so einer Sause habe ich früher am nächsten Tag immer bis Mittag geschlafen, davon kann man auf einem Bauernhof nur träumen. Spätestens gegen acht Uhr ist hier die Nacht vorbei, egal, was am Vortag passiert war. Ich ging zur Partyhalle, um etwas klar Schiff zu machen und siehe da, die ersten fleißigen Helfer waren schon zu Gange. Ein paar Gäste hatten nicht mehr heimgefunden und es sich auf einigen Strohballen gemütlich gemacht. Anscheinend waren sie auch Frühaufsteher oder das Stroh juckte und sie konnten deshalb nicht mehr schlafen. Auf jeden Fall hatten sie bereits mit den Aufräumarbeiten begonnen. Jeder, der in dieser Größenordnung schon einmal gefeiert und keinen Partyservice engagiert hat, der wieder alles mitnimmt, kann sich vorstellen, wie es in etwa bei uns aussah. Aber dank der zahlreichen Helfer, war das Gröbste im Nu behoben und zur Belohnung gönnten wir uns ein Weißwurst Frühstück. Solche rauschenden Feste sind toll, aber auf Dauer ziemlich anstrengend, aber so einmal im Jahr könnte man den Aufwand schon betreiben.

Mittlerweile hatten wir schon wieder Ende August und Niklas war bereits auf dem Weg nach Italien. Bei uns im Dorf und in den nahe gelegenen Ortschaften klebten Plakate, denn in diesem Jahr fand wieder das traditionelle Hunderennen statt. Der Ursprung dieser Veranstaltung liegt schon viele Jahre zurück und der Besuch ist ein Muss. Jeder kann teilnehmen, solange er einen Hund hat, der das Rennen läuft. Rocco und Molly kamen leider nicht in Frage, denn beide sind an kein Halsband oder Leine gewöhnt. Die Jungs waren aber der Meinung, das Pepper das Rennen unbedingt mitlaufen müsste und als Windhund auch super Chancen hatte, zu gewinnen. Dafür müssten wir nur ein wenig üben. Dazu bot sich die riesige Wiese an, die sich nicht weit von unserem Haus befand. Im Nu war der feste Freundeskreis der Buben einberufen und alle erschienen pünktlich auf der Trainingswiese. Das ist etwas ganz Wunderbares, dieser Zusammenhalt und der unkomplizierte Umgang zwischen jung und alt. Für mich war das eine ganz neue Erfahrung und auch diese möchte ich nicht mehr missen. Wir gingen also zur Wiese und als Sparringspartner durften auch Rocco und Molly mit. Wir teilten uns jeweils mit zwei, drei Leuten auf Start und Ziel auf, der Rest simulierte das Publikum und sollte die Hunde anfeuern. Pepper kannte dieses Spiel noch recht gut aus der Hundeschule, von daher brauchten wir ihm nicht viel beibringen. Am Start wurde er am Halsband zurück gehalten, während am Ziel schon jemand rief und winkte, damit er hergelaufen käme. Auf „los!" wurde das Halsband losgelassen und Pepper rannte, was das Zeug hielt Richtung Ziel. Erstaunlicherweise war es Molly, die die Action durch und durch liebte und sie war nicht viel langsamer, so dass wir kurzzeitig überlegten, sie doch mitlaufen zu lassen. Aber Ralf meinte, da sie anderen Menschen gegenüber sehr scheu war, dass sie wahrscheinlich nur unnötig Stress hätte und womöglich vor lauter Panik einfach davonlaufen würde. Rocco dagegen lief zweimal eifrig mit, danach legte er sich gelangweilt auf die Wiese und dachte sich wahrscheinlich, mei sind die blöd, da immer hin und her zu rennen. Der große Tag kam, wir meldeten Pepper an und erhielten unsere Startnummer. Man muss natürlich dazu sagen, dass das kein hochkarätiges Profirennen war, hier ging es ausschließlich um den Spaßfaktor. Es wurde nur in zwei Kategorien unterschieden, große und kleine Hunde. Die Rasse wurde völlig außen vorgelassen und erfahrungsgemäß passierten bei solchen Rennen die lustigsten Sachen. Das letzte Mal rannte zum Beispiel des Pfarrers Hund in die falsche Richtung, weil er überhaupt keine Lust hatte, wie alle anderen Richtung Ziel zu laufen. Oder wieder andere Hunde jagten und spielten miteinander, während Herrchen sich am Ziel die Seele aus dem Leib schrie. Ich war gespannt, wie unser Rennen verlaufen würde. Ich wollte keine Prognose abgeben, denn es konnte alles passieren. Einige Hunde wurden vor dem Rennen noch dressiert und auch Hannes war der Meinung, wir müssten noch einmal üben. Ich verneinte das und sagte zu ihm: "Was der Hund bis jetzt nicht kann, das lernt er auch nicht mehr!" Das Rennen ging los und in der zweiten Runde waren wir am Start. Ich ging mit Hannes und Pepper zur Startlinie, während Hannes den Hund festhielt und ich mich Richtung Ziel bewegte und dabei Pepper immer wieder rief, um ihn ein bisschen anzuheizen. Normalerweise ist er so auf mich fixiert, dass er auf alle Fälle versuchen würde, so schnell wie möglich zu mir zu kommen, aber wer weiß, was da noch alles dazwischenkommen könnte. Im Ziel schrie jeder nach seinem Hund. Von außen betrachtet sah das bestimmt zum Schießen aus. Der Rest der Raitmeier-Familie inklusive Fanclub wartete gespannt auf der linken Seite des Sportplatzes und hatte alles gut im Blick. Auf drei fiel der Startschuss, die Hunde wurden losgelassen und gefühlte zehn Sekunden später war Pepper schon bei mir im Ziel, von den anderen Hunden war noch nicht einmal im Ansatz etwas zu sehen. Damit hatte er sich automatisch für das Finale qualifiziert. Es folgten die Läufe der kleinen

Hunde, und es war einfach nur lustig, zuzuschauen. Das Finale rückte näher, wir begaben uns wieder auf Position und es fiel der Startschuss. Dieses Mal hatte Pepper einen guten Vorsprung, aber die anderen Hunde folgten ihm in kurzem Abstand. Er lief kerzengerade auf das Ziel zu, aber da standen mittlerweile so viele Leute und schrieen, dass er mich vor Aufregung nicht fand und ich durfte nicht über die Ziellinie treten. Ich rief und rief, aber er war panisch und hörte mich nicht, da erinnerte er sich wohl, dass auf der linken Seite auch noch Leute saßen, die er kannte und lief kurzerhand zu Ralf und den Kids hinüber, wo er auch freudig begrüßt wurde. Wir haben das Rennen nicht gewonnen, aber jeder im Dorf wusste jetzt, dass unser Hund der Schnellste war. Zufrieden gingen wir alle gemeinsam nach Hause und mussten die ganze Zeit über ein übermotiviertes Herrchen lachen. Dieser Hundebesitzer hatte versucht, seinen Hund mit einer Wurst ins Ziel zu locken. Der arme Kerl war eh schon völlig in Rage und wollte den Siegerlauf annullieren lassen, da sein Hund laut Schiedsrichter nicht als erster durchs Ziel kam. Das war aus seiner Sicht völlig indiskutabel. Als ich ihn fragte, ob er tatsächlich eine Wurst brauchte, damit ihm sein Hund hinterherlaufen würde, verlor er völlig die Fassung. Ja, so ein Hunderennen sollte man auf gar keinen Fall verpassen, da wird für die Lachmuskeln immer etwas geboten.

Hier im Dorf bekommt jeder seinen eigenen Namen. Zum Teil hängt das mit der Herkunft, dem Beruf oder einem Erlebnis zusammen. Dein ursprünglicher Name zählt dann nichts mehr, existiert eigentlich nimmer, du bist dann halt nur noch der Farmer, der Metzger, der Praktikant, oder der Braune.

Ralf war schon immer der Bauer. Wobei der Bauer ganz anders als vermutet hier einen sehr hohen Stellenrang hat, in etwa vergleichbar mit dem Alphatier. Der Bauer schafft an, der Bauer sagt wie's geht und so wie's der Bauer sagt, wird's schließlich gemacht. Der Niklas wurde irgendwann zum Niccl und irgendwann sagte der Bauer zu mir mei Wiesl. Eigentlich sollte das innerhalb unserer vier Wände bleiben, aber als der Cousin der Buben anrief und ins Telefon rief, "ja grias di Wiesl", war es sozusagen offiziell. Seither kann ich mich nicht erinnern, dass mich noch einmal jemand bei meinem richtigen Namen genannt hat. Nun, dem Tierchen sagt man nach, das sagt der Name schon, es sei wieselflink und dabei blitzgescheit, was keine schlechten Eigenschaften sind, also bestand für mich auch kein Grund, dagegen anzukämpfen. Hätte eh keinen Sinn gemacht. Außenstehende schauen allerdings schon erst mal bissel komisch, wenn ein guter Bekannter kommt und zu mir sagt, "grias di Wiesl". Ich komm damit klar, das Wiesel ist ein possierliches Tier, mich hätte es in einer anderen, komischen Situation auch schlimmer treffen können, eine frühere Bekannte von mir hieß mit Spitznamen "Keule", so gesehen, hatte ich richtig Glück. Leider bin ich auch manchmal das Eichhörnchen, nämlich immer dann, wenn ich was vergessen habe. Passiert mir in letzter Zeit öfter. Ganz schlimm sind Autoschlüssel, Handy und Portemonnaies. Was die Sache betrifft, bin ich zuversichtlich, so eine Phase hatte ich bereits und die ist von ganz allein wieder vergangen

Was unsere Unternehmungen betraf, muss ich an dieser Stelle etwas weiter ausholen. Wir können immer nur an bestimmten Wochenenden im Monat etwas unternehmen. Da so ein Bauernhof mittlerweile wie ein mittelständiges Unternehmen funktioniert, das heißt, sämtliche Abläufe lassen sich auf den Tag genau planen und das für ein ganzes Jahr im Voraus, sind unsere Wochenenden, an denen wir etwas unternehmen können, begrenzt. Was genau bei den Planungen passiert, würde jetzt und hier den Rahmen sprengen, auch kann ich mir die Originalbezeichnungen für bestimmte Arbeiten nicht merken. Im Grunde ist die Sache ganz einfach, zwei Wochenenden im Monat sind wir abkömmlich und können etwas unternehmen und an zwei Wochenenden ist es erforderlich, dass der Bauer höchst persönlich anwesend ist, damit nichts schief geht. Da die Abläufe ziemlich komplex sind, habe ich es mir der Einfachheit halber so gemerkt und meinen Kalender in der Arbeit zieren jeweils die Buchstaben S, S, G, G. Was schlicht und einfach heißt: schlechte Woche, gute Woche. Das verstehen auch meine Kollegen, die mit Landwirtschaft gar nichts am Hut haben.

Die Bandbreite von Ralfs Bekannten ist ziemlich groß, er kommt viel herum und lernt eine Menge Leute kennen, so auch die Hanna. Hanna war Sennerin auf einer Alm in Österreich und lud uns beide und ein paar Freunde auf ihre Alm ein, die sie für diesen Sommer bewirtschaftete.

Es war eine "G" Woche und so zögerten wir nicht lange und folgten ihrer Einladung. Wanderschuhe besaßen wir bereits, es fehlte eigentlich nur noch ein gescheiter Rucksack, in den wir alles hineinpacken konnten und diese kleinen Minischlafsäcke, damit man nicht in Hautkontakt mit den Decken kam, die einem in der Hütte zur Verfügung gestellt wurden. Das kann man jetzt sehen wie man will, wir beide sind relativ anspruchslos, was den Komfort in so einer Hütte betrifft, aber in Anbetracht der hygienischen Bedingungen auf einer Höhe von 1500 Metern sollte man doch so weit halt möglich direkten Kontakt mit möglichen Milbennestern vermeiden. Notfalls konnte man am Abend noch etwas mit Schnaps desinfizieren. Also besorgten wir uns Rucksack und Schlafsäcke, packten zusätzlich noch alles ein, das wir für unseren Bergtrip benötigten und starteten am frühen Freitagnachmittag. Angeschlossen haben sich uns noch Tammy mit ihrem Juwelen-Andy und ein weiterer gemeinsamer Bekannter mit seinem Kumpel. Relativ zeitgleich kamen wir alle am Ausgangspunkt unserer Wanderroute an und begannen den Aufstieg. Zuviel Zeit durften wir nicht verlieren. Wir sollten im Hellen ankommen. In der Dunkelheit zu wandern wäre sicher nicht so toll gewesen, zumal wir uns dort oben absolut nicht auskannten. Tammy und ich hatten uns schon eine Weile nicht mehr gesehen und deshalb auch viel zu bereden, was bergauf eine Menge Kondition erforderte. Der Aufstieg war ziemlich beschwerlich, denn es ging permanent steil bergauf. Es gab keine Möglichkeit, auch nur für fünf Minuten richtig durch zu schnaufen. Nach etwa einer dreiviertel Stunde hielt Tammy an und holte den ersten Etappenschnaps aus ihrem Rucksack. Ohne diesen ging es gar nicht, zumindest nicht, solange Tammy dabei war. Anschließend brauchte es noch einen riesigen Schluck aus der Wasserflasche. Wir marschierten weiter, immer steil bergauf und allmählich verstummten unsere Gespräche, allerdings nicht, weil uns der Gesprächsstoff, sondern die Puste ausging. Es kam wieder ein Wegweiser zu unserer Brachtalm, unser heutiges Wanderziel, der besagte, unser Weg würde uns noch weitere 45 Minuten bergauf führen. Mittlerweile waren wir schon gute 1 1/2 Stunden unterwegs, was nach Hannas Prognose, was den Aufstieg betraf, bedeuten würde, dass wir langsam wie die Schnecken waren. Das war keine sonderliche Motivation für uns angehenden Bergwanderer. So langsam spürte ich meinen Unterzucker. Ein Problem, das nicht oft auftauchte, aber wenn es da war, konnte es richtig schwierig werden. Steuert man gleich dagegen, ist die Sache schnell vorbei, aber wie es in solchen Situationen oft ist, keiner hatte irgendetwas Süßes dabei. Ich trank noch einen großen Schluck Wasser und hoffte, bis zur Hütte durch zu halten. Sie konnte eigentlich nicht mehr weit weg sein. Wir gingen und gingen und ich hoffte nach jeder Gabelung, doch jetzt wenigstens mal ansatzweise die Hütte zu sehen. Ich spürte bereits den kalten Schweiß auf meiner Haut und meine Hände zitterten. Nach einer weiteren halben Stunde erreichten wir endlich die Hütte, Hanna wartete bereits vor der Tür, in der Hand ein kleines

Tablett mit unserem Gipfelschnaps. Sie begrüßte uns und hieß uns in ihrer Hütte herzlich willkommen, doch bevor wir anstießen, sagte ich zu Hanna, dass ich ganz schnell irgendetwas Süßes in Form von Limo oder Schokolade, egal was, brauchte, sonst wäre bei mir der Akku gleich leer. Ruck zuck half sie mir aus der Klemme und hatte auch schon eine deftige Brotzeit für uns hergerichtet. Später gab es noch den einen oder anderen Gipfelschnaps, die Stimmung war sehr ausgelassen, ob das jetzt nur am Schnaps lag oder in Verbindung mit der Berghöhe zu sehen war, keine Ahnung, jedenfalls war es ein sehr lustiger Abend. Der romantische Aspekt sei mal dahingestellt, die Sonnenauf- und Untergänge sind herrlich, aber für frisch Verliebte eher nichts, es sei denn, man kann seine Bedürfnisse für ein paar Tage zurückstellen. Denn das Schlaflager ist eher spartanisch, von den sanitären Einrichtungen ganz abgesehen. Aber das muss man alles selbst erlebt haben, der eine sagt sicher, um Gottes Willen nie wieder, für den anderen ist es eine Bereicherung und das Gefühl von Freiheit, die Landschaft in vollen Zügen zu genießen.

Am nächsten Morgen regnete es. Es war also kein guter Zeitpunkt, um den Gipfel zu erzwingen. Stattdessen entschieden wir, einen kleinen Ausflug zu Mannis Hütte zu machen. Manni war Anfang 70 und bewirtschaftete eine eigene kleine Hütte. Manchmal kam er am Abend bei Hanna auf ein, zwei Bierchen vorbei. So auch gestern Abend, wir waren gerade beim Abendessen, da klopfte es und Manni stand in der Tür. Ein geselliger Bursche, dem man sein Alter gar nicht ansah.

Bei Nieselregen wanderten wir zu Manni. Um Mittag zu essen war es noch zu früh, aber aus der Hütte kam uns ein leckerer süßer Duft entgegen. Manni meinte, er hätte gerade Apfelkuchen gebacken und ob wir ein Stück probieren wollten. War der lecker, ich glaub, ich habe mein Lebtag noch keinen so guten Apfelkuchen gegessen. Wieder daheim auf unserer Brachtalm wartete Hanna schon mit einem leckeren Kaiserschmarrn auf uns. Am Nachmittag verzog sich der Regen und wir unternahmen noch eine kleine Wanderung. Allzu weit wollten wir nicht gehen, denn wir erwarteten am späten Nachmittag Ralfs Bruder und den Gernstl Die Gesichter der beiden, wenn sie dann oben auf der Hütte ankamen, wollten wir uns nicht entgehen lassen. Eigentlich wartete Ralf schon lange auf einen Anruf vom seinem Bruder Hans, was wir uns dabei gedacht hatten, ihn auf diesen Berg zu schicken. Hans rauchte so ziemlich eine Zigarette nach der anderen, er würde sicher ziemlich schnaufen müssen, um überhaupt hier oben anzukommen. Der Gernstl war noch jung, dem sollte die Anstrengung nichts ausmachen. Gegen 17 Uhr sahen wir die beiden dann tatsächlich die Wiese hochkommen. Sie waren klitschnass geschwitzt, aber überglücklich, dass sie es geschafft hatten.

Am nächsten Morgen begannen wir den Aufstieg zum Gipfel, genauso wie ihn uns Hanna beschrieben hatte. Die Steinmännchen, mehrere Steine übereinander gesetzt, die uns als Orientierung dienen sollten, fanden wir und stiegen immer höher hinauf. Der Weg wurde immer schmaler und der Boden war immer noch ziemlich feucht. Bald konnte man den Weg nur noch erahnen. Wir kletterten weiter nach oben, ließen aber intuitiv zwischen uns einen größeren Abstand. Sollte wirklich einer von uns rutschen, würde er die anderen nicht gleich mit sich reißen.

Ein normaler Wanderweg konnte das beim besten Willen nicht sein, das Risiko, dass hier etwas passieren könnte, wurde immer größer. Keiner wollte aber zugeben, dass er langsam ein ungutes Gefühl bei der Sache hatte, schließlich hatte uns Hanna ja ruhigen Gewissens hoch geschickt. Zumindest die Männer wollten nicht als Weichei zurückkehren. Wir machten kurz Rast, dabei hatten wir einen herrlichen Blick auf den Chiemsee aus ca. 2000 Meter Höhe. Der Pfad unter mir war gerade so breit, dass mein Fuß in voller Länge Platz hatte, danach ging es hunderte von Metern nach unten. Ich hielt mich an den Grasbüscheln hinter mir fest, denn bei der Höhe und dem sozusagen freien Fall, bekam ich schon ein mulmiges Gefühl. Ich fragte die anderen, ob es die Abenteuerlust wirklich wert wäre, schließlich hatten wir alle Kinder daheim und das Risiko, dass einer einen falschen Schritt machte und alle mitreißen würde, war wirklich groß. Der Bauer musste entscheiden und auch er wollte das Risiko nicht länger auf sich nehmen. So stiegen wir sehr, sehr vorsichtig wieder hinunter und entschlossen uns für eine ungefährlichere Route, bei der auch ab und zu eine Hütte zum Einkehren kam. Am Abend kamen die Helden mit der Wahrheit heraus und jeder gab zu, dass er da oben ganz schön die Hosen voll hatte.

Wie die Zeit vergeht

Ich kann gar nicht glauben, wie schnell die Zeit vergeht. Mittlerweile war ich bereits wieder zwei Jahre mit Ralf zusammen. Eine ziemlich lange Zeit. In meiner letzten Beziehung warf ich nach zwei Jahren das Handtuch, weil die Beziehung keine Zukunft hatte. Jetzt, nach genau wieder zwei Jahren, war ich an einem Punkt angekommen, an dem ich etwas ändern musste. Ich konnte unmöglich ewig an den Wochenenden von Schwaben nach Niederbayern pendeln. Mein Bauer war nach wie vor der, den ich vor zwei Jahren kennen gelernt hatte.

Schlechte Laune schien er nicht zu kennen. Die viele Arbeit und der Stress brachten ihn nicht aus der Ruhe. Nach wie vor war ich für ihn die schönste Frau der Welt, wenngleich das sicher leicht übertrieben ist, doch seine Blicke bestärkten seine Aussage und das war und ist ein wunder, wunderschönes Gefühl. Ich liebte ihn. Normalerweise schleicht sich irgendwann immer der Alltag ein, aber das war bei uns nicht so. Jeden Freitag freute ich mich aufs Neue, wenn wir nach der Arbeit zu ihm fuhren und hasste gleichzeitig den Montagmorgen, wenn wir wieder zurück mussten. Auf ewig würde so eine Wochenendbeziehung nicht funktionieren, über kurz oder lang würde ich etwas ändern müssen. In einer ruhigen Minute daheim fragte ich Niklas daher, ob er sich vorstellen könnte, immer bei Ralf und den Jungs zu wohnen. Mir war durchaus bewusst, dass es für ihn wahrscheinlich die größte Umstellung bedeuten würde. Er müsste seine Freunde zurücklassen, hätte aber gleichzeitig die Möglichkeit, an den Wochenenden, an denen er seinen Dad besuchte, seine alten Kumpels zu sehen. Außerdem könnten sie uns in den Ferien oder auch am Wochenende mit dem Zug besuchen kommen. Aus dem Kleinkindalter waren sie alle schon lange heraus. Niklas sollte sich das gut überlegen, für den Fall, dass er die Schule unter gar keinen Umständen wechseln wollte, hätten wir halt noch weitere zwei Jahre pendeln müssen. Es gab wohl auch das Angebot, dass er bei seinem Dad bleiben könnte, um weiter die alte Schule besuchen zu können. Ich war nicht eingeweiht und wie ich schließlich davon erfuhr, war ich ziemlich entsetzt, enttäuscht und sauer. Wütend ist, glaub ich, das treffendere Wort. Wie konnte Carsten nur so einen Vorschlag machen, nachdem ich mich all die Jahre gekümmert und meine Bedürfnisse meinem Kind zuliebe sehr eingeschränkt hatte? Glaubte er allen Ernstes, ich würde ohne mein Kind gehen? Er beteuerte, so sei es nicht gewesen. Ich weiß es nicht und meine allerbeste Freundin Lisa schlug sich bei diesem Konflikt auf seine Seite. Das konnte ich ihr nicht einmal verübeln, schließlich war Carsten ihr neuer Partner und sie musste in erster Linie zu ihm halten. Aber dass sie ihr ok gegeben hätte, dass Niklas bei ihnen wohnen könnte, zumal Carsten die Woche über auch nicht immer zu Hause war und dann der ganze Stress an ihr hängen bliebe, kann ich bis heute kaum glauben. Bis heute weiß ich nicht, wie das damals wirklich ablief.

Da mich die Situation ziemlich schwer belastete, bekam ich gesundheitliche Probleme. Ralf riet mir schließlich, mit der Sache gedanklich abzuschließen, nicht weiter darüber nachzudenken, ob die beiden richtig oder falsch handelten, ob es fair war oder nicht, schließlich würde es nur noch mehr Stress geben und den könnte ich im Moment gar nicht brauchen. Daher hakte ich unsere jahrelange Freundschaft ab. Auch Lisa unternahm keinen Versuch, die blöde Geschichte aus der Welt zu schaffen, was mir schließlich meine Entscheidung erleichterte.

Inzwischen stand fest, dass wir umziehen würden. Dafür mussten zuvor ein paar organisatorische Dinge geklärt werden. Welche Schule kommt für Niklas in Frage? Wie regele ich das mit der Arbeit? Ich hatte einen guten Job und den einfach so aufzugeben, hielt ich für einen Fehler. Bis ich etwas Ähnliches finden würde, konnte es Monate dauern. Auf keinen Fall wollte ich, dass Niklas mitten im Schuljahr die Schule wechseln musste. Daher fand ich zusammen mit meiner Chefin eine sehr gute Lösung. Ich arbeitete ab dem Zeitpunkt meines Umzuges von Montag bis Mittwoch in der Firma. Am Mittwochnachmittag fuhr ich heim und arbeitete Donnerstag und Freitag von zu Hause aus. Das war ein schwieriges Unterfangen, doch meine Chefin bekam es letztendlich bei der Geschäftsleitung durch. Die Schulummeldung war unkompliziert, dazu sollten wir nur während der ersten Ferienwoche mit dem Zeugnis in der Schule erscheinen.

Jetzt konnte ich beginnen, meinen Hausstand Stück für Stück auf zu lösen. Wenn ich jede Woche mit einem voll beladenen Auto nach Niederbayern fahren würde, müsste ich es schaffen, bis August die Wohnung einigermaßen leer zu haben. Aber, als ob so ein Umzug nicht schon Stress genug machte, unterrichtete mich Carsten davon, dass die Wohnung bereits ab 1. August verkauft wäre und der neue Besitzer gerne sofort einziehen wollte.

Ja super, jetzt fragte ich mich allerdings schon, wie ich das alles schaffen sollte. Ich arbeitete bis Ende Juli, auch noch den ganzen Tag, da eine Kollegin erkrankt war, im Anschluss räumte ich die Wohnung aus. Auf irgendwelche Hilfe brauchte ich nicht hoffen, es wusste zwar jeder, dass ich umzog, aber es bot sich keiner an. Berufe dich auf deine Freunde, wenn du Hilfe brauchst und du siehst, auf wen du dich verlassen kannst. Gut, Lisa und Carsten kamen nicht in Frage und die anderen hatte ich auch nicht, das muss ich zu deren Entschuldigung sagen, direkt um Hilfe gebeten. Außer Britta bot sich niemand an und sie war zu diesem Zeitpunkt so schwer krank, dass ich ihr sagte, sie wäre im Moment die letzte, die ich um Hilfe bitten würde. Sie solle erst einmal wieder gesund werden. Die meisten Möbel gab ich sowieso in den Sperrmüll, trotzdem musste ich bis zum letzten Tag noch irgendwie in der Wohnung hausen. Niklas hätte ich noch mit einspannen können, aber ihm wollte ich die letzten Tage auch nicht im Weg stehen, wenn er sich noch mal mit all seinen Kumpels verabredete. Am Abend kam Ralf mit seinem Freund Pit inklusive Anhänger vorbei, um die Möbel abzuholen, die mit umziehen sollten. Ich hatte sie schon alle abgebaut und ins Erdgeschoss geschleppt, damit es beim Verladen schneller ging. Am Abend gingen wir noch auf einen Sprung in die Stadt, um etwas zu essen und ein Gläschen Wein zu genießen.

Nun war die Wohnung ziemlich leer, aber es gab immer noch eine Menge Kram, der mit nach Niederbayern sollte. Das Aquarium musste bis zum letzten Tag stehen bleiben. Die Müllcontainer unten waren schon bis zum Rand voll und ich hatte immer noch einen Haufen Dinge, die ich nicht unbedingt mitnehmen wollte. So zum Beispiel eine ganze Kiste Tuppersachen. Die haben irgendwann eine Stange Geld gekostet, aber Ralf hatte seine Schränke selbst voll mit Schüsseln und Behältern. Ein paar Sachen verschenkte ich, den Rest haute ich einfach weg. So langsam hatte ich keinen Nerv mehr und die Umzugskisten gingen mir auch aus. Die Müllcontainer waren jetzt restlos voll gestopft von mir und ich wunderte mich schon, dass noch kein Nachbar da war, um sich zu beschweren. Die letzte Nacht wollte ich bei meiner Arbeitskollegin verbringen, bei der ich auch die Woche über, wenn ich in der Firma arbeitete, übernachtete. Wir waren zum Abendessen verabredet, aber jetzt war es schon 20 Uhr. Mein Auto war voll und es befand sich immer noch ein Haufen Zeugs in der Wohnung. Ich rief sie an und wollte unser Abendessen verschieben, um meine Fuhre noch am selben Abend an Ort und Stelle zu bringen.

Morgen müsste die Wohnung leer sein. Sie wartete offensichtlich schon und meinte, Ich solle jetzt mal zu ihr kommen, um diese Uhrzeit noch so weit zu fahren, wäre Quatsch. Stattdessen bot sie mir an, meine Ladung bei ihr im Keller zu deponieren. Dann mussten wir zwar alles in den Keller schleppen und eine Woche später wieder hinauf, aber an diesem Abend konnte ich Feierabend machen. Maren hatte inzwischen schon gekocht und eine Flasche Wein hatte sie auch bereits geöffnet. Eine wirklich gute Seele, sie war viel zu gut für diese Welt. Wir unterhielten uns noch ein bisschen, aber inzwischen war es schon spät und wir gingen zu Bett. Am nächsten Tag nach der Arbeit und dem letzten Schultag an Niklas seiner alten Schule, packten wir unser Auto, ich sah schon schwarz, dass wieder nicht alles reinpassen würde, wir quetschten und drückten, was nicht rein ging, musste da bleiben, aber im Müllcontainer war kein Platz mehr. Als letzte Handlung holten wir die Fische aus dem Aquarium und setzten sie in unseren Transporteimer. Ich hoffte, sie würden die Fahrt gut überstehen. In den Abfall passte wirklich überhaupt nichts mehr rein und deshalb gaben wir den Inhalt des Aquariums, also Sand und Steine, seinem Ursprung wieder zurück und kippten es am Bach aus, der sich gleich bei uns in der Nähe befand. Das war der letzte Tag in der Stadt, in der ich über 20 Jahre gelebt hatte. Genau so lange, wie ich in meiner Geburtsstadt verbracht hatte. Würde ich in Niederbayern, einem kleinem Dorf, genauso lange ausharren und glücklich sein? Wer weiß das schon, das wird die Zeit zeigen. Eins steht jedenfalls fest, auch wenn das Dörfchen noch so klein ist, nervige Nachbarn würde ich hier sicher nicht haben, denn es gab praktisch keine oder zumindest wohnte der nächste Nachbar einen guten halben Kilometer entfernt. Also keiner, der sich über Hundegebell, über das Klacken von Stöckelschuhen oder über Tomatenpflanzen, die über die Balkonbrüstung wuchsen, aufregen würde. Freunde meinten, der Umzug wäre sicher eine große Umstellung für uns und an manchen Tagen würde das sicher hart für uns sein. Ich empfand das nicht so. Es gibt das Sprichwort, man geht mit einem lachenden und einem weinenden Auge. Ich habe auch geweint, lange Zeit vorher, als ich glaubte, das Glück sei nur anderen vergönnt und diese es dann vor meinen Augen lebten. Nein, für mich fühlte sich das eher an wie eine Befreiung. Ich musste mich natürlich auch mit den Vorwürfen auseinander setzen, was ich meinem Kind antat. Ihm den kompletten Freundes- und Bekanntenkreis zu entziehen. Eine neue Schule mit neuen Lehrern und Schülern würde ich ihm zumuten und das zwei Jahre vor seinem Abschluss. Vorwürfe dieser Art konnten nur von Leuten kommen, die mich in all den Jahren nicht sonderlich gut kannten, sonst hätten sie gewusst, dass ich es mir sehr wohl und lieber zweimal überlege, bevor ich eine so folgenschwere Entscheidung treffe. Nun, wie Niklas in ein, zwei Jahren darüber denken würde, das würde sich dann herausstellen. Was wir aber mit Sicherheit zu diesem Zeitpunkt sagen konnten, war, ab dem Umzugstag lebten wir als richtige Familie mit ganz vielen Tieren auf einem richtigen Bauernhof zusammen.

Das Leben auf dem Hof

Die Umzugskisten waren alle ausgepackt, das Aquarium wieder befüllt und die Fische schwimmen wieder munter in ihrem alten, neuen Zuhause. Die Jungs bewohnten nun mehr oder weniger die obere Etage des Hauses. Da sie altersbedingt nun auch voll in die pubertäre Phase kamen, fanden wir es richtig, jedem sein persönliches Reich zur Verfügung zu stellen und bauten kurzer Hand den rechten Flügel des Hauses um zwei weitere Zimmer aus.

Nach den Sommerferien besuchte Niklas seine neue Schule. Er fand gleich Anschluss zu seinen Mitschülern, mit den Lehrern war es etwas schwieriger. Höchstwahrscheinlich lag es daran, dass wir auf Grund unserer fehlenden Konfession wieder die zusammen gewürfelte Klasse erwischten, in der sich erfahrungsgemäß immer die Schüler mit dem größten Potenzial befanden. Allerdings nutzten sie dieses nicht, um den Lehrstoff schnell zu verinnerlichen, sondern eher den Lehrern auf den Zahn zu fühlen. So waren sie schnell als die Klasse bekannt, auf welche die Lehrer im wahrsten Sinne des Wortes Null Bock hatten. Soweit war das auch nichts Neues für mich und ich beschloss, erst einmal abzuwarten. Das Problem war nur, mit dem Endjahreszeugnis musste sich Niklas bewerben. Eine weiterführende Schule kam für ihn momentan nicht in Frage. Er hasste die Schule, nicht seine Mitschüler, ich glaube, die fand er sogar cooler als an seiner alten Schule.

Was hatte sich für mich geändert? Abgesehen davon, dass ich jetzt nicht mehr wie früher daheim für zwei kochte, sondern Minimum für fünf Personen, wobei letztendlich am Tisch mindestens sechs, sieben oder acht Personen saßen. Das machte die Planung ziemlich schwierig. Im Nachhinein kann ich jetzt meine Mutter verstehen, die recht ungehalten war, wenn ich zum Mittagessen unangemeldet einen Freund mitbrachte. Beim Metzger hatte sie drei Schnitzel gekauft und nun saßen vier Personen am Tisch, das war ihr logischerweise unangenehm. Also plante ich meine Essen so, dass ich sie zur Not immer noch etwas strecken konnte, denn eine halbe Stunde vor dem Essen war es dann meist absehbar, wer letztendlich alles mit am Tisch sitzen würde. Für Perfektionisten wäre es sicher ein Grund, die Nerven zu verlieren, doch soviel hatte ich bereits gelernt, wenn man auf dem Land lebt beziehungsweise zusammen mit den Raitmeiers, dann darf man nicht so empfindlich sein. Ich meine nicht, dass der Umgangston so rau wäre, dass man sich nur schwer daran gewöhnen konnte, sondern die Tatsache, ständig improvisieren zu müssen und am Morgen nicht zu wissen, was bis zum Abend alles passiert sein könnte. Wobei mit passiert nicht unbedingt negative Ereignisse gemeint sein müssen. Ganz im Gegenteil. So gesehen war mein Leben davor ziemlich eintönig, wenn nicht sogar langweilig.

Was die Arbeiten im Stall betraf, hielt mich Ralf meistens heraus. Niklas war aber bereits voll integriert.

Offensichtlich konnte man mir bestimmte Arbeiten nicht zumuten oder mein Job war es einfach nur, für ausreichend Essen zu sorgen und den Hof optisch in Schuss zu halten. Im Frühjahr und im Sommer war das auch überhaupt kein Problem. In Anbetracht der Größe des Hofes gab es draußen immer etwas zu tun. Allein bei unserem Blumenmeer war ich am Abend eine reichliche Stunde beschäftigt, um alles zu gießen. Jahr für Jahr kamen neue Kreationen an Pflanzkübeln und Gestellen dazu, die ich im Laufe des Winters baute. Die Jungs waren den ganzen Tag draußen am Werkeln und ich allein im Haus. Mit zweimal kochen am Tag und nebenbei Wäsche waschen war ich nicht ausgelastet und alleine auf der Couch Fernsehen zu schauen war langweilig.

So dachte ich mir, ich könnte ja gelegentlich oder wenn Not am Mann war, die Jungs etwas im Stall unterstützen. Das Prinzip beziehungsweise die Hierarchie war einfach, man begann mit den niedersten oder zumindest unangenehmsten Aufgaben, ähnlich wie in jeder gut funktionierenden Firma. Nicht einmal „Hochschlafen" hätte mir hier etwas geholfen, denn der Bauer gehörte mir ja bereits. Das sollte natürlich nur ein Scherz sein. In der Firma, in der ich arbeite, sind zum großen Teil die Vorgesetzten eh weiblich, soll heißen, ich habe mein Geld immer ehrlich und mit eigener Leistung verdient.

Auf geht's. Meine erste Aufgabe war es, ein paar Zuchtsauen von A nach B zu bringen. Also die Jungs übernahmen den Part von A nach B, mein Job war es, dass die Sauen auch bei B blieben. Ich habe das Grinsen der Jungs genau gesehen und vorsichtig gefragt, was ich denn machen solle, wenn die alle wieder auf mich zu gerannt kämen. Als Hilfsmittel sollte mir ein Brett aus Plastik dienen, welches gerade mal die Verlängerung meines Armes darstellen sollte. Ihre Antwort war schlicht und einfach „aufhalten!"

An der Stelle sollte ich vielleicht erwähnen, dass so eine Zuchtsau im Gegensatz zu den Bauernhoftieren, die einem in Fernsehfilmen gezeigt werden, mindestens doppelt so groß und demzufolge auch doppelt so schwer ist. Ich schätze mal 200 kg bringt eine Zuchtsau locker auf die Waage. Wer von einem großen Hund schon mal auf den Fuß getreten wurde, kann sich vielleicht in etwa vorstellen, wie sich dann 200 kg anfühlen. Und ich sollte nicht nur eine Sau aufhalten, sondern zehn. Ich hoffte nur, dass die gutmütig waren und mich mit meiner Statur und meinem Brettl auch als Respektsperson akzeptierten. Also gut, die ersten drei kamen, ich ließ sie durch die Tür und stellte mich vor den Eingang. Natürlich waren sie neugierig und kamen wieder auf mich zu. Ich brauchte aber nur mit meinem Brett etwas zu wedeln und sie drehten wieder um. Auch mit sechs Sauen funktionierte das noch recht gut, wie aber die restlichen vier dazu kamen, sich schließlich gemeinschaftlich drehten und wieder auf mich zu liefen, schrie ich „und was jetzt?" „Schnell raus und Tür zu" rief Sebastian, der ältere der Jungs. Geschafft. Zum Glück und ich lebe noch. Für mich sah das ziemlich gefährlich aus, ich schätze die Jungs haben bei der ersten Gelegenheit herzlich über mich gelacht. Was solls, ich trage es mit

Fassung. Ich bin ehrlich, mit den großen Sauen habe ich es nicht so, da sind mir die kleinen Ferkelchen schon viel lieber. Also habe ich mich, wenn es meine Zeit zuließ, daran gemacht, die Kleinen zu füttern. Das war zwar der undankbarste Job, weil es die meiste Zeit in Anspruch nahm, die unzähligen Schubkarren mit Futter zu befüllen und anschließend an die Ferkelchen zu verteilen. Aber es macht Spaß, denn die Kerlchen sind total neugierig und beschnuffeln einen immer ganz vorsichtig. Also übernahm ich gelegentlich den einen oder anderen in meinen Augen gefährlichen Job. Beispielsweise unseren Udo, der unser Eber ist, dazu zu bringen, dass er die Zuchtsauen heiß macht. Wieder nur mit einem Plastikbrett bewaffnet, sollte ich ihn möglichst nah bei den Sauen halten. Jetzt war unser Udo echt ein guter, aber mit noch mal 50 Kilo mehr und Schaum vorm Maul hatte ich echt Schiss vor dem. Wer konnte mir denn garantieren, dass er mich nicht auch für ne heiße Sau hielt? Mein Fluchtweg war zusätzlich von außen verriegelt und ich hätte erst bei einer Türhöhe von 1,60 m oben drüber langen müssen, um den Riegel außen zu öffnen. Das schaff ich nie, wenn es schnell gehen muss, dachte ich mir, aber ich stand schon mitten drin in meinem Job. Ich glaube, ich hatte nicht oft Angst in meinem Leben, aber das war ein Moment, der ist mir im wahrsten Sinne des Wortes tierisch auf den Magen geschlagen. Zum Glück hat es der Udo gut mit mir gemeint und ich wurde nicht zum Objekt seiner Begierde.

Das Leben in der Patch-Work-Family

Von meinem ruhigen Zwei-Personenhaushalt verabschiedete ich mich recht schnell. Wir waren jetzt Minimum zu fünft, davon 4 Männer, drei dazu im Wachstum beziehungsweise in der Pubertät. Das heißt, irgendetwas fehlte im Kühlschrank immer. Man hatte keine Chance, dieses Essverhalten irgendwie aufzufangen, geschweige denn die Vorlieben im Vorfeld zu planen. Was heute in Unmengen gegessen wurde, konnte die Woche darauf schon wieder im Kühlschrank verharren, bis das Verzehrdatum abgelaufen war. Ich habe vorgeschlagen, eine Bedarfsliste am Kühlschrank anzubringen, auf der jeder seine Vorlieben eintragen konnte, aber keiner konnte mir eine Woche im Voraus sagen, auf was er Appetit haben würde. Ketchup, Mayo und Kräuterbutter wandern von Haus aus in den Einkaufswagen, davon kann man nie genug zu Hause haben. Bei Getränken sieht es noch krasser aus. Während der Normalo vielleicht einen Kasten Limo und einen Kasten Bier nach Hause schleppt, jongliere ich im Sommer Woche für Woche zwischen 10 und 13 Kisten zum Getränkemarkt und wieder zurück. Spätestens wenn die Jungs alle ihren Führerschein haben, werde ich diesen Part abschieben. Auch wäre ein Großküchenherd in unserer Küche von Vorteil gewesen anstelle des 4 Platten Herdes, bei dem man ständig an logistische Grenzen stieß. Wäsche waschen, aufhangen und abnehmen wird immer dann erledigt, wenn man das Haus über die Schmutzschleuse verlässt. Ein zwei

Trommeln liegen immer da. Wenn man diese Tatsachen mal akzeptiert und als Istzustand anerkannt hat, kann man sich den angenehmen Dingen des Lebens widmen. Früher in meiner Drei-Zimmer-Wohnung habe ich oft am Wochenende zwischen den Mahlzeiten fern gesehen. Was sollte man auch tun, es war nichts los. Heute kommt das im Jahr vielleicht drei oder vier Mal während der Winterzeit vor, dass wir zum Nachmittags-Kaffee auf der Couch liegen und einen Film schauen. Im Garten ist immer etwas zu tun und wenn nicht, dann überlege ich mir ein neues Projekt, welches unseren Garten verschönern könnte. Was an Material fehlte, holte ich mir aus dem Baumarkt und los ging es. Manchmal gab es auch größere Projekte, da hatte aber meistens Ralf seine Finger mit im Spiel. Sein Weiher am Ende des Hofes war ein kleines liebloses Wasserloch. Als wir uns kennen lernten sagte ich mal, da könnte man mehr draus machen. Er ging aber überhaupt nicht darauf ein und da ich noch genügend andere Baustellen hatte, habe ich's auch dabei belassen. Bis wir eines Tages auf einer Gartenausstellung an einigen kleinen sehr schön angelegten Teichen vorbeikamen. Da meinte er plötzlich, das sieht doch toll aus. Meine Rede, entgegnete ich, du wolltest aber bisher nichts davon wissen. Damit dachte ich, war das Thema beendet. Ich sollte mich irren, denn genau drei Tage später stand ein riesiger Bagger am Weiher, der diesen von Grund auf ausbaggern und bei der Gelegenheit gleich ein bisschen größer machen sollte. Am selben Abend bekamen wir noch eine Ladung Steine und Beton, um die Ränder zu stabilisieren. Das ganze Projekt begann am späten Nachmittag und bis zum Abend um halb neun war der neue Weiher dank zahlreicher Helfer fertig. Ich hatte bereits eine Brotzeit vorbereitet, die gönnten wir uns nun, dazu noch ein kühles Bier. Lange saßen wir an diesem Abend nicht mehr draußen. Alle waren ziemlich geschafft von der Arbeit und jeder wollte nur noch in sein Bett.

Der Weiher war nun soweit fertig, jetzt musste er nur noch bepflanzt werden, damit er auch zum optischen Blickfang wurde. Ein Steg würde das Ganze noch perfektionieren. Ich bin bescheiden und dachte dabei an die Baumarktvariante. Langweilig, meinte Ralf und schlug vor, einen Steg aus einem Baum zu bauen. „Wie soll das denn gehen", fragte ich, so breit ist doch kein Baum! „Doch, doch" meinte Ralf, „Der muss nur richtig groß sein."

Ich konnte mir das nicht vorstellen, redete aber auch nicht dagegen, denn schließlich waren Ralfs Ideen bisher immer gut. Bereits eine Woche später, ich kam gerade von der Arbeit, erzählte er mir, er habe bereits einen Baum ausgesucht und wenn ich Lust hätte, könnten wir ihn uns im Wald ansehen.

Ich hielt das immer noch für einen Scherz. Schon klar, wo sind wir denn, ich geh mal schnell in den Wald und kauf' n Baum oder wie? Es war kein Witz, wir machten einen Abstecher in den Wald und da lag der Baum schon fix und fertig für uns zur Abholung. Wir mussten ihn nur noch in unseren Einkaufswagen packen. Das erzähl mal einem aus der Stadt, die zeigen dir nen Vogel oder halten dich für bekloppt. Als „Einkaufswagen" benötigten wir allerdings

271

etwas sehr, sehr Großes, aber ich dachte mir, wer weiß, wo man Bäume in solchen Dimensionen kauft, wird schon auch eine Idee haben, wie wir ihn nach Hause bekommen. Am Samstag war es dann soweit und wir wollten schnell den Baum holen. Aus schnell wurden dann mal eben 4 Stunden, denn so easy war das doch nicht. Gute zwei Stunden hat es gedauert, den Baum richtig zu positionieren und mit dem Bulldog in die Nähe eines befahrbaren Waldweges zu bringen. Dort warteten ein Tieflader und zwei Hoftrucks, die den Baum auf den Wagen heben sollten. Das dauerte wieder etwa zwei Stunden und bedurfte einiges an Fingerspitzengefühl, denn die Hoftrucks mussten immer parallel arbeiten bzw. heben und fahren. Ich dachte mir, wenn wir den Baum heil nach Hause ziehen, grenzt das schon an ein Wunder. Am späten Nachmittag war er dann endlich aufgeladen und insoweit fest gesichert, dass wir die Heimfahrt antreten konnten. Im Konvoi mit Bulldog, Tieflader, Hoftrucks und unzähligen Rollern der Dorfjugend, welche sich das Spektakel nicht entgehen ließen, zogen wir das Teil durchs ganze Dorf zu uns nach Hause. Der Mann mit der Kettensäge wartete bereits, um aus unserem Baum einen Steg für den Weiher zu „schnitzen“. Das war keine Aufgabe für einen Tag, das war richtig schwere Arbeit, aber auch das haben die Männer ohne Zwischenfälle super hinbekommen. Nun hatte der Baum nicht wie gewöhnlich zwei Astgabeln, sondern vier und mir kam spontan die Idee, den Steg, welcher an den Astgabeln entlang entstehen sollte, gleichzeitig als Liege um zu funktionieren. Also Steg und Relax Liege in einem. Die Idee fanden sie super. Ich musste nur kurz Probe sitzen für eine gute Sitzposition und der Bau wurde fortgesetzt.

Nach einer Woche war unser Steg fertig und musste nur noch über dem Weiher perfekt positioniert werden. Eine große Herausforderung. Mit den Hoftrucks würde das sicher nicht funktionieren. Der Weg war nicht so breit, dass beide Fahrzeuge parallel mit dem Baum fahren konnten. Aber die Raitmeiers wären nicht die Raitmeiers, wenn sie nicht auch für dieses Problem eine Lösung hätten. Diese ließ auch nicht lange auf sich warten, die Baufirma bei der Hannes seine Ausbildung machte, lieh uns einen Kran. Mit diesem Kran und einer Menge Fingerspitzengefühl, wenn man das bei solchen Dimensionen noch sagen kann,

273

zirkelten sie den Baum über unseren Weiher und passten ihn so an, dass er sicher lag und ab sofort genutzt werden konnte.

Mit einer kleinen Weiher-Party bedankten wir uns bei unseren zahlreichen Helfern und genossen unser neu geschaffenes idyllisches Plätzchen.

Etwas Eigenes

Die letzten 18 Jahre habe ich hauptsächlich mit Arbeit und Kindererziehung verbracht. Das stand im Vordergrund, aber schon die letzten 6 Jahre und besonders ab dem Zeitpunkt, als wir nach Niederbayern zogen, benötigte Niklas nicht mehr so viel meiner Zeit. Zum einen mag es daran liegen, dass die Jungs nun zu dritt waren und sich hervorragend vor allem draußen beschäftigen konnten. Zum anderen begann der Abnabelungsprozess, was ja auch ein ganz normaler Vorgang ist. Nur entstanden auf einmal Lücken, Zeitlücken mit denen man irgendetwas Sinnvolles anfangen musste. Es war nicht so, dass mir den ganzen Tag auf dem Hof langweilig wäre. Nein, mit Sicherheit könnte ich mich allein mit Wäsche waschen, trocknen, bügeln und kochen den ganzen Tag beschäftigen. Aber das Leben soll nicht nur aus Arbeit bestehen oder zumindest sollte sie auch Spaß machen. So überlegte ich, was ich auf oder aus diesem Hof machen könnte und was mir gleichzeitig Freude bereiten würde. Meine Überlegungen gingen in verschiedene Richtungen. Was hat der Hof bereits und wie kann man das mit etwas völlig Neuem verbinden? Macht das Sinn, kann das funktionieren? Was bei dieser ganzen Idylle hier vermisse ich ? Gibt es überhaupt etwas, das ich vermisse? Wie kann ich die bombastische Aussicht, den Hof mit allem, was er mit sich bringt, sinnvoll nutzen und gleichzeitig noch Spaß dabei haben? Die Idee kam mir im Biergarten. Biergärten sind super und die Leute lieben sie. Jetzt bin ich aber kein Biertrinker. Ein Radler ok, aber viel lieber mag ich ein gutes Glas Wein und am besten dazu draußen sitzen mit einer guten Brotzeit. Einen Wein im Biergarten, da schauen sie dich blöd an und bringen dir ein Glas mit einem Wein aus einer Flasche, die wahrscheinlich schon seit Wochen offen steht. Ein Artikel in einer Zeitschrift brachte uns schließlich auf die Idee. Darin wurden die verschiedensten Holzbacköfen vorgestellt. Ralf meinte und wenn du Brot bäckst? Die Idee kam nicht von ungefähr. Wir hatten schon ein Buch zu Hause mit der Bauanleitung für einen Pizzaofen. Ich dachte darüber nach. Brot backen ja, das war interessant, aber das war auch eine Heidenarbeit und die Bäcker beschweren sich eh, dass es ein hartes Geschäft ist, preislich gegen die großen Backketten anzukommen. Aber egal ob Backkette oder herkömmlicher Bäcker, oft ist es schwer, ein wirklich schmackhaftes Brot, zu bekommen. Vor allem ältere Leute sagen oft, früher hat das Brot ganz anders geschmeckt. Wenn wir es schaffen würden, ein Brot zu backen, das sich geschmacklich noch abhebt von einem Bäckerbrot und sich eine Woche hält, so wie es die älteren Leute immer erzählen, wäre das eine gute Basis für die Umsetzung meiner Geschäftsidee. Außerdem, so spann ich meine Idee weiter, hat so ein Holzofen noch weitere unzählige Möglichkeiten, zum Einsatz zu kommen. Pizza oder Spanferkel, die haben wir selbst auf dem Hof und der Markt der Ferkelproduktion ist im Moment ziemlich hart. Ich sagte zu Ralf, lass uns doch versuchen, mein Geschäft mit deinem Betrieb zu verbinden. Er winkte immer wieder ab und meinte, stell dir das nicht so leicht vor. Da musst du verdammt viele Brote backen, bis sich das rentiert. Willst du dir den Stress wirklich antun? Glaub bloß nicht, dass aus dem Dorf hier jemand dein Brot kauft, da wird keiner kommen. Das garantiere ich dir. Naja, sonderlich aufbauend klang das für mich nicht. Aber so schnell wollte ich nicht aufgeben und sagte: „Nun dann kaufen halt die Leute aus den umliegenden Dörfern mein Brot, davon gibt es ja auch genügend. Und wer sagt denn, dass mein Hauptaugenmerk auf dem Brot liegt, das soll einen Teil meines Geschäfts ausmachen. Mir ist schon klar, dass ich den Bäckern hier keine wirkliche Konkurrenz mache, sollte ich mein Geschäft mit einem Ofen betreiben." Gut, er versuchte, mich vor der Enttäuschung zu bewahren, aber wie sagt das Sprichwort: "Wer nicht wagt, der nicht gewinnt". Der Hof bot alle Möglichkeiten, in der Stadt wäre so etwas nie möglich gewesen. Ich kalkulierte mal durch, was mich die Investition in etwa kosten würde. Ich hatte ein bisschen Geld gespart und auf der Bank gab es eh keine Zinsen mehr.

In meinen Augen war es ein überschaubares Risiko. Wenn es schief ginge, würde ich mir ein blaues Auge holen, aber mich nicht gänzlich ruinieren. Mit dieser Erkenntnis feilte ich weiter an meiner Idee. Ralf versuchte ich immer noch davon zu überzeugen, dass so ein Spanferkel aus einem Original Holzofen etwas ganz Besonderes sei. Er war ziemlich skeptisch, doch je mehr wir auch mit Leuten, die vom Geschäft Ahnung hatten sprachen und diese von unserer Idee überzeugt waren, zeigte er zunehmend mehr

Engagement.

Als erstes besorgten wir uns unser Grundgerüst. Das waren hundert Jahre alte Balken, unter ihnen sollte mein Backofen stehen. Ich holte Erkundigungen ein, was ich alles für Auflagen erfüllen musste. Der Herr vom Gesundheitsamt kam gleich persönlich vorbei, obwohl ich noch nicht einmal festgelegt hatte, wo genau meine Hütte stehen sollte.

Na schön, dachte ich, wenn er denn so engagiert ist, sollte er sich halt vor Ort meinen Plan anhören. Vielleicht würde ihn das irgendwie milde stimmen. Nun nach seinen Schilderungen benötigte ich nicht viel, gerade eine separate Küche. Schwieriger wurde es schon, sollte ich Alkohol ausschenken. Dafür benötigte ich eine Toilette und eine Gaststättengenehmigung und er riet mir von dem Stress ab. Was ich bis heute nicht verstehe, ist, wenn ich nur antialkoholische Getränke ausschenke, benötige ich weder eine Gaststättenerlaubnis, noch eine Toilette. Das mit dem Alkohol leuchtet mir noch ein, aber wenn man nur Wasser und Saft trinkt, muss man dann nicht zur Toilette? Auf diese Frage habe ich bis heute keine vernünftige Antwort bekommen. Wir reichten einen Bauplan ein und zu unserer Beruhigung meinte man, das sei nur Formsache, da könne gar nichts schief gehen. Das beruhigte mich sehr und ich überlegte mir das noch einmal mit der Ausschankgenehmigung. Ich rief den Herrn vom Gesundheitsamt an und erklärte ihm, eine Pizza ohne ein Glas Wein sei ja schon fast geschäftsschädigend und schlug ihm meine Lösung für die fehlende Toilette vor. In unserem Haus befand sich im Erdgeschoss und durch eine separate Tür erreichbar eine Toilette, die man doch zumindest für den Anfang als Gästetoilette nutzen könnte. Für bis zu 25 Personen reiche eine Toilette laut Gaststättengesetz und für mehr Personen hatte ich eh keinen Platz in der Hütte. Er erklärte sich mit dieser Lösung einverstanden.

Ich glaubte mit meinen Plänen gut voran zu kommen und meldete mich zum schnellstmöglichen Termin für ein Gaststättenseminar an. Wir begannen mit dem Bau der Hütte und dem Backofen, denn unsere Baugenehmigung hatten wir inzwischen auch erhalten. Vor Wintereinbruch wollten wir fertig sein. Mit unseren Kindern und ein paar tatkräftigen Freunden arbeiteten wir jeden Abend nach getaner Arbeit bis zum Einbruch der Dunkelheit. Dabei stellte der Backofen die größte Herausforderung dar. Zunächst klang das ganz easy, denn er bestand aus einem Bausatz und laut Hersteller könnte jeder Nichtfachmann ruck zuck diesen Ofen aufstellen. Der Bausatz beinhaltete nur die Bedienelemente, Heizsteine und Dämmungen. Für das Design beziehungsweise die optische Gestaltung des Ofens war man selber zuständig. Da machte ich mir gar keine Sorgen, kreativ waren wir selbst und einen angehenden Maurer hatten wir auch im Haus. Wie wir dann aber vorab die Bauanleitung bekamen, war ich mir nicht mehr so sicher, ob das wirklich so easy wäre und auf gut deutsch „jeder Depp" das schaffen könnte! Dennoch blieb ich zuversichtlich, denn da konnte kommen, was wollte, egal was wir bisher angefangen hatten und was nicht so funktionierte wie geplant, wir hatten noch nie etwas in die Tonne stecken mussten. Für alles hatte Ralf eine Lösung und sie ließ auch nie lange auf sich warten. Also war ich mir sicher, der Ofen wird fertig.

Hoffentlich würde er dann auch wirklich so funktionieren wie in der Gebrauchsanleitung beschrieben. Denn mit dem Heizen oder Anschüren hatte ich früher, wenn ich zurück blicke, immer so meine Probleme. Meine Eltern hatten noch eine Ofenheizung und der erste, der im Winter nach Hause kam, musste nachheizen. Wenn noch Glut im Ofen war, war das kein Problem, aber wehe, man musste neu anzünden, da versagte ich doch des Öfteren. Laut Hersteller hätten wir schon längst Pizza und Brot in unserem Ofen backen können. Denn mit diesem Wortlaut begann die Beschreibung „bestellen- bauen- genießen schon in drei Tagen!" Auf Seite acht der uns zugeschickten Bauanleitung stand, dass die Zwischenbetondecke alleine 24 Stunden aushärten musste. Egal, der Ofen stand in seinem Bausatz schon da, hatte ein Heidengeld gekostet und musste von uns so oder so fertig gebaut werden. Über die Aussage, daß der Zusammenbau angeblich so einfach wäre, musste ich wieder schmunzeln, als wir mit der riesigen Flex die Schamottesteine in die richtige Form brachten. Zum einen glaub ich nicht, dass „jeder Depp" so eine Riesen Flex zu Hause hat und unter einem Bausatz stell ich mir auch vor, dass ich Schritt für Schritt die richtigen Elemente zusammensetze, aber nicht noch selbst die Türaussparungen sägen muss. Meine vollste Bewunderung muss ich Ralf aussprechen, als bei dem

Versuch der Jungs mit Hilfe des Hoftrucks die Ofentür einzusetzen, uns die obersten drei Ziegelreihen wieder entgegenkamen und er trotzdem noch die Nerven behielt. Ich wäre wie Rumpelstilzchen auf- und abgesprungen und hätte geflucht, er sagte nur ganz ruhig, da müssen wir etwas Anderes bauen. Woher er nur diese Ruhe nahm? Konstruktion Nummer zwei war auch noch zu schwach für unsere Ofentür. Aber bereits am nächsten Tag hatte er eine Konstruktion gebastelt, die 100% hielt und ich schlug ihm vor, sie sich gleich patentieren zu lassen und ja nicht den Ingenieuren der Herstellerfirma vorher davon zu erzählen, die inzwischen zugegeben hatten, einen Bausatz in dieser Größe bisher noch nie verkauft zu haben. Wir hatten also den Prototypen und mich quälte gleich wieder die Frage, funktioniert der dann auch? Der Ofen war keine Anschaffung für fünf Euro. Ich hoffte, er würde funktionieren.

Woche für Woche wuchs unser Ofen und gleichzeitig auch die Hütte in die Höhe. Wir mussten uns ein bisschen beeilen. Wir wollten fertig sein, bevor der erste Frost kam. Die Maurer mussten noch innen und außen verputzen. Die Zimmerer waren bereits fertig und unser Dach komplett gedeckt. Unser kleines Häuschen nahm zunehmend Form an und es fehlten nur noch ein paar dekorative Innenarbeiten. Nachdem ich unsere Fertigstellungsanzeige für die Hütte an das Landratsamt schickte, beantragte ich eine Gaststättengenehmigung. Nach ca. einer Woche rief mich die dafür zuständige Dame an und teilte mir mit, man könne mir keine

Gaststättenerlaubnis für dieses Objekt erteilen, da eine gewerbliche Nutzung eines landwirtschaftlichen Gebäudes erst nach zehn Jahren möglich ist.

Ich hielt das Ganze für einen schlechten Scherz, denn für was hatte ich sonst so aufwendig gebaut? Um privat mit meinen Freunden ein Bierchen zu trinken? Wohl kaum und wieder einmal war es Ralf, der nicht so schwarz sah wie ich. Er wollte mit den zuständigen Personen noch einmal sprechen. Sie verstanden unser Anliegen und entwickelten Ideen wie wir doch noch zu unserem Nutzungsrecht für die Hütte kommen konnten. Diese Vorschläge waren zum Teil sehr abenteuerlich und ihre Durchsetzung hat schließlich über ein Jahr gedauert. Wir erfüllten geduldig ihre Auflagen und kamen nun glücklicherweise unserem Ziel näher. Dass mich diese Verzögerung fast schon vor Geschäftsbeginn ruinierte, interessierte dabei niemanden. Bei meiner Kalkulation hatte ich nicht die langsam mahlenden Mühlen der Ämter berücksichtigt. Zumindest nicht für einen so langen Zeitraum. Drei Monate waren für mich eine kleine Ewigkeit für eine Genehmigung. Das nehme man mal vier, denn so viele Baupläne haben wir letztendlich benötigt, um an unser Ziel zu gelangen. Doch ich war weiterhin zuversichtlich und so langsam kam auch Licht ins Dunkel. Was die ganze Sache so umständlich machte, war der Begriff „Außenbereich" und wenn ich könnte, würde ich ihn für die Wahl zum Unwort des Jahres nominieren. Was mich ärgert ist, dass zu Beginn, als ich sämtliche Stellen abtelefonierte, um meine Auflagen abzufragen, kein

Mensch dieses Unwort „Außenbereich" auch nur ansatzweise erwähnt hat. Da schleicht sich fast die Vermutung ein, vielleicht wurde der Begriff bewusst nicht erwähnt, denn im Nachhinein gesehen, ließ sich damit auch eine Menge Geld verdienen. Solche Anträge gehen viele Wochen durch viele Hände. Sehr viel Personal ist damit beschäftigt. Nein, so ist es sicher nicht. Nennen wir es einfach nur deutsche Bürokratie. Fakt ist, hätte ich vorher von diesen Schwierigkeiten gewusst, hätte ich sicher die Finger von meinem Vorhaben gelassen. Für die Zukunft bin ich gewappnet. Jetzt weiß ich, wie der Hase läuft und reiche meine Pläne bereits gleich nach meiner Idee ein, denn für die Feinarbeit bleibt erfahrungsgemäß noch genügend Zeit. Die Leute, mit denen ich zusammenarbeitete, waren alle kooperativ, so viel steht fest. Ich glaube nur, wenn man ihnen ein bisschen mehr Freiräume ließe, würde es so manches Bauvorhaben vereinfachen und beschleunigen. Denn schließlich sind viele Genehmigungen auch Ermessenssache. Von wem, für wen? Ein Herr, das sollte man vielleicht noch erwähnen, war besonders unkooperativ. Sein eigentlicher Job sollte wahrscheinlich sein, die Landwirte in bestimmten Fragen zu beraten und zu unterstützen. Sein Kommentar zu unserer gewerblichen Nutzung, die wir nur dazu benötigten, unsere Hofprodukte weiter zu vermarkten, war lediglich, „Ja, warum bauen Sie denn Ihre Hütte nicht zentral in der Mitte vom Hof? Diese Frage war meines Erachtens eine Unverschämtheit oder einfach nur dumm. Ein Rangieren mit den Landmaschinen wäre somit fast unmöglich!

Verwundert über diese Frage wollten wir wissen, ob das denn etwas an seiner Entscheidung ändern würde? Er gab knapp zur Antwort „nö". Nun ich glaube, in diesem Moment hatte er Glück, dass wir so viel Körperbeherrschung besaßen und uns einfach für das Gespräch bedankten. Ich könnte mir vorstellen, dass gerade auf dem Land nicht alle so harmlos reagieren. Offensichtlich hatte er bisher Glück. Ich wünschte mir in diesem Moment nur, dass es doch noch eines Tages Gerechtigkeit im Leben geben würde.

Nachdem ich den nächsten Dämpfer wegen der noch immer fehlenden Baugenehmigung für meine Hütte verdaut hatte, wand ich mich wieder vertrauensvoll an das Landratsamt. Sie sicherten mir dort zu, an einer Lösung zu arbeiten. Um die Sache abzukürzen, nach weiteren drei Bauplänen und zig Besuchen im Landratsamt, hatte ich sage und schreibe nach genau einem Jahr nach Fertigstellung meiner Hütte eine Bau - und Schankgenehmigung.

Die lange Wartezeit nutzte ich um mich mit meinem Ofen besser vertraut zu machen. Wir probierten im größeren Familien – und Freundeskreis die verschiedensten Rezepte. Jeden Freitag backte ich Brot, veränderte dabei leicht die Rezeptur und notierte mir die Ergebnisse und Meinungen meiner Tester. Relativ schnell

war klar, wo die Vorlieben lagen. Hätte mir vor zehn Jahren einer

gesagt, dass ich auf einem Bauernhof wohne und Brot

backe, hätte ich wahrscheinlich laut angefangen zu lachen. Eine Zutat um Brot zu backen ist Hefe und dementsprechend sollte der Teig dann auch gut gehen. Bisher hatte ich immer einen Bogen um Hefeteige gemacht, denn so einen richtig guten Hefeteig habe ich nie hin bekommen. Nicht einmal mit der Hefe-Tupperschüssel, die sich durch selbständiges Öffnen signalisieren sollte, der Teig ist fertig.

Bei mir ist die Schüssel nie aufgegangen. Nun bei dem Brot oder besser gesagt bei der Menge die ich mittlerweile backe gibt es auch keine Tupperschüssel um den Gehprozess voran zu treiben.

Nun ich glaube inzwischen das Geheimnis zu kennen. Davon mal abgesehen das alle Zutaten die selbe Temperatur haben sollten braucht die Hefe um richtig arbeiten zu können Zucker. Ich benutze den guten alten Zuckersirup. Auch sehr lecker auf's Brot aber zuerst ein Löffelchen um die Hefe richtig anzuheizen. Danach alle Zutaten kneten und dem Brot mindestens eine Stunde Zeit geben zu gehen. Danach zu einem Brotlaib formen, nochmals 10 Minuten ruhen lassen und ab in den Ofen damit. Im normalen Backofen die ersten 20 Minuten bei 250 Grad backen, die restlichen 40 Minuten bei 200 Grad ausbacken. Wenn Ihr im Anschluss die Ofentür öffnet, kommt euch ein unwiderstehlicher Duft entgegen. Appetit bekommen? Hier das Rezept des Lieblingsbrotes meiner Jungs.

Buttermilchbrot

Zutaten:

Weizenmehl 1050iger

Roggenmehl 997iger

Dinkelmehl 1050iger

Hefe 12 g

Salz 12 g

Brotgewürz 1 Eßl.

Buttermilch 200 ml

Wasser 250-300 ml

Brotgewürzmischung

Fenchel 1 Eßl.

Kümmel 1 Eßl.

Anis 1 Eßl.

Koriander ½ Eßl.

Gewürze fein mahlen

Abschlussklasse

Ich liege auf meinem neuen Steg und will das Kapitel „Schule" nochmals aufgreifen. Dabei muss ich lächeln, denn ich blicke zurück und kann auch hier mit vollster Zufriedenheit meinen Haken setzen. Es waren 10 Jahre, die mich eine Menge Nerven gekostet haben. Nicht das mein Kind so schwierig gewesen wäre nein, im Nachhinein betrachtet, haben wir halt was die Schule beziehungsweise die Lehrer betrifft einfach nicht sonderlich viel Glück gehabt.

Deshalb sollen gewisse Personen nicht namentlich genannt werden, aber doch ihr Plätzchen auf einer Seite meines Buches bekommen.

Nachdem sich mein Sohn mit mittelmäßigen Noten, aber einer blitzsauberen schriftlichen Beurteilung bei verschiedenen Firmen beworben hatte und sich im Anschluss die Lehrstelle aussuchen konnte, blickte ich dem Abschlussjahr recht relaxt entgegen.

Wäre ich Personalchef und hätte mir die Zeit genommen, die Bewerbungen aufmerksam zu lesen, ich hätte Niklas auch zu einem Vorstellungsgespräch eingeladen, schon allein, weil ich neugierig gewesen wäre, was für ein Mensch hinter diesem Zeugnis steckte, denn Noten und Beurteilung passten so gar nicht zusammen. Nun offensichtlich haben sich die Personalchefs die Mühe gemacht und eine Einladung zum Bewerbungsgespräch geschickt.

Für die 10. Klasse und die damit verbundenen

Abschlussprüfungen waren meine Erwartungen angepasst. Ich erklärte daher meinem Sohn, dass er das Notenniveau zumindest auf gleichem Level halten und sauber durch die Prüfungen kommen sollte.

Ich organisierte in weiser Voraussicht einen Mathe - und einen Englisch-Nachhilfelehrer, da die Erfahrungen zeigten, dass die Lehrer nicht besonders motiviert waren, die Klasse mit einem guten Schnitt durch die Prüfungen zu bringen. Aussagen wie „na hat' s dei Nachhilfelehrer kinnt" oder „dafür seit ihr eh zu blöd," haben mich veranlasst, nicht mehr das Gespräch mit der Schule zu suchen, sondern ausschließlich mit den Nachhilfelehrern zu arbeiten. Letztendlich war das der für uns richtige Weg, wenngleich das auf keinen Fall die richtige Lösung sein sollte.

Ich war bei der Arbeit und erschrak, sollte nicht diese Woche der Elternabend für die Abschlussklassen sein? Ich googelte mich auf die Homepage der Schule und las dort, dass bereits in drei Wochen die Abschlussfahrt der 10. Klassen stattfinden würde. Das fand ich komisch, denn Niklas hatte bisher kein Geld dafür benötigt!
Ich beschloss, ihn am Abend anzurufen.
Weil es in der 9. Klasse zu viele Sitzenbleiber gab und sich diese Klasse mit den verbleibenden Schülern nicht mehr rechnete, wurde sie aufgelöst und auf die anderen 10. Klassen verteilt. Zuvor gab aber der Klassenlehrer bereits bekannt, mit dieser Klasse auf keinen Fall auf Klassenfahrt zu gehen. Dieser Verantwortung sähe er sich nicht

gewachsen. Diejenigen, die sich aber zu benehmen wüssten, würden auf die anderen Klassen aufgeteilt. Nun gut, dachte ich mir, da muss ich mir keine Sorgen machen, denn mein Kind weiß sich in der Regel immer zu benehmen. Laut Aussage von Niklas seinem Klassenlehrer war er ihm eher zu leise und zurückhaltend. Es gab also keinen Grund, ihn nicht mit auf Klassenfahrt zu nehmen. Es sei denn, er hätte Angst, ihn zu verlieren, da er so unauffällig war.

Wie schon gesagt, bis zu diesem Zeitpunkt machte ich mir da nicht wirklich viel Gedanken.

Am Abend rief ich Niklas an und fragte ihn wegen der Klassenfahrt. Brauchte er kein Geld dafür? Und warum hatte er mir nichts erzählt? Er gab mir zur Antwort, er fahre nicht mit, bräuchte deshalb auch kein Geld. Er wisse das schon seit letztem Jahr, wollte mir aber nichts sagen, da ich mich dann nur unnötig aufregen würde und man seiner Meinung nach eh nichts ändern konnte und es daher die Sache auch nicht wert sei, ein Fass auf zu machen.

Da war ich allerdings anderer Meinung und wollte von ihm wissen, wann und in welchem Raum der Klassen-Elternabend denn stattfinden würde. Noch mehr verwundert war ich, als ich hörte, dass dieser nur eine viertel Stunde dauern sollte. Mmh, ich war mir nicht sicher, ob die Zeit reichen würde, um meinem Ärger Luft zu machen. Ich schwöre, ich war in all den Jahren nicht einmal in der Schule, um mich wegen einer schlechten oder ungerechtfertigten Note zu beschweren. Manche Mütter haben wöchentlich den Weg auf sich genommen.

Aber Niklas von der Klassenfahrt auszuschließen, war doch schon ein starkes Stück, über das man zumindest mal reden musste. Also fuhr ich am nächsten Abend zur Schule, setzte mich unüblicherweise gleich in die erste Reihe, direkt meinem Opfer gegenüber. Offiziell begann der Elternabend erst in 10 Minuten, aber die Lehrerin war schon vor Ort und da mir 15 Minuten Elternabend eh sehr kurz erschienen, stellte ich vorab meine Frage, die da lautete: "Warum Schüler, ohne dass sie sich eines Vergehens schuldig gemacht haben, einfach von der Klassenfahrt ausgeschlossen würden. Da der Sinn einer Klassenfahrt in erster Linie die Gemeinschaft und das gegenseitige Kennen lernen in ungezwungener Atmosphäre sein sollte. Genau da werden Schüler ausgeschlossen, die neu in eine Klasse kommen?"

Die anderen Eltern blickten verwundert, offensichtlich hörten sie zum ersten Mal, dass nicht alle Schüler der Klasse an der Abschlussfahrt teilnahmen. Die Klassenlehrerin schlug sich tapfer dafür, dass sie sich nicht auf meine Fragen vorbereiten konnte. Ihr war es sehr unangenehm, das wäre es mir auch gewesen. Ich stellte noch kurz in den Raum, wenn mein 16jähriger Sohn nach der vierten Stunde direkt nach Hause gehen darf, weil eine Lehrerin krank ist, muss ich das schriftlich bestätigen, aber dass mein Kind nicht an der Klassenfahrt teilnehmen darf, erfahre ich mehr oder weniger nur durch Zufall. Sie räumte ein, dass es wohl ein Versäumnis der Schule gewesen sei. Ich meinte, dass hier offensichtlich mehr versäumt wurde, denn dass die Klasse aufgelöst und auf andere Klassen verteilt würde, wisse man bereits seit einem halben Jahr. Sie räumte Fehler ein, könne aber auch nichts ändern. Ich solle doch bitte direkt mit der Rektorin sprechen.

Bei unserem ersten Gespräch machte sie einen positiven Eindruck auf mich, doch gab es bereits einen Zwischenfall, bei dem ich ihr Handeln als recht unprofessionell beurteilte.

Ich ließ sie ihren Vortrag halten und im Anschluss konfrontierte ich sie mit meinem Problem. Sie hatte es eilig, wollte nach Hause, es war Fußballweltmeisterschaft und das Spiel würde in ein paar Minuten beginnen. Mir war das wurscht, denn zum einen war mir Fußball nicht so wichtig, mein Kind hingegen schon. Ich hielt ihr die letzte schriftliche Beurteilung unter die Nase und wollte wissen, ob man mit so einer Beurteilung ausgeschlossen werden könnte. Sie überflog kurz die Zeilen und meinte, das verstehe sie jetzt nicht. Sie würde sich aber schlau machen und sich wieder bei mir melden. „Ich bitte darum," gab ich ihr zur Antwort.

Ich fuhr nach Hause, erzählte Niklas vom „Elternabend" und meinte, er solle damit rechnen, dass Frau Rektorin ihn ins Büro kommen lassen würde.

Es dauerte eine gute Woche, da klingelte zu Hause unser Telefon. Es war die Rektorin und sie meinte, der Niklas wäre gerade bei ihr im Büro und sie hätten sich bereits unterhalten. Letztendlich nach ihrer Einschätzung, so sagte sie, trage er wohl keinen psychischen Schaden davon, wenn er an der Klassenfahrt nicht teilnehmen würde. Was war das für eine Antwort? Natürlich trägt er keinen psychischen Schaden davon. Schließlich habe ich ihm die letzten Jahre erzogen und auf solche Situationen vorbereitet. Das nicht immer alles easy läuft und es immer Personen gibt, die einem ans Bein pinkeln und man trotzdem die Fassung behalten muss. Psychischer Schaden hin oder her, darum geht es doch hier gar nicht. Fakt ist, dass man jemand nur von einer Klassenfahrt ausschließen kann, wenn er sich etwas zu Schulden hat kommen lassen, und das, da waren sich zumindest alle einig, war hier nicht der Fall. Allerdings, so bemerkte sie noch, hätte sie den Klassenlehrer vom letzten Jahr befragt und der hätte gemeint: „Der Niklas hat auf mich nicht den Eindruck gemacht, als sei er sonderlich motiviert, an der Klassenfahrt teil zu nehmen!" Also das alleine reichte, um jemanden auszuschließen. Ich entgegnete ihr, ich dachte, es bestünde eine Schulpflicht und mir erschiene es sehr befremdlich, sich für eine Klassenfahrt zunächst erst einmal qualifizieren zu müssen. Im Umkehrschluss hätte er dann wohl auch die Wahl gehabt, von sich aus nicht teilzunehmen? Ich glaube nicht, dass dies genehmigt worden wäre. Nun ja, Fehler passieren, das bleibt nicht aus, aber an dieser Stelle wäre es gescheiter oder ehrlicher gewesen, den Fehler einfach zuzugeben, anstatt fadenscheinige Erklärungen zu suchen. Ich habe mich erkundigt, ich hätte die Klassenfahrt verhindern können und das wusste sie genau. Nur weil mein Sohn noch seine Abschlussprüfung an dieser Schule schreiben musste, ließ ich die Sache auf sich beruhen. Ich bin mir sicher, Frau Rektorin wird in weiter Zukunft noch mehr

Fehlentscheidungen treffen und irgendwann die Folgen dafür tragen müssen.

Die Zeit der Abschlussprüfungen rückte näher. Nach meinem Gefühl bereitete sich Niklas mit Hilfe seiner Nachhilfelehrer gut darauf vor und dieses mulmige Gefühl, das sich bei Müttern immer einschleicht, wenn sie für ihre Kinder nichts tun können und doch hoffentlich alles gut werden wird, blieb bei mir dank Niklas aus. Er strahlte in meinen Augen sehr viel Ruhe und Gelassenheit aus und bis ich mich versah, waren die Prüfungen bereits vorbei. Das Ergebnis war in meinen Augen recht zufrieden stellend. Wir konnten endlich das Kapitel Schule beenden und blickten sehr zuversichtlich in die Zukunft und auf die beginnende Ausbildung.

Der Antrag

Wir waren jetzt mittlerweile fünf Jahre zusammen und drei davon wohnten wir bereits bei Ralf. Wir hatten uns inzwischen sehr gut kennen gelernt und im Laufe der Zeit natürlich auch die ersten Marotten des Partners fest gestellt. Jetzt musste man sich entscheiden, konnte man mit diesen Eigenschaften, welche Mann oder Frau an den Tag legt, leben? Man bedenke dabei, perfekt ist niemand. Oder nervten diese sich heraus kristallisierenden Marotten und würden sie womöglich immer mehr werden?

Was uns betrifft, so muss ich sagen, nach einem Jahr habe ich mir schon gedacht, Mann, hat der sich unter Kontrolle, kein Mensch kann seine Unarten so lange verborgen halten.

Sicher gab es mal die eine oder andere Meinungsverschiedenheit oder seine Pingeligkeit ging mir ein wenig auf die Nerven, aber im Großen und Ganzen war mein Leben an der Seite des Bauern eine Bereicherung für mich. Bei meinen Plänen, was meine Hütte und meine Selbstständigkeit betraf, unterstützte er mich, wo er konnte. Geduldig erfüllte er mit mir die Auflagen der Baubehörde, auch wenn der Sinn dieser Maßnahmen uns manchmal verborgen blieb beziehungsweise nicht nachvollziehbar war. Doch was immer es war, Stück für Stück verwirklichten wir unsere Wünsche.

Inzwischen hatten wir Vorweihnachtszeit und ich war gerade mit der Weihnachtsdekoration beschäftigt. Ich nahm unsere Weihnachtskiste und ging nach draußen. Die Kiste war groß und schwer und ich konnte nicht sehen, wo ich hinlief. Es passierte, was passieren musste, irgendwo blieb ich hängen und flog samt der Kiste zur Tür hinaus. Ziemlich sauer wollte ich wieder aufspringen, da fiel mein Blick auf meinen Fuß. Der sah richtig gruselig aus, denn er stand nicht mehr in nur einigermaßen normaler Position, sondern ich schätzte, 60 Grad nach rechts geneigt. Ich dachte mir, aufstehen brauchst du mit diesem Fuß gar nicht erst versuchen und rief ins Haus, in der Hoffnung, dass mich irgendjemand hörte. Mein Sohn kam gelaufen und dachte schon, er hätte etwas angestellt. Offensichtlich hatte ich ziemlich laut geschrieen. Er sah mich liegen und war ziemlich erschrocken. Ich sagte ihm, er solle schnell in den Stall laufen und den Ralf holen. Er kam gleich und meinte nach einem Blick auf meinen Fuß: „Was hast Du denn gemacht? Wie sieht das denn aus? Müssen wir ins Krankenhaus, oder?"

„Ins Krankenhaus, ja, wird sich nicht verhindern lassen, wenn der Fuß wie bei einer Ente nach rechts schaut!" Die Zwei halfen mir auf und brachten mich ins Büro, damit ich mich erstmal setzen konnte. Dann kam die Frage, die ich wohl mein Leben lang nicht vergessen werde und die mir in meinem alten Leben so nie gestellt worden wäre. Ralf fragte mich doch tatsächlich, ob er bevor wir ins Krankenhaus fuhren noch den Stall fertig machen könnte. Die Prioritäten waren klar gesetzt, ich fragte nur, wie lange es denn dauern würde? Zu seiner Entschuldigung und bis heute beteuert er, er habe das nie so gesagt, sprachen wir über fünf Minuten. Nun so lange brauchte ich schon, um mich nur einigermaßen herzurichten. Im Nu waren auch ein paar Gehhilfen hergerichtet, ich befürchtete nur, dass diese mich nicht sicher ins Krankenhaus brachten. Das Modell war Marke Uralt und die Höhe der Gehhilfe regulierte man mittels einer Schraube. Ich fragte, ob sie die auch gescheit angezogen hätten, nicht, dass ich mich aufstützte und gleich den nächsten Unfall baute. Also gut, bis ins Krankenhaus haben sie mich getragen und dann bekam ich neue. Nachdem ich kurz nach meinem Sturz gar nichts gespürt hatte, riet ich jetzt dazu, etwas schneller zu fahren, da mein Fuß sich anfühlte, als hinge eine Bleikugel daran. Die Bleikugel zog meinen Fuß nach unten, meine Zehen dagegen spürte ich überhaupt nicht mehr. Am Krankenhaus angekommen setzte er mich in einen winzigen Rollstuhl um und düste mit mir Richtung Notaufnahme, so dass ich Angst hatte, er kippt mich gleich aus.

Die Diagnose war ernüchternd. Das Sprunggelenk war jeweils links und rechts gebrochen. Dazu noch Schienbeinbruch und durch das Auskugeln, das für die ungesunde Fußstellung verantwortlich war, waren noch sämtliche Bänder im Fuß gerissen. Der Arzt meinte, ich solle mich mal auf drei bis vier Monate einstellen. So lange würde es sicher dauern, bis ich wieder relativ normal gehen könnte. Für ihn Alltag, für mich eine Katastrophe. Dennoch hatte ich Glück im Unglück, obwohl Sonntag war, befand sich noch ein Chirurg im Haus, der sich der Herausforderung sofort annahm. So war ich innerhalb einer Stunde operiert und musste mir keine Gedanken machen, ob wohl alles gut ginge und ob ich überhaupt in der richtigen Klinik für diese OP war. Nach einer Woche durfte ich das Krankenhaus verlassen. Ich hatte zwei Krücken. Der Fuß war für die nächsten sieben Wochen in Gips. Zum Nichtstun verurteilt war ich mir sicher, wenn wir die nächsten sieben Wochen überstehen, ohne dass einer von uns beiden durchdreht, dann muss das wahre Liebe sein. Er kochte, wusch die Wäsche, ging einkaufen, erledigte die Aufgaben auf dem Hof inklusive Nebenjob und wirkte auf mich keinesfalls gestresst oder genervt. Ich war beeindruckt. Ich meine normalerweise sind Männer mit den einfachsten Sachen im Haushalt überfordert. Dagegen meisterte er die Situation in meinen Augen hervorragend. Nach sieben Wochen wurden die ersten Schrauben aus meinem Fuß entfernt und ich konnte langsam wieder anfangen, zu laufen. Nach weiteren vier Wochen war ich schon wieder recht gut zu Fuß unterwegs, da passierte es.

Ralf machte mir, für mich völlig überraschend, einen Heiratsantrag. Ich kannte ihn jetzt fünf Jahre und dachte an all die Erfahrungen, die ich vorher mit Männern gemacht hatte. Dann dachte ich an die Zeit, die Ralf und ich gemeinsam verbracht hatten.

Er ist *Nicht perfekt, aber verdammt nah dran.*

Ich habe „Ja" gesagt.